MA PETITE YASMINE

Emanuelle Rembrandt

Contents

Et j'ai vu son regard. Tout commence par un simple regard...

1.

FLASH FORWARD (FLACKBACK DU FUTUR)

Il est minuit et on cogne à ma porte. Je replace mes cheveux et j'arrange mon gilet. Je sais déjà c'est qui.

Et oui, c'est lui.

J'ouvre la porte.

-Je peux savoir ce que tu fais à minuit devant ma porte ?

-Je mets ma putain de fierté d'algérien de côté et tu devrais faire pareil.

- Je t'ai déjà dit non. Tu me prends pour qui ?

- Déjà tu as ouvert la porte, je ne comprends pas pourquoi tu essaies de jouer le jeu de miss inaccessible.

Et bien ,l'espèce de couverture n'a pas passé,pensa-je.

- Mais tu as cru que c'était la fête ici ? Tu viens chez moi en espérant quoi ?

- Je fais ce que je veux et c'est toi que je veux, pourquoi perdre du temps ?

- Parce que je ne te fais pas confiance, je sais ce que tu fais dans la vie et je n'ai pas besoin de quelqu'un comme toi.

Il me regarda bien dans les yeux. Il avait un de ses regards.

- Yasmine...tu dis une autre chose, mais tes yeux ne mentent pas.

-Quoi, mais qu'est que tu veux dire ?

Il s'approcha de moi et...

Fin du FLASH FORWARD

J'ai lu quelque part qu'on dit que nos vies sont constituées de moments fugaces et que nous les traversons comme des villes au bord d'une autoroute, mais parfois, nous nous apercevons que nous sommes en train de vivre quelque chose de différent, d'exceptionnel et que ces instants là durent une éternité et sont inoubliables ?

J'en alors décidé d'écrire notre histoire, enfin mon histoire. Je crois que ça fait peut-être 2 ans que je pense à l'écrire, mais chaque fois que je commence à taper sur mon ordinateur dans soit un de mes cours ou dans un câfé, je m'arrête et je ferme mon ordinateur. Je ne sais pas par où commencer ou même comment commencer. Si vous lisez mon histoire maintenant, c'est que je me suis enfin décidée.

Tout a commencé quand j'ai déménagé. J'ai carrément changé de ville. C'était un moment dans ma vie où tout était flou. Je n'avais plus envie de rien, je n'avais plus aucune aspiration, plus aucun but, rien. Je faisais juste me conformer à ce que la vie me donnait, mais je ne cherchais pas pour autant à changer les choses ou d'avancer. Je restais à la même case sur la planche de jeu qu'on appelle la vie. C'est quand tu vois que le monde tourne et continue d'avancer alors que toi tu restes bloquée. Voilà dans quel état d'esprit j'étais. Pourquoi ? Je ne sais pas, il n'y avait rien qui stimulait quelque chose en moi. J'avais besoin de carburant.

J'ai dit à mes parents que je voulais étudier à une université loin de la maison. Au début,ils étaient très septiques, mais je crois que ma mère a vu que j'en avais besoin. Je crois qu'elle a vu que l'étoile qui brillait dans mes yeux auparavant était en train de s'éteindre et que j'avais besoin de grandir. Je me suis inscrite en psychologie en espérant que je puisse aider les gens d'une manière ou d'une autre.

Bref, comme je ne viens pas d'une famille extrêmement riche, j'avais déménagé toute seule en une journée dans un petit appartement issue d'un grand immeuble. À première vue,on se croirait en Afrique carrément. Ici, il n'y avait juste des fils et des filles d'immigrés . Juste les minorités quoi.

Je suis moi même arabe,donc c'était pas mauvais du tout.

Le jour que je me suis installé et les premières choses que j'ai faites ont été de me mettre dans mon lit et de souffler un bon coup. Je me suis rappelé qu'il fallait que je me trouve un petit emploi parce que même avec l'argent que mes parents m'envoyaient, j'aurais toujours besoin d'un peu plus on ne sait jamais.

Je me suis rappproché de la fenêtre et j'ai remarqué l'attroupement de gars qui parlaient très fort en bas du bâtiment. Ça m'a fait sourire, ce n'était pas quelque chose que je voyais où j'habitais.

Il était vers les environs de 21 heures et j'avais vraiment faim. Je me suis dit que je pouvais rapidement et m'acheter un truc à manger et un dessert.

Vous voyez, c'était la fameuse période rouge du mois et j'étais vraiment, mais vraiment grincheuse. J'ai enfilé une casquette pour passer inaperçue devant la bande de mecs en bas qui d'ailleurs était trop occupé à parler des fesses de Kim Kardashian que de remarquer les gens autour d'eux.

Je suis allé au centre commercial le plus proche, j'ai acheté deux sandwichs et un gâteau. En revenant chez moi, mon téléphonesonnait et j'étais déjà trop chargée par mes nombreux sacs. J'essayais de tout garder dans mes mains, mais je n'y arrivais pas.

J'ai entendu un mec crier - ALI ! Et boum quelqu'un fonce vers moi, tous mes sacs tombent par terre dans une très belle flaque d'eau et ma casquette y passe également par la même occasion.Je me trouve à deux centimètres de l'assassin et je n'ose même pas le regarder.Heureusement pour lui que mon cellulaire était encore dans mes mains. Et là, je réagis sans vraiment réaliser qu'est qui se passe autour de moi.

-Ah mais putain de merde, ma nourriture !

J'allais pleurer, je mourrais de faim.

-Je suis désolé...

Je lève ma tête et je vois un homme avec des magnifiques yeux noisette ornés de longs cils. C'était comme dans les films quand la fille voit le gars parfait au ralenti. Ses sourcils, sa barbe, ses lèvres, ses traits... il était parfait. Ce moment d'appréciation se finit rapidement après que je me soit souvenu qu'il a fait tomber ma nourriture.

Il m'observe et je fronce les sourcils parce que ça m'a saoulé tout ça.

- Y'a toujours un moyen de s'arranger la miss,dit-il accompagné par un clin d'œil.

Je le regarde de haut en bas et je remarque alors sa veste de cuir et ses vêtements de marque.

-Mais, déjà tu es QUI pour me dire ça ?

Je vois qu'il esquisse une expression choquée suivie par un petit sourire.

-Moi c'est Ali, enchanté.

Il me dit ça avec un sourire avec sa main pour que zehma (genre) je la sers.

- Et moi je suis désenchanté.

Je prends les sacs et ma casquette, j'ignore sa main et je m'en vais sans me retourner.

Je l'entends rire légèrement dans sa barbe.

Vous voyez ce moment même s'il paraissait complètement anodin, c'est ce qu'on appelle dans les films et les livres le pique du moment déclencheur et dans ma vie, je l'appellerais le moment qui a changé toute ma vie.

Si j'étais sortie quelques minutes plus tôt ou quelques minutes plus tard, le cours de l'histoire serait complétement différente et je n'aurais pas connu Ali de cette manière.

C'est ce qu'on appelle le destin, plusieurs moments parfaitement orchestrés.

2.

FLASH FORWARD

TOC-TOC-TOC

J'ouvre la porte et c'est lui avec du sang autour de son œil.

- COMMENT TU T'ES BLESSÉ ?Viens que je te mette de la glace !

Il me coupe et m'embrasse directement. Ses lèvres ont un goût de vanille et quand il m'embrasse il met une main sur ma taille et l'autre dans mon dos directement dans mon chandail.

- Attends..., dit-je.

Alors, je le soigne et je réalise que je l'apprécie beaucoup plus ce que je croyais. Je crois qu'à cette allure je vais tomber amoureuse. J'ai en marre de voir cette haine dans ses yeux. Il veut ne rien me dire et je peux y rien y faire.

Je range la boîte de soin dans ma commode de chambre et je réalise qu'il m'a suivi.

-Tu t'es blessé quelque part d'autre ?

-Je suis un guerrier, Je n'ai pas besoin de pansement.

-Choisis une autre guerre s'il te plaît.

-Quel genre de guerre ?

Il s'approche de moi en disant.

- Euh, une guerre que tu te bats pour faire du bien

Il est à un millimètre de moi et il respire fort

Comme ça ?

Il attaqua mon cou de ses lèvres. Ses baisers sont de plus en plus intenses et de plus en plus sensuels. Ses mains sont dans mon chandail est caresse mon ventre. Je commence à respirer fort parce que ce me fait trop d'effet. Il continue et murmure dans mon oreille - Bébé, c'est toi ma guerre. Je vais me battre pour toi toute ma vie.

Fin de flash forward

Une semaine est passé et je n'ai pas revu ce fameux Ali.C'était peut-être pour le mieux. Bon j'avoue, ma réaction était un peu excessive, mais ça reste que je n'ai pas aimé son allusion ,en plus j'avais mes règles.

Ça fait trois jours que je travaille au Zara et c'est l'enfer. J'ai tellement mal au dos à la fin de mes journées que je m'endors direct en rentrant chez moi. Je recommence l'école dans deux semaines et je n'ai vraiment pas envie d'y retourner.

Donc, aujourd'hui je me lève et je me prépare. Je suis assez coquette et j'aime bien mettre mes yeux qui sont en forme d'amandes et mes lèvres en valeurs. Je m'habille que de noir, car c'est la politique des débuts.

14 h 30

Ça fait 3 heures et demie que je travaille. Je ne fais que plier et replier les vêtements. J'en ai marre. Je suis concentré à devoir les plier parfaitement les chandails alors je me recule quand je sens que je pousse quelqu'un avec mon derrière. Je me retourne automatiquement.

- Oh excusez-moi !

Et là le client enlève ses lunettes de soleil Rayban et je découvre que c'est Ali.

Je roule des yeux automatiquement.

- Ah, mais qui voilà ! Si ce n'est pas la miss. Grincheuse ?

- Tu devrais apprendre à regarder devant toi.

Ses amis commencent à rire un peu. Ils étaient trois, deux arabes et un noir.

- Et toi tu devrais apprendre à ne pas essayer de frapper les gens. Première fois, avec tes sacs et maintenant avec ton derrière. Tu me cherches ?

Il dit ça avec un sourire qui fait ressortir sa fossette droite et ses dents blanches.

Je roule encore des yeux.

- Écoute, je n'ai pas le temps à perdre à te parler, je dois travailler.

- Hey popopopo, tu travailles ici ? Ça tombe bien j'ai besoin d'une vendeuse.

J'ai automatiquement perdu le sourire alors que lui, il avait la pêche. Il disait à ses amis qu'il allait les rejoindre je ne sais pas trop où. C'est alors que j'essayais par méthode douce de me débarrasser de lui.

J'ai pris mon sourire le plus charmant.

- Écoute, bon, j'avoue, la dernière fois j'y suis allé un peu fort, je n'allais pas bien, mais j'espère qu'on peut oublier et faire comme si c'était jamais arrivé ?

Il continuait à sourire en se mordant la lèvre et il me dit - oui, t'inquiète même pas.

- Maintenant qu'on est d'accord, tu n'es plus obligé de me piquer, tu vois, on est sur la même longueur d'onde ?

Je continuais à sourire.

- Non j'aime bien quand tu t'énerves, je te trouve trop sexy.

Je fis une face dégoûtée alors que lui il arborait toujours un sourire aux lèvres.

J'allais tourner les talons quand il me dit :« Alors, mademoiselle, on aide un client ou c'est comment ?».

- Je ne travaille que dans le rayon des femmes.

- Mais c'est parfait, j'ai quelques trucs à acheter ici dans la section des femmes. Pour ma reine, ma mère.

Il avait des étincelles dans les yeux. À ce moment-là, je me suis rappelé à quel point ma mère me manquait. Alors, j'évitais de le regarder dans les yeux et je lui ai demandé ce qu'il voulait.

- Un foulard, un parfum et des bijoux.

Alors, je l'ai aidé. Il a trouvé 3 articles de la nouvelle collection qui étaient trop chers selon moi.

Je l'examinai et je remarquais qu'il était vêtu de marques de la tête au pied.

Versace, Gucci, Ralph Lauren, Tom Ford.

- C'est moi ou tu n'achètes rien au Zara d'habitude ?

Il haussa du sourcil droit et me dit - pourquoi tu dis ça ?

Et là, il remarqua que je le regardais de la tête au pied.

- Ne me classe pas non plus comme un bourgeois, je sais qu'il y a autre chose que les marques

- Si tu le dis !

- Pour une vendeuse, tu as beaucoup d'attitude, je ne suis pas le roi ici normalement ?

- Ça fait partie de ma personnalité si adorable. Bon j'y vais, je retourne au boulot.

Je me tourne et il me prend par le poignet, alors je me retourne.

Il s'approche un peu de moi et me dit doucement en fixant dans les yeux :« je ne sais pas qui tu es ni même ton nom, mais je sais une chose, tu es une fille adorable qui se cache derrière un caractère trop dur qui ne lui va pas. »

Je baissai les yeux et je le regardai de nouveau, je lui dis - Bonne soirée.

Je rentrai dans la salle employée et je me regardais dans le miroir et j'avais les joues rouges. Mais qu'est qui m'arrivait ?

19 h 30

Je suis rentrée il y a quelques minutes et je pose ma tête sur le coussin. J'entends le bruit d'un nouveau SMS sur mon téléphone.

Nouveau message entrant : Tu m'as oublié ?

Et merde, c'est lui.

Qui est lui ? Un mec de mon ancienne ville que je kiffais, mais je suis parti sans lui dire. Vous savez c'est le genre de mec pour qui tu arrêtes de vivre juste en espérant qu'il soit ton copain. On s'était parlé sans arrêt pendant 3 mois, mais j'ai toujours eu l'impression qu'il n'est pas prêt à une relation sérieuse. Et avec moi, c'est tout ou rien.

Alors, quand je suis parti, je l'ai laissé où il aurait dû être classé depuis longtemps.

Pff trop tard, je ne réponds pas.

TOC-TOC-TOC.

J'arrange mes cheveux et j'ouvre la porte.

C'est là que je vois un mec d'une grande beauté, mais je n'ai aucune idée c'est qui.

- Bonsoir ?

- Wesh, ma mère a su que tu étais nouvelle à l'appartement et elle aime donner des gâteaux aux nouveaux voisins.

Il me donne une assiette de gâteaux avec de l'aluminium.Ses mains frôlent les miennes et je sens comme une sorte de électro-choc. Il me regarde profondément dans les yeux et je me surprends à l'observer aussi intensément.

Il avait vraiment le charme arabe par excellence. La peau parfaitement bronzée, les lèvres pulpeuses bien tracés, la coupe au gel, très musclé et grand. Il était en survêtement, il n'essayait pas d'être sur son 31, mais il était magnifique. Sûrement le plus bel homme que j'ai vu dans ma vie.

Il avait l'air d'avoir mon âge.

-Ah merci c'est trop gentil, tu penses je peux passer et remercier ta mère tout de suite ?

- Elle est sortie, mais on habite au L-23.Passe la voir demain ou un autre jour. Mais sinon tu t'appelles comment ?

- Yasmine et toi ?

- Wissem et tu habites seule ?

Il regardait derrière moi s'il n'avait pas quelqu'un

- Oui, je suis la pour les études j'habite loin d'ici.

- Ah ouais c'est chaud et tu as quel âge ?

- Tu me passes un sondage ?

- Non je suis juste curieux, je ne t'ai jamais vu autour du quartier...

- Peut-être que si, mais tu ne m'as jamais remarqué haha

- Crois-moi si je t'avais vu je me serais souvenu.

Il me regardait bien droit dans les yeux. Il avait l'air de quelqu'un de très direct.

- Ahh... Tu dois avoir une bonne mémoire.

- Nan je me souviens de ce que je veux me souvenir.

Il avait ce sourire charmeur. Ouf, mais il ne perd pas de temps aussi.

- Ah d'accord, bah écoute merci pour les gâteaux !

J'allais prendre ma porte pour me préparer à la fermer.

- Je te laisser mon num on sait jamais... parce que je crois que tu connais personne ici non ?

Il avait le bras sur le cadre de ma porte.

- Non je ne connais personne haha, mais j'ai vraiment besoin d'un ami tu vois... juste de bons amis.

Il avait l'air déçu par ce que je venais de dire, mais il esquissa un petit sourire.

- Tu as l'air d'une fille bien, je te laisse mon num, si tu as besoin d'un truc, tu sais quoi faire.

- Merci Wissem.

2 jours plus tard

Malika, ma meilleure amie m'appelle pour me dire qu'elle va passer aujourd'hui chez moi et on va sortir manger dans un resto chic.

17 h 45

On se prépare et j'opte pour une robe rouge jusqu'aux genoux près du corps et des talons noirs. Un beau maquillage et une belle coiffure (j'ai les cheveux jusqu'aux fesses) pour boucler le tout. Malika se fait très belle et on sort.

On se dirige vers la voiture et je réalise que j'ai oublié mon portefeuille !

Je retourne vers mon appartement et le prends.

Je ressors et j'aperçois...

3.

FLASH FORWARD

- ALLEZ VIENS !

- Non j'ai peur.

Lui et moi sommes dans la piscine intérieure d'un de ses amis tout seuls et il veut que je saute dans l'eau.

- Avec moi tu ne dois pas avoir peur.

Il sort de l'eau et il trop séduisant avec son corps bien défini. Il me prend comme une princesse et me maintiens dans l'eau. Je mets mes jambes autour de sa taille et lui me tient avec ses bras bien fort.

On commence à s'embrasser et cette sensation de chaud et de froid me rend folle. Il me rend folle. Je l'aime à la folie.

- Ma princesse.

- Je ne veux jamais te perdre

Il me tient le visage et me dit - Tu ne vas jamais me perdre, c'est toi ma femme pour la vie.

Ah si j'avais su...

FIN DE FLASH FORWARD

J'aperçois Wissem. Il n'était pas tout seul, il était avec sa clique. Il portait une chemise en jeans avec un chandail blanc. Il était tellement beau.

Il s'approche de moi tout en me regardant de haut en bas.

- Tu vas où comme ça ?

Je ne sais pas pourquoi, mais à ce moment, j'ai senti un peu d'agressivité dans son ton. Je vais où je veux, il est ni mon père, ni ma mère, je n'ai aucun compte à lui rendre.

- Pourquoi ?

- Parce que j'ai envie de savoir. Alors ?

Je le voyais regarder ma robe et m'inspecter. Je n'ai pas du tout aimé.

- Nan.

- Tu vas voir ton gars ? Tu vas faire ta...

Je savais le mot qu'il allait prononcer et j'étais choquée. Je l'ai coupé dans sa lancée.

- Mais je peux savoir tu te prends pour qui ? Pour vous toutes les femmes sont des putes même si elle est vierge et même si elle ne s'est jamais montrée nue devant personne, c'est une pute. Laisse-moi tranquille, tu ne me connais ni d'Adam, ni d'Ève.

Je l'ai même laissé répondre, j'ai commencé à marcher. J'étais furieuse.

J'étais tellement énervé, je n'ai même pas réalisé qu'est qui se trouvait dans mon chemin que je suis foncé dans quelqu'un... encore.

- Eh ben je vais commencer à croire que tu as un faible pour moi,dit-il en riant.

Je lève ma tête et je vois Ali qui sourie

- Je n'ai pas l'énergie pour ça aujourd'hui...

Il me regarde dans les yeux.

- Qu'est qui se passe ? Qu'est que tas comme ça ?

- Ce n'est rien, je dois y aller.

- Mais dis-moi

Il me donnait un regard tendre.

- Pourquoi tu cherches tellement à savoir, tu ne peux pas me lâcher ?

Et là, pour la première fois j'ai vu Ali arrêter de sourire. Il a commencé à froncer les sourcils. Je crois que c'était la phrase de trop, mais je n'ai pas réfléchi. C'est pour ça qu'il faut toujours tourner sa langue mille fois avant de parler.

- Tu sais quoi, tu devrais apprendre à redescendre sur terre, tout ne tourne pas autour de toi.

Il avait l'air dégoûté et il est parti.

Je suis resté figé trente secondes et je suis parti rejoindre Malika.

Elle me voit arrivée, assise dans sa voiture, la fenêtre ouverte.

- WESH TES TOMBÉ EN CHEMIN OU QUOI ?

Et voilà comment j'ai oublié ce qui venait juste de se passer.

Je m'assois dans la voiture. Je commence à tout lui expliquer depuis que je suis arrivé ici.

- Tu l'aimes bien Ali han ?

- Mais non il m'irrite

-Hmm, on verra dans quelques mois

- Avec ce que je lui ai dit, il ne voudra pas me reparler.

- Ouais c'est sur, mais il va revenir j'en suis convaincue.

On a passé un week-end d'enfer et d'ailleurs je voulais qu'elle habite avec moi, mais sa mère ne l'aurait jamais accepté.

1 semaine plus tard.

Je ne croise plus Ali et je dois l'avouer que ça me fait un peu bizarre.

Bref, l'université avait déjà commencé et aujourd'hui, j'avais un cours sur la psychologie de l'adolescence.

Le professeur nous donne alors une pause de 20 minutes jusqu'à la deuxième partie du cours. Je sors du cours et je vais me chercher un jus d'orange.

Je commence à marcher quand j'aperçois Ali!!

Il était debout sur son téléphone.Il était toujours aussi bien habillé que d'habitude.

Merde. Je vais m'excuser oui ou non? Bon allez j'y vais.

Sans m'en rendre compte, je replace mes cheveux pour être plus jolie?!

Je m'avance vers lui et il remarque ma présence quand je suis à 2 centimètres de lui.

Il me regarde d'une manière neutre. Je décide de l'aborder avec un sourire.

- Salut! je ne savais pas que tu venais à l'université!

- Je suis venu voir un pote vite fait.

La manière qu'il parlait était assez sèche.

- Écoute je voulais m'excuser pour la dernière fois. Je ne suis pas comme ça, c'est juste qu'un de mes voisins a insinué que je faisais la pute ,ça m'a mis hors de moi et... (je commence à me déballer sans m'en rendre compte) je me sens si seule ici dans cette nouvelle ville, mes parents et mes amis me manquent, j'ai juste tout lâché sur toi.

Son expression change et il commence à se mordre les lèvres.Il lâche automatiquement son téléphone.

- Qui t'a traité de pute?

- C'est pas important, je voulais juste m'expliquer avec toi et m'assurer qu'il y a pas de mal.

Il se rapproche de moi.

- C'est qui celui qui t'a traité de pute?

Il l'a dit d'une manière en serrant ses dents.

- Pourquoi?

- Je vais lui parler vite fait c'est tout.

- Je te rappelle que tu ne sais pas mon nom, comment tu veux me défendre hahha

- Je sais comment tu t'appelles, tu as le même nom que ma mère

- Elle s'appelle Yasmine aussi?

- J'allais dire Miss. Grincheuse, mais voilà maintenant je sais ton nom (il m'a fait un petit clin d'œil).

J'en reste sans voix et je souris.

- Ah mon cours reprend bientôt, on se reparle.

- Dis-moi le nom du gars.

- Ça vaut pas la peine, c'est un mec de la rue ça paraît. Il est pas comme toi.

Il a regardé à droite par la porte d'entrée et a perdu son sourire.

- Juste dit, je dois sûrement le connaître. Je ne te laisse pas partir tant que je ne sais pas.

Je devais vraiment retourner dans mon cours

- Il s'appelle Wissem et c'est tout ce que je sais.

Je voyais ses poings se serrer.

-....

4.

FLASHFORWARD

Je suis dans un café, toute seule en train de siroter un cappucino pour essayer d'oublier ce qui se passe dans ma vie. Je sais pas qu'est qui se passe et pourquoi je fais ce que je fais.

?? - Yasmine ?

Je me retourne et je vois une amie de l'université qui étudiait avec moi la psychologie quand j'étudiais encore.

J'esquisse un faux sourire.

- Selma ! Ça va ? Ça fait un bail quand même.

- Oui, j'ai entendu que tu allais te marier pétasse, même pas tu déclares. Mabrouk Âlik !

Ah j'ai horreur des gens comme ça. Je ne te connais pas à ce point là, tu relaxes avec tes fausses félicitations.

- Ahh ouais haha on veut être discret, on veut rester loin du mauvais œil.

- Ça, je comprends et ton futur mari c'est vraiment, mais vraiment un bel homme.

-...

FIN DU FLASHFORWARD

- Je dois y aller.

Il avait les poings serrés et il ne m'a même pas laissé le temps de répondre qu'il est parti...

19 h 45

Je suis chez moi et j'entends TOC-TOC-TOC.

Je regarde par le trou de la porte et je vois une fille.

J'ouvre la porte.

- Bonsoir

- Salut, ça va bien ? Je suis une de tes voisines et ma mère a envoyé mon frère la dernière fois pour des gâteaux et elle voulait savoir si tu allais venir la voir !

ET MERDE. C'EST LA SŒUR DE WISSEM.

Elle était de mon âge, peut-être un peu plus jeune. Elle était super mignonne. Elle avait des cheveux courts, la peau mate et de grands yeux marron.

- Ahh oui j'avais dit à Wissem que j'allais venir, mais bon il y a eu un petit problème

- Toi et mon frère vous vous (elle fait un petit clin d'œil) ?

- Non je crois pas haha je pense plus le contraire.

- HAHAHAR, allez viens voir ma daronne, il n'est pas à la maison.

Je discutais avec elle et elle était très sympa et charmante.

- Tu t'appelles comment ?

- Yasmine et toi ?

- Sabrina, mais toi peux m'appeler Sabi

Bref, je suis rentrée chez elle, j'ai parlé avec sa daronne pendant une heure, on a mangé des gâteaux. C'est la maman arabe typique voilà quoi. Elle avait un petit foulard sur la tête, elle était trop mimi.

Je devais repartir chez moi pour faire mes devoirs, je décide de dire au revoir à Sabi qui était dans sa chambre.

J'ouvre la porte et je vois qu'elle pleure.

- Oh je suis désolé Sabi j'ai oublié de cogner

J'allais refermer la porte jusqu'à ce qu'elle dit

- NON, Yasmine reste, j'ai besoin de conseils.

Je referme la porte derrière moi.

Je m'assois à côté d'elle. Elle est allongée et elle se met sur ses genoux.

- Je t'écoute.

- Ne me juge pas d'accord, j'ai juste besoin de parler à quelqu'un.

- Mais vas-y, t'inquiètes.

- J'aime encore mon ex.

Elle reniflait quand elle parlait.

- Ton ex ? Qu'est qui s'est passé ?

- C'était mon premier copain et j'étais folle de lui. Ce n'était pas gars bien, mais moi je le voulais que pour moi quand toutes ses autres femmes le voulaient aussi. Mon frère a découvert notre relation par la suite. Mon ex et mon frère étaient meilleurs amis. Un voisin nous a vus nous embrasser et il a couru le dire à Wissem. Il m'a giflé Yasmine quand il l'a su et ma mère s'est interposée sinon il m'aurait tué.

- Tu es resté avec lui combien de temps ?

- 6 -7 mois.

- Mais attends après ça, vous n'avez pas essayé de parler à ton frère ? Pourquoi pas lui dire que c'était sérieux entre vous non ?

Elle commençait à regarder son lit, elle avait honte on dirait.

- C'est pour ça que mon frère ne l'a pas pris. Ce n'était pas si sérieux que ça entre nous...

- Mais quand même 6-7 mois, vous approchiez, un an.Ca reste un couple.

- On n'était pas en couple...

- Mais tu mas dis que c'était ton ex ma chérie je comprends pas, dis les choses comme elles le sont

- Il n'était pas encore prêt à se poser avec moi. Je devais le garder tu comprends ? Alors je l'ai fréquenté et je lui donner des choses que je ne peux pas reprendre.

- Tu es en train de me dire que tu lui as donné ta virginité ?

- Yasmine, je lui ai tout donné. Je lui ai fait plaisir de toutes les manières possibles. Je lui ai donné mon corps et mon cœur. Je lui faisais des cadeaux avec l'argent que j'avais, il ne les acceptait jamais.

- Woow... c'est chaud quand même. Il n'a pas essayé de se battre pour que vous soyez ensemble ?

- Non, mon frère et lui sont entrés dans une période où Wissem ne lui parlait plus.

- Ils se reparlent maintenant ?

- Oui et je pensais que c'était un signe qu'il voulait refaire les choses bien...

- Sabi, il n'a pas l'air d'un gars bien pour toi. Il a pris ta virginité. Il aurait pu faire de toi sa femme.

Elle me prend par les épaules, les yeux qui étaient mouillés.

- Je l'ai obligé, je le poussais à bout, je voulais qu'il tombe amoureux de moi. Je lui ai fait croire que ça m'allait de le fréquenter sans aucune promesse et un jour, il était saoul et je lui ai sauté dessus. Après ça, je lui ai fait comprendre que je lui donnerais tout ce qu'il veut.

- Mhmm, je reste suis pas convaincue.

- Wissem l'a battu et il n'a même pas bougé. Il s'est laissé fait battre par respect.

- Mais c'est qui ce gars-là ?

- Il s'appelle Ali, c'est un Algérien. C'est le plus beau mec qui habite dans deux appartements plus loin.

Attends ça ne peut pas être, le Ali.. ? Depuis quand Ali habite dans le quartier ? Je croyais qu'il venait seulement pour voir ses potes.

- Il n'a pas une fossette droite ?

- Oui il s'habille trop bien et

Je n'arrivais plus à l'écouter et je ne sais pas pourquoi.

Sabi continuait de parler alors que moi j'étais complètement choquée par le fait qu'elle parlait d'Ali. Je faisais tout pour ne pas le laisser paraître.

- Qu'est que tu penses que je devrais faire ? - Écoute-moi, tu lui as tout donné et s'il était conscient que tu étais amoureuse de lui, il aurait dû te dire la réalité des choses. Il n'y a aucun mec sur la terre qui vaut que tu vas à l'encontre de tes valeurs personnelles pour que tu le gardes. Il ne vaut pas ta peine. Encore moins que tu détruis ta relation avec ton frère.

- Mais il n'a jamais su que j'étais amoureuse. Mais tu as un bon point, je devrais lui dire que je l'aime !

- Mais je n'ai pas dit ça Sabi...

Elle se levait sur son lit et commença à sauter. - Je vais lui dire que je l'aime et que c'est l'homme de ma vie. Je dois être magnifique quand je vais lui dire.

Je savais plus quoi dire, elle agissait comme une vraie folle...

- Sabi tu es sûre que c'est une bonne idée ?

- OUI !

Elle descend de son lit et commença à enlever toutes les robes de sa garde-robe.

- Je dois trouver l'habit parfait pour lui dire et je dois m'acheter des sous-vêtements sexy.

Oh lalala bon moi je devais sortir de cette chambre. - Bon je dois y aller, tiens moi au courant....

- D'accord ma belle, bisous

Je ferme la porte de sa chambre en soufflant. Je lève les yeux et je vois Wissem torse nu qui me regarde les yeux ronds. Il avait un corps massif.

J'allais tourner pour m'en aller quand il dit quelque chose.

- Qu'est que tu fais ici ?

- Ta mère m'a invité.

- Je ne savais pas que tu connaissais Ali et qu'il te protégeait...

-...

- Tu as rien à dire ?

- Je suis protégé par personne

- Ouais c'est ça, dis plutôt c'est ton gars, ze3ma tu connaissais personne ici

- Ce n'est pas mon gars. C'est simplement un ami...

- Ouais bref, je m'en bats. La dernière fois, je voulais t'avertir comment les frères du quartier ils pensent, ils t'auraient vu dans une robe et voilà quoi.

- Et voilà quoi exactement ? Ils vont me violer ? La robe arrivait aux genoux ya quoi ?

- Tu arrêtes de t'énerver, je rigole même pas avec toi. Ça parait que tu sais pas ce qui se passe dans ce gros appartement... dans ce quartier.

- Je ne sais même pas pourquoi je perds mon temps...

Je suis partie alors qu'il disait quelque chose.

Peut-être que j'aurais dû l'écouter, peut-être.

Quelques jours plus tard, je sortais du travail et j'étais crevée.

Je sors du centre commercial et je vois Ali avec un mec et une meuf en train de discuter. Je ne voulais pas le déranger. Je commence à baisser la tête en faisant mine de lire un truc sur mon téléphone quand je sens une main se placer mon bras. Je me retourne et je vois Ali avec un petit sourire.

- Alors on ne m'a pas vu ?

- Je ne voulais pas te déranger,dit-je riant.

- Viens avec moi.

Je le suis et je vois un homme d'environ 30 ans qui ressemble drôlement à Ali et une femme aux cheveux caramel.

- Sophiane je te présente la meuf la grincheuse la plus mignonne du quartier et Yasmine je te présente mon grand-frère et sa femme, Nora.

J'étais rouge. Il a dit à son frère que j'étais la plus grincheuse du quartier, mais attends mignonne ?

- Je suis enchantée

J'avais un petit sourire gêné

Sophiane-On est enchantée nous aussi. Nous, on doit y aller. Tu gardes un œil sur mon petit frère, il doit arrêter ses conneries.

Ali lui dit en arabe en souriant qu'il ne devait pas s'inquiéter.

La femme de Sophiane semblait vraiment d'une femme sympathique. Elle m'a fais la bise.

Ali et moi on se retrouva seuls. Il me fit face et me souriait. Il était très beau comme d'habitude.

- Je vais te proposer quelque chose

- Oui, vas-y

- Ça te dirait de manger un bout quelque part

Il avait mis ses mains dans ses poches et il avait fait ses yeux de bébés un peu. Je ne crois pas que j'aurais pu dire non parce que je crois qu'il y a une partie de moi qui était déjà sous son charme.

- Euhh oui j'aimerais bien

- Je voudrais t'amener dans un petit resto juste à côté

- D'accord, allons-y

10 minutes plus à pied on arrive. C'était un resto familial un peu rétro.

Le serveur a directement reconnu Ali, ils se sont même checkés.

On s'assoit et 5 minutes plus tard on commande.

J'attends que le serveur nous débarrasse de nos menus pour lui poser des questions qui ne quittent pas ma tête.

Il me regarde dans les yeux. On dirait qu'il sait déjà.

-, Ali, je dois savoir des trucs

- Comme quoi ?

- Tu as parlé à Wissem ?

Il regarde la pluie par la fenêtre et se mord les lèvres.

- Ouais je lui ai parlé vite fait.

- Moi aussi. Il se retourne directement vers moi

- Il t'a dit quoi ? Ou tu l'as vu celui-là ?

- Sa daronne et sa sœur m'ont invité à boire un café. Son visage a changé. - Ali, je ne te connais pas et je n'écouterais jamais ce que les gens disent sur toi. - Pourquoi tu dis ça. Ah je sais, c'est Sabrina c'est ça ?

Je ne disais rien, j'ai baissé les yeux. - Alors elle t'a raconté son histoire de victime ? Et bien moi je vais te raconter comment les choses se sont vraiment passées..

- Si tu veux.

- Oui je veux. Elle s'est rapproché de moi au début que pour se rapprocher de mon petit frère, il avait son âge à l'époque.

- Tu as un petit frère je savais pas.

Il regarde encore par la fenêtre et me dit :

- J'avais.. Il est mort, Allah y Rahmo.

- Allah y Rahmou !

J'ai baissais les yeux. Il regardait toujours par la fenêtre.

- Écoute, si tu veux trop déballer sur cette histoire, je comprends parfaitement..

Il me regardait droit dans les yeux avec un regard tendre et me dit - Non t'inquiètes pas.

Il prit un souffle et continua.

- Sabi était folle de mon frère. Chaque fois que je traînais avec mon frère ou qu'on sortait au club ou même si on allait fumer une petite chicha, elle était là. Elle trouvait toujours un moyen d'être invitée, elle connaissait toujours une ou deux meufs qui pouvait l'amener à n'importe quel endroit pour que ça passe crème. Mon frère, Adam, c'était mon meilleur ami, on se disait tout. Il n'était pas un homme modèle vis-à-vis les femmes, mais il restait toujours honnête avec les filles. Il n'avait pas des rapports avec plein de meufs en même temps, il m'en avait juste mentionné deux.

Il s'assurait que ses filles savaient dans quoi elle s'embarquait, qu'il ne voulait rien de sérieux, il voulait ne faire de mal à personne. Sabi était intéressée par lui depuis très jeune. Quand il a remarqué que Sabi faisait tout pour qu'il l'a remarque, il lui a dit gentiment qu'il que c'était pas son cas à lui et qu'il ne cherchait pas à se poser ni avec elle, ni avec personne. Tu as vu Sabi, tu peux imaginer comment elle a pu réagir.

- Comment ?

- Elle a commencé à faire tomber par terre toutes les shishas des potes à Adam par terre. Elle a fait hella.

On a commencé à rire.

- Bref, Adam, Wissem et moi, on traînait tous le temps ensemble. On était des frères, on avait grandi ensemble. Mais.. Wissem et Adam faisaient les voyous ensemble. Ils me racontaient des histoires de cambriolages, de fraude et de vente de la drogue pour se faire de l'argent. Mon grand frère n'était pas encore marié, mon père vivait encore à la maison et ma mère devait s'occuper de notre petite sœur qui venait juste d'avoir 2 ans. Adam pensait qu'on avait besoin de plus d'argent..

Alors un soir, lui et Wissem avaient prévu un gros coup. Adam m'avait dit Incha" Allah après ça c'est fini j'aurais plein de pognon pour la miff. Je lui ai dit de faire attention que je voulais qu'il arrête tout de suite après ça pour la daronne. Il m'a checké et il m'a dit qu'on allait se revoir dans 1 heure maximum deux.

2 heures et demie plus tard, je n'ai pas eu de nouvelles, il ne répondait pas à mes appels, mes textos rien du tout.

Quand soudain ça cognait à la porte, je cours parce que je pensais c'était mon frère. J'ouvre et je vois Wissem qui est tout blanc.

Je lui demande - Il est oû Adam ? Il me dit :«Allah y Rahmou, il est mort frère. »

J'ai dis - Allahu Akbar, Allah y Rahmou.Ma mère m'entend parler à la porte et vient voir ce qui se passe. Elle remarque mon visage choqué et celui de Wissem et nous demande en arabe qu'est qui se passe. Elle le demande 2 fois et commençait à angoisser parce qu'elle sent que la nouvelle va la frapper.

Comment je dis à ma mère que son fils le plus jeune est mort en essayant de ramener de l'argent haram à la maison ? Comment je vais dire à ma sœur que la dernière fois qu'elle a vu mon frère c'est vraiment la dernière fois dans sa vie ? Comment je vais pouvoir regarder mon père dans les yeux maintenant ?

Alors, je l'ai dis à ma daronne et.

Ali a pris une pause et il a passé ses mains sur son visage. C'était plus fort que moi j'ai pris sa main. Il a fait un petit sourire.

Il continuait.

- Elle s'est effondrée par terre. Mon père était énervé et j'ai vu dans ses yeux qu'il regrettait de ne pas nous avoir élevés en Algérie. Mon grand-frère est resté silencieux. Ma petite sœur ne comprenait rien, ma petite princesse.

Et il y avait moi. Wissem était encore là et je lui ai demandé partir, il m'avait promis de veiller sur mon frère. Il ne l'a pas protégé putain. Il savait qu'il ne faisait pas le poids pour une mission comme ça. Moi je m'y connaissais pas en fraude, en vol, j'allais encore à l'école. Je savais pas merde...

Adam s'est fait tirer dessus et Wissem a bougé parce que la police arrivait. Mon frère a passé ses dernières minutes seules putain.

On est allé au bled l'enterrer et mes parents ont pris la décision de laisser Nour, ma princesse, en Algérie avec nos grands-parents. Quand je suis revenue, je faisais que des conneries, je n'arrêtais pas de boire ou de fumer du shit. J'allais plus à l'école. C'était n'importe quoi à la maison, même mon père a disparu du jour au lendemain, il n'était plus capable. J'étais dégoûté de Wissem, je voulais juste me venger, mais je n'y arrivais pas. Depuis que j'étais revenu du bled, Sabi me collait partout. Alors un jour, j'étais complètement saoul et elle a commencé à me dire que je ressemblais à Adam.Ca m'a chauffé, je voulais la gifler. Alors je me suis rapproché d'elle et elle m'a embrassé. Et bon tu sais déjà la suite. Elle m'envoyait des cadeaux, je les lui redonnais direct. Elle m'a recroisé dans le quartier alors que je faisais tout pour l'éviter et elle m'a sauté dessus en m'embrassant, Je l'ai repoussé, mais quelqu'un nous a vus.

Quand c'est arrivé aux oreilles de Wissem, il m'a bien frappé. Je me suis laissé faire, j'ai merdé.

- Attends, mais pourquoi Sabi m'a dit que ceci avait duré 6-7 mois

- C'est n'importe quoi, ce n'est arrivé qu'une fois.

- Je suis vraiment désolé Ali

- Pourquoi ? Tu n'as rien fait. Tu sais c'est la première fois que je suis capable d'en parler à quelqu'un.

J'ai souri.

Ensuite, nos plats sont arrivés. On n'a pas arrêté de parler. On a mangé et j'ai dû me battre pour qu'il ne paye pas et j'ai perdu.

Il m'a raccompagné jusqu'à chez moi. Il avait une Mercedes...

J'ai pas osé lui demander qu'est qu'il faisait dans la vie parce que j'assumais qu'il avait une entreprise. J'avais cru comprendre qu'il avait continué ses études.

- Je ne veux pas que les gens ici te dérangent, je t'accompagne jusqu'à ta porte

Il m'a accompagné devant ma porte. J'ai ouvert et il était dans le cadre de ma porte à m regardé avec ses yeux magnifiques. J'ai déposé mon sac sur la table de la cuisine et je suis revenu vers lui à deux centimètres de son visage.

- J'ai passé une très belle soirée, ça faisait longtemps.

Il souriait, ce qui faisait apparaître ses belles dents blanches.

- Moi aussi.

On se regardait sans rien dire. Il se mordit la lèvre et soudainement, son téléphone sonnait.

Mais il ne regardait pas son téléphone, juste moi.

- Je crois que tu es demandé haha

- Ahh et oui malheureusement !

Il s'est penché, m'a fait un bisou sur la joue et il est parti aussi vite qu'il est arrivé.

5.

FLASHFORWARD

Il est très tôt le matin et je fais la vaisselle. Je m'arrête et je regarde le ciel par la fenêtre. Je me demande si lui aussi il voit ce soleil.

J'étais perdu dans mes pensées quand j'entends mon mari rentrer dans la cuisine. Il est derrière et me fait un bisou sur la joue dont je reste froide.

- Sabah El Nour (Bonjour)

Je lui réponds d'un petit hmm et je continue la vaisselle.

Je l'entends soupirer et me dire - C'est quand que tu vas arrêter de penser à lui et à m'aimer moi, ton mari, putain ?

Je ne lui réponds pas et il sort en claquant la porte d'entrée.

FIN DU FLASHFORWARD

Je touchais encore ma joue. Ali venait de me donner un bisou.

Toute la nuit, j'ai pensé à lui, je voulais lui parler au téléphonejusqu'à l'aube. Mon cœur battait très fort.

Quand soudainement, j'entends ma sonnerie de téléphone.

Nouveau Message — On m'a dit que tu as déménagé, pourquoi tu me l'as pas dis ? Réponds-moi ou sinon je viens dans ta ville.

J'ai décidé de l'ignorer. C'est encore le même mec qui remarque qu'il m'a perdu pour de bon et son orgueil prend mal le rejet. (Partie plus tôt)

Le lendemain.

Je suis en cours quand quelqu'un me tape l'épaule.

?? - Salut, je me demandais si tu aurais les notes de cours de la semaine passée, j'étais malade.

C'est une jeune fille arabe. Elle avait une peau claire, de longs cheveux bruns et des yeux verts. Elle était vraiment jolie.

- Oui bien sûr, tu peux les recopier.

Elle s'assoit avec moi. Alors, j'apprends qu'elle s'appelle Selma, qu'elle est égyptienne et que surtout elle est à la recherche de son hlel hahahar

Elle me laisse son numéro à la fin du cours.

Je retourne chez moi et en montant dans les escaliers je tombe sur un mec arabe et ALI !!

Ali sourie automatiquement et moi aussi d'ailleurs.

- Tu as finis ta journée ?

- Oui ! Et toi tu fais quoi ?

- Moi et Sammy on avait l'intention de se faire un petit foot avec les gars.

Je salue Sammy.

- Ah t'es pas nouvelle toi ?

- Oui haha

- Encore une Algérienne ?

- Eh oui ! Pourquoi tu vas me dire que t'es pas arabe quand même ?

- Si ! Je suis égyptien !

- Ah alors je crois avoir trouvé ta hlel si tu es encore célibataire !

Ali change d'expression comme s'il venait de s'étouffer avec quelque chose. Sammy commence à rire.

- Ah oui et c'est qui ?

- Une fille dans mon cours, elle s'appelle Selma et c'est une Égyptienne. Elle est jolie et ça sonne bien Sammy et Selma.

- T'as pas une photo ?

- Non, mais je te la présenterais bientôt, tu vas la voir

- Ca marche, c'est ma mère qui serait contente hahaharr

- Bon je vous laisse faire votre foot.

Je regarde Ali bien dans les yeux et lui regarde aussi. On se sourit et je monte.

5 minutes plus tard.

TOC-TOC-TOC.

J'ouvre la porte et je vois Ali arborant un grand sourire aux lèvres.

- Tu faisais pas une partie de foot avec les gars ?

- Je préférais venir te voir.

J'ai commencé à sourire comme une imbécile heureuse.

- C'est la première fois je te vois sourire comme ça,dit-il en souriant.

- Qu'est qu'il y a ? tu n'aimes pas ? demanda-je en riant.

- Je suis plus habituée à la grincheuse, dit-il en riant.

- N'importe quoi, rentre viens, dis-je en souriant.

Alors on a décidé de regarder un bon film policier.

Il était à côté de moi et chaque fois qu'il bougeait j'avais chaud. Je voulais qu'il m'entoure de ses bras trop bien musclés. D'ailleurs, il était dans un t-shirt blanc moulant et il venait de refaire sa coupe de cheveux au barbier, c'était vraiment dur de ne pas le regarder.

Il tourne sa tête et commence à me regarder. Automatiquement, je dirige ma tête vers la télé et je fais semblant que je suivais le film.

- Je sais que tu ne regardes pas vraiment le film

- Comment ?

- Je te connais, c'est tout

- Ah bon et qu'est que tu sais de moi ?

- Je sais que tu as peur de te rapprocher des gens par peur qu'ils jouent un jeu avec toi parce que tu sais comment tu es naïve.

- Qu'est qui te fais dire ça ?

- De la manière que tu me regardes. Tu as peur que je te déçoive ou que je te fasse mal...

Et là, il prend mes mains.

- Je ne vais pas te décevoir, on se connaît depuis pas très longtemps, mais je veux que tu me fasses confiance.

Il allait continuer de parler quand je le coupe et je lui dis - je te fais confiance Ali.

J'ai vu dans ses yeux qu'il n'avait pas l'habitude d'entendre ça. Il a souri.

Alors, on a passé le reste de l'après-midi à discuter, rire et à apprendre à se connaître.

Je lui ai filé mon numéro et il m'appelait avant de dormir, car il savait que j'avais peur toute seule dans mon appartement.

À partir de ce jour-là, passer du temps ensemble était devenu notre quotidien. On se retrouvait devant chez moi après le travail ou l'école et on passait quelques heures ensemble jusqu'à tant qu'il dût me quitter.

Jusqu'à un jour où on était tellement fatigués qu'on s'est endormi ensemble dans la couverture en regardant un film.

Le lendemain je me réveille et je remarque que je suis dans ses bras. Mon visage est carrément dans son cou. Il sentait trop bon.

Je me décale doucement de lui. Je vais aux toilettes et je me refais une beauté.

Je prépare le déjeuner et Ali dort toujours comme un gros bébé. D'ailleurs, même quand il dort, il est beau.

Quand soudainement, j'entends TOC-TOC-TOC.

Je me dirige vers la porte et sans réfléchir j'ouvre sans regarder par judas une vraie hmara.

Dès que je l'ouvre, je regrette direct.

MAIS NON C'EST IMPOSSIBLE, QU'EST QU'IL FAIT LA ?

J'ouvre la porte et je vois le mec qui n'arrêtait pas de m'envoyer des messages pour savoir qu'est que j'étais devenu.

Bon, pour être claire. Quand j'habitais dans mon ancienne ville, j'ai fait connaissance avec un mec. Dans mon ancien quartier, tout le monde l'appelait Zaki. C'était un marocain libanais. Il avait ce charme de fou, vous vous voyez le genre de mec qui va te faire rire même après une journée de merde. Ce genre de mec qui te fait oublier, pour un moment dans ta journée, la notion du temps. Voilà, c'était Zaki. En plus d'être drôle, il avait un de ses sourire. Sa bonne humeur était contagieuse. Il était beau, il avait un corps de footballeur et il avait une bonne carrière devant lui. Bref, j'étais intéressée par lui. Je voulais faire encore plus partie de sa vie et devenir sa copine de manière à éventuellement à devenir sa femme. C'est tout ou rien non ?

Mais avant même qu'on puisse atteindre le stade de copain et de copine, les choses ont dérapé. Il ne me donnait plus d'attention, ne prenait plus de mes nouvelles et me disait qu'il n'était pas du tout prêt à se poser. En plus, je le voyais de plus en plus traîner avec une fille. Et ce plus en plus est devenu un toujours.

Alors, moi évidemment, je suis passé à autre chose. J'ai laissé ça derrière moi quand j'ai déménagé parce qu'après tout... il n'y a jamais rien eu entre nous. Il me disait que j'étais belle et extraordinaire, mais à combien d'autres il disait ça ?

- Zaki ?Comment. ?

Il avait un regard fatigué. J'ai compris qu'il avait passé la matinée à conduire.

- Et toi comment tu es parti sans rien me dire ? Tu m'as fait de la sorcellerie parce que je n'arrête pas de penser à toi mahboula (espèce de folle)

- Mais... on ne se parlait plus et je ne te comprends pas. Je veux dire tu t'attendais à quoi ?

- Écoute-moi je te vois comme ma femme, que tu sois partie ou pas, tu es toujours là (il pointe sa tête) et là (il pointe son cœur). On a passé tellement de temps à rigoler, moi et toi ce n'est pas fini hbiba.

Ce N'EST PAS FINI ? DIS-MOI QUAND ÇA A COMMENCÉ DÉJÀ. J'allais répondre quand Ali a décidé d'y mettre son grain de sel.

- Mais c'est quoi cette merde ?

Je me retourne et je vois Ali qui vient de se réveiller. Il avait l'air de vouloir tuer quelqu'un. La tête de Zaki était à mourir de rire. Il avait l'air hyper choqué.

- Mais t'es qui toi ?

Ali se rapproche de la porte et me met derrière lui et dit avec sa voix hyper grave trop sexy - mais t'es qui TOI ?

- Je suis son mec, toi tes QUI ?

Je vois les poings d'Ali se serrer et il respire fort. Ali a une tête de plus que Zaki et il est trois fois plus bâti que lui. Même si Zaki a dit qu'il était mon mec je voyais qu'il avait un peu peur.

- Ce n'est pas vrai, on n'est pas ensemble et on n'a jamais été ensemble, tu dis n'importe quoi

- Tu voulais qu'on se pose ensemble avant que tu déménages nan ?

- Oui, mais les choses ont changé.

- Tu vois frère, elle fait juste sa pute comme toutes les autres

J'allais répondre quand Ali ne s'est pas contrôlé et il a commencé à taper Zaki.Zaki répondait aux coups, mais Ali avait le contrôle à 150 %.

J'ai essayé de les séparer, mais j'ai reçu un coup dans le nez de la part de Zaki lorsqu'il essayait de frapper Ali.

Je me mis de côté directement, mon nez me faisait trop mal.

Quand Ali a remarqué, il a pris Zaki par le collet.

- Tu ne LA touches pas. Tu ne la traites pas de pute. Tu reviens ici une autre fois Wallah je m'occupe de toi, tu vas rien comprendre.

Zaki est évidemment parti aussi vite qu'il est arrivé.

Ali s'est retourné vers moi et m'a vue assise par terre. Il est allé dans la cuisine et il est revenu avec de la glace pour mon nez.

- Merci

- Garde-le sur ton nez d'accord, je dois y aller.

Je me lève.

- Pourquoi ?

- Je dois rentrer Yasmine.

Je le regarde dans les yeux

- C'est à cause de Zaki ?

- Parle-moi même pas de ce con

- C'est à cause de lui ? Tu doutes de moi ?

- Doûter de quoi ?

-...

- Il n'y a rien entre nous, je ne me vois pas avec toi, on est des amis. Je te protège contre les connards comme lui c'est tout.

Je peux même vous expliquer comment mon cœur s'est déchiré. J'ai essayé de cacher ma déception.

Alors, j'évitais son regard.

- Oui tu as raison ! Bon je vais te laisser partir.

Ali cherchait mon regard alors que je regardais partout sauf dans ses yeux.

Il allait dire quelque chose, mais il est parti. J'ai fermé la porte, j'ai attendu une minute et j'ai fermé les yeux.

J'ai pris, ensuite, mon téléphoneet j'ai appelé Malika. Elle a essayé de me consoler, mais j'avais besoin de la voir. J'avais besoin de voir ma famille. J'avais besoin de m'échapper un peu. Alors j'ai appelé mon patron et je lui ai dit que samedi je ne pouvais pas travailler. J'avais décidé de retourner chez moi ce week-end. Aujourd'hui, nous sommes vendredi matin et je reviendrais dimanche soir.

J'ai rempli un sac à dos et je suis parti.

2 heures et demie plus tard.

Je sonne chez moi et ma maman était trop surprise de me voir. J'apprends que mon petit frère, Malik, est encore à l'école. Il n'a que 5 ans alors je décide d'aller lui faire la surprise de le chercher. J'appelle Malika pour qu'elle vienne avec moi, elle adore mon petit frère.

Malika vient devant chez moi et je sors la rejoindre.

- Wesh, tu as une tête de déprimée

- Je te jure il m'a fait trop mal

- Il dit des bêtises, tu crois vraiment qu'il pense ce qu'il a dit ?

- Mais c'est vrai qu'on est juste des amies.

- Quel genre d'ami (elle faisait les signes de guillemets avec ses doigts) va passer autant de temps que toi ?

- Je sais pas...

- Il s'est endormi en te serrant dans ses bras franchement. T'inquiète pas.

On est parti chercher Malik et mon petit bébé était à croquer.

Bref, le week-end a passé trop vite. J'ai revu mes anciennes amies et j'ai passé tout mon temps avec ma famille c'était trop bien. Je me sentais mieux et je commençais à accepter le fait qu'Ali ne voulait pas de moi. J'avais laissé mon téléphoneéteint tout le week-end.

À la place de revenir le dimanche soir, je suis sorti de chez mes parents le lundi très tôt et quand je suis arrivé dans ma nouvelle ville, je suis directement allé à l'université. J'avais prévu le coup au cas où.

Dès que je rentre dans la classe, Selma m'interpelle.

- Yasmine, ça va ma belle ?

- Je suis fatiguée, depuis ce matin je suis sur la route.

- Ah bon et pourquoi ?

- J'ai passé le week-end chez mes parents

- Ahh c'est bien, j'imagine qu'ils t'avaient manqué et tout

- Oui j'en avais besoin. Écoute, j'ai trouvé ton homme

- QUOI ??!!

- Il habite dans mon appartement, je lui ai déjà parlé de toi

- Arrête

- C'est un Égyptien en plus, il s'appelle Sammy

- C'est bon après le cours, on va dans ton quartier, je dois me marier ma chérie

- Hahahar, ça marche.

Espérons qu'il ne soit pas avec Ali.

3 heures plus tard.

On était devant mon quartier.

Selma se remettait du gloss sur les lèvres.

- Ça va ? Tu penses que je vais lui plaire ?

- Mais oui, relaxe !

On se dirigeait vers l'entrée.

- Regarde Selma c'est lui le mec dans la veste de cuir.

- C'est une bombe. Et c'est qui le mec à côté de lui ?

C'était Ali...

- Un ami à moi.

- Je veux les mêmes amis moi mddrr

Sammy, Ali et deux noirs, que je connaissais vite fait, remarquent qu'on se dirige vers la porte.

- Wesh c'est la nouvelle Algérienne ! T'es parti en Algérie avec ta copine ou quoi hahaharr on t'a pas vu du week-end !

Alors on se rapproche d'eux et je vois qu'Ali me regarde durement.

- Hahaharr je vous présente Selma les gars.

Je vois Sammy en train de l'analyser.

- On n'est pas parti en Algérie han, elle est partie voir ses parents, moi c'est l'Égypte ou c'est rien hein.

Regardez-moi ça, elle essaie déjà d'avoir Sammy dans sa poche.

- T'es égyptienne ?

Alors, Sammy et Selma commencent à discuter.

Sammy, en passant, a un teint basané, les yeux verts, une barbe un peu longue et la coupe à la samurai (la petite couette de cheval, mais le reste est dégradé). Il est grand et assez musclé.

Les deux noirs étaient occupés à regarder une vidéo sur leur téléphone et il y avait Ali qui était contre le mur avec un regard assez dur.

Je décide de déposer mon sac à dos chez moi. Je rentre dans l'ascenseur et Ali décidé de rentrer aussi.

- Pourquoi tu m'as pas dit que tu allais partir ?

- C'était une décision sur un coup de tête.

- Et pourquoi tu répondais pas à ton téléphone ?

- J'avais plus de batterie et aucun chargeur.

- Mais tu m'as pris pour Zaki ?

- Mais ça va pas ? Pourquoi tu dis ça ?

- Tu ne connais personne ici, imagine il te serait arrivé un truc, moi j'en savais rien.

- Mais on est des amis non, pas de stress poto ?

J'ai dit ça avec un gros sourire.

Il a regardé par terre et il a souri lui aussi.

- Écoute-moi bien, peu importe ce que tu es pour moi, moi je te protège rentre ça dans ton crâne.

6.

FLASHFORWARD

J'étais assise sur mon lit et mon mari rentre dans la chambre. Il prenait un pantalon dans la penderie et il allait quitter la pièce pour me laisser dormir quand je l'arrête.

- C'est quand que tu as commencé à m'aimer ?

Il se retourne, il avait l'air surpris que je lui parle.

- je t'ai toujours trouvé trop jolie, mais je crois le jour du mariage de Sabi.

Je regarde la couverture de lit. Le soir du mariage de Sabi était un soir qui a changé ma vie, il ne le sait pas lui. Mon mari s'assoie alors sur le lit aussi et me prends les mains.

- Yasmine. C'est quoi qui t'empêche de m'aimer aussi ? J'en ai marre de dormir sur le canapé. Je veux te toucher et t'embrasser. Je veux que tu nous fasses un petit benzema dans ton ventre. Tu ne veux pas te laisser aller un peu ?

FIN DU FLASHFORWARD

J'ai souri à ce qu'il a dit et il m'a accompagné jusqu'à chez moi.

Ce que j'aimais le plus d'Ali, ce que peu importe la chicane qu'on pouvait pouvoir, il ne gardait jamais de la rancœur. Avec moi, il finissait toujours par mettre sa fierté de côté et passer l'éponge. Je pensais que j'étais comme lui, pas rancunière et que j'aurais pu lui pardonner n'importe quoi, mais bon le temps m'a démontré qu'il y a toujours une exception pour chaque règle.

On discute un peu chez moi, il me raconte des trucs du quartier.

J'allume mon téléphone et je vois qu'il m'avait envoyé des tas de messages tous les soirs que j'étais chez mes parents. Je n'avais pas remarqué sa présence derrière moi.

- Je t'avais dit que je m'inquiétais pour toi c'était pas des mots en l'air..

Je me retourne vers lui.

- Je ne savais pas que tu allais t'inquiéter pour moi comme ça. Je suis désolé des fois je suis impulsive quand je me sens bizarre...

Il commence à sourire, sa fossette droite apparaît.

- Ah bon et pourquoi tu te sentais bizarre ?

Il me regarde bien dans les yeux. Ses yeux noisette me faisaient un effet de fou.

Quand mon téléphone commence à sonner.

Ouf sauvée par Selma !

- Allo ?

- Viens en bas avec Ali, on va sortir à 4

- Maintenant ?

- Ouais, dépêchez-vous, on va manger et se promener en ville

- C'est l'idée de toi ou de ton futur mari ? hahahar

- Je te jure que tu as eu une vision du futur toi

- On descend hahahar

Je regarde Ali.

- bon on doit descendre rejoindre l'Égypte c'est ça ?

- Oui, mais tu me laisses me changer et tout ?

- Ouais tu sais quoi je t'attends en bas, prends ton temps t'inquiètes.

Dès qu'il est parti, j'ai pris mon plus beau haut rouge. J'ai mis un jean taille haute avec des chaussures noires avec un petit talon. J'ai refait mon makeup. En autre, un beau rouge à lèvres rouge pour faire ressortir mes lèvres. J'ai rebouclé mes cheveux pour leur donner plus de volume.

Je voulais qu'Ali me trouve belle, canon, magnifique, etc. tout ce que vous voulez.

Je suis descendu.

Selma était face à moi.

Devant elle, donc de dos à moi, il y avait Ali et Sammy.

Quand Selma m'a vu, elle a ouvert sa grosse bouche.

- PUNAISE T'ES CANON YASMINE.

Sammy et Ali se sont tout de suite retournés.

- Tu cherches ton futur gars en ville toi

Ali ne parlait pas, il me regardait en se mordant la lèvre un peu. Il ne me quittait pas des yeux.

- N'importe quoi Sammy hahahar

- On y va wesh j'ai faim.

- Ouais, allez, on y va.

On s'avance devant les voitures.

- Yasmine tu fais chemin avec moi comme ça on laisse les deux futurs mariés mddr

- Ça marche.

Dans la voiture d'Ali.

Il avait le regard sur la route, il était trop beau.

Il jette un coup d'œil sur moi. Il commence à sourire.

- Tu t'es mis belle pour qui comme ça ?

- Pour personne

- Ah bon, c'est vrai, tu ne m'as jamais dis... tu es intéressé par quelqu'un depuis que tu as déménagé ?

Il se stationne devant le kebab.

- Oui, mais il m'a pas remarqué malheureusement.

Je regarde mes mains, je ne pouvais pas le regarder dans les yeux.

Et je sens sa main sur mes mains.

- Je suis sûr qu'il t'a remarqué.

Je le regarde et il me regarde.

Il allait dire quelque chose quand on entend Selma frapper sur la vitre.

- ALLEZ JE MEURE DE FAIM !

On mangeait et c'était trop bon. Mais il y avait une meuf qui n'arrêtait pas de regarder Ali. Elle riait super fort avec ses copines.

Elle décide de se lever et venir parler à Ali devant nous. Je n'ai jamais compris ce genre de femme.

Meuf dégueu - Salut, je voulais te dire que t'es super mignon avec ta sœur.

Selma arrête de manger et regarde Sammy genre elle est sérieuse celle-là.

- Mercii hahahar

Mais il est sérieux lui.

Meuf dégueu - Je m'appelle Sirine, souviens-toi de ce nom. Elle lui a fait un petit clin d'œil.

Selma me fait un signe genre elle est folle celle-là. Sammy a pris un fou rire.

Ali sourie en plus ce con.

C'était cramé comment j'étais jalouse, je devais me calmer.

- Désolé les gars, j'ai un appel, je reviens.

Je me lève et je vais direct aux toilettes.

J'appelle Malika direct et je lui explique la situation.

Elle me dit de retourner m'asseoir et de rester tranquille.

Je retourne donc m'asseoir et je finis de manger mon sandwich tranquillement.

Ali ne faisait que me regarder en souriant et moi je faisais que le contraire de sourire.

Quand tout le monde finit de manger, je pouvais plus jouer la comédie.

- Sérieux je suis crevée, j'ai conduit toute la journée les gars, je veux rentrer

- Non tu dois rester Yas

- Selma, je suis claquée

- D'accord ma belle, mais comment tu vas rentrer ?

- C'est 15 minutes de métro, c'est rien.

- Tu vas pas prendre le métro à cette heure la

- Il n'est pas si tard (il était 20 heures) et ça va me faire du bien

- Mais...

- Laissez-la faire ce qu'elle veut, va y l'Algérienne, on se voit demain Incha'Allah

Ali me regardait avec un regard soucieux.

- À demain Incha'Allah

2 heures plus tard.

J'étais chez moi dans le salon à regarder un film. Un bol de pop corn à ma droite et un autre de crème glacée.

Je portais juste un long chandail mauve et les cheveux détachés.

TOC-TOC-TOC.

Mais qui peut cogner à 22 h chez moi.

J'ai oublié de regarder par le trou de porte et j'ouvre directement.

C'est Ali.

- Ali ?

Il s'approche et respire fort. Il était tout chaud. Il portait un chandail blanc moulant. Il me regardait dans les yeux.

- Qu'est que tu fais la ?

Il rentre et ferme la porte et met sa main sur ma hanche. J'allais perdre mon équilibre. Quand il me touche, je perds le contrôle.

Il rapproche son visage du mien et je regarde ses lèvres. Il prend mon visage et commence à caresser ma joue.

Et il m'embrasse.

Il m'embrasse en tenant mon visage et ses mains se dirigent sur mes hanches. Je tiens son cou. Je ne comprenais rien, mais tout ce que je sais c'est que cet homme me rend heureuse.

On s'arrête et je recule un peu de lui.

Il me regarde dans les yeux et enlève sa main de ma joue.

Ali murmure - Bonne nuit, Yasmine.

Je reste sans voix et lui il sourit avec sa fossette droite. Il garde son regard vers moi en fermant la porte et dès qu'il part, je garde ma main sur mes lèvres. Je me tourne vers le miroir et je remarque mes joues sont toutes roses. Je m'endors avec le sourire aux lèvres.

Ce soir-là, j'avais décidé de laisser une place à Ali dans mon cœur et j'étais convaincue qu'il ne me ferait jamais de mal.

Alors, le lendemain je suis allé en cours et j'avais toujours ce fameux sourire aux lèvres. J'essayais d'écouter mon cours quand je reçois un texto.

- tu finis à quelle heure aujourd'hui ?

J'ai eu une crise cardiaque.

- Dans 1 heure pourquoi ?

Il a arrêté de me répondre... bizarre.

Quand mon cours était fini, je suis sorti et qu'est que j'aperçois. Ali contre sa voiture sur son téléphone.

Il lève la tête et commence à sourire. Je m'approche de lui.

- Ahh, mais qu'est que tu fais là ?

- Je suis venu chercher une des Algériennes les plus têtues de mon quartier.

Je commence à sourire.

Alors, il m'a déposé chez moi, on a parlé de tout et de rien enfin, tout sauf du baiser d'hier. Je ne voulais pas le brusquer et je m'étais dis que le temps ferait en sorte que j'aille une réponse sur la signification du baiser.

- Tu veux monter qu'on regarde un film à l'ancienne ?

- J'aurais voulu, mais je dois taffer !

- Taffer ? Ah c'est vrai je ne t'ai jamais demandé tu travailles où comme ça ?

Le mec avait toujours du Ralph Lauren ou une ceinture d'Hermès... son taffe devait le faire bien gagner sa vie.

- Je travaille pour deux-trois entreprises vite fait

- Ah et tu fais quoi ? Tu t'occupes de la finance ?

- Ouais on peut dire, de la marchandise aussi

- Ah et c'est quoi ton titre au sein de l'entreprise ?

- Tu en poses des questions princesse

- Je suis curieuse haha

- Mon taffe c'est un sujet casse-tête

On arrive devant mon bloc appartement.

- Bon je te laisse, merci de m'avoir déposé.

J'allais sortir de la voiture quand il prend ma main. Je me retourne vers lui.

- Je t'appelle ce soir d'accord.

Je souris comme guise de réponse

Le soir venu, il m'a appelé et il m'a confié quelque chose au téléphoneque je n'oublierais pas.

- Il y a tellement de choses que j'aimerais te dire... mais, je peux pas.

Pendant une semaine Ali venait me chercher après l'école ou le travail, mais il semblait toujours occupé, comme si sa tête était ailleurs. Il m'appelait chaque soir, mais encore là j'avais l'impression qu'il était submergé par d'autres responsabilités.

Bref.

C'était un lundi et j'avais dit à Ali que j'allais manger un morceau avec Selma après mon cours. Alors, il n'avait pas besoin de venir me chercher. Pendant mon cours, la prof distribuait les examens qu'on avait passés récemment. Quand j'ai vu ma note, j'ai vu rouge c'était horrible. Alors, j'ai dit à Selma de remettre ça à une autre fois et je suis resté après le cours pour voir avec ma prof l'examen en profondeur.

Je suis sorti de ma classe une heure plus tard que prévu. Je ne sais pas pourquoi, mais j'ai décidé de sortir par la sortie en arrière de l'école qui donnait la vue sur le stationnement et sur une ruelle. J'ouvre la porte légèrement et j'entendais des mecs parler. Je reconnais une des voix. Je me cache derrière la porte, je regarde et je vois Ali avec un groupe de mec.

Ali était avec un arabe et noir. Devant eux un il y avait un mec que je reconnaissais de l'université.

- Alors tu l'as amené ?

Le mec de l'uni - Ouais tranquille, 3000 balles ma gueule

Le noir - J'espère pour toi que tes pas en train de mentir Rahim

Le noir mit sa main sur quelque chose derrière sur son pantalon et j'ai reconnu la forme d'une arme. J'espérais me tromper, ce n'était pas possible !

L'autre arabe qui était avec eux sort un gros sac.

Rahim - Je vais enfin avoir ma propre arme les gars, vous êtes des bons vous

Le Noir - Ferme ta gueule et donne le butin à Ali.

Soudainement, Rahim regarde dans ma direction...

Merde il m'a vu.

Je ferme la porte super discrètement et je commence à courir.

J'ai couru jusqu'à la sortie principale et jusqu'à l'arrêt de bus. Quand le bus est arrivé, j'étais un peu plus rassurée. Assise dans le bus, c'était comme si mon cœur allait exploser hors de ma poitrine. Quand je suis arrivé devant mon quartier, j'avais les larmes aux yeux et elles coulaient toutes seules...

Wissem était dans la porte d'entrée avec ses potes et il m'a vu.

Il s'est approché devant moi.

- Qu'est que tas

- S'il te plaît, laisse-moi Wissem..Pourquoi faire de la fraude ? Il ne voit pas que ça me tue.

-...

Il avait l'air troublé par ce que je venais de dire. Je suis rentrée chez moi. J'ai fermé à double serrure la porte de chez moi.

Je ne voulais parler à personne. Je me trouvais si conne.

J'avais des sentiments pour un mec qui foutait de la merde, qui vendait la mort.

Je me suis mise dans mon lit et j'ai pleuré jusqu'à ce je m'en dorme.

La sonnerie de mon téléphonem'a réveillée. Je vois trois appels manqués d'Ali.

Je passe deux jours.

Je ne sortais pas de chez moi et je ne faisais qu'étudier à la maison pour les gros examens qui arrivaient à grands pas.

J'avais même démissionné de Zara, je n'arrivais plus à jongler le travail et l'école, je considérais que l'école plus importante que toute autre chose.

Ali n'arrêtait pas d'essayer de me joindre et je ne répondais pas.

Il n'y avait plus rien à manger, j'étais obligée de sortir de chez moi.

J'essaye d'avoir l'air jolie et tout, mais le cœur n'y était pas. Je fais les courses la tête ailleurs. Je reviens chez moi et la chance me sourit comme d'habitude.

Il y avait Sammy, Ali, Wissem et Mamadou (un noir) à l'entrée.

Sammy dès qu'il me voit, il est obligé de dire quelque chose.

- Yasmine, mais tu as disparue, on te voit plus

Wissem regardait ses pieds, carrément. Ali au contraire me regardait bien.

- Étudier prend tout mon temps

- Tu n'abandonnes pas hein ma sœur

- Non t'inquiètes

- Viens je t'aide avec tes sacs.

Il s'approchait, très sûr de lui.

- Non merci.

Il arrêta de bouger, je crois que le mec on lui dit jamais non.

Mamadou murmura - Ouff comment elle lui a mis un vent hahaharr

Je montais chez moi et après que j'aille installer mes sacs, on cogna à ma porte.

Ahnn, ça tombe bien, c'est Ali.

- Tu veux quoi ?

- C'est quoi ton problème ?

- Je sais que tu fais du trafic d'armes espèce de menteur

Il resta sans voix.

- De quoi tu parles ? Les gens du quartier t'ont dit des trucs c'est ça ?

- Je t'ai vu avec Rahim lundi. « Tu l'as amenée ? et 3000 balles ma gueule », ça te dit quelque chose ?

Il frotta sa tête et essaya de se rapprocher de moi.

- Écoute je peux t'expliquer..

- Il n'y a rien à expliquer. Je n'ai rien à comprendre et rien à te dire. Tu dégages de chez moi avec ton argent sale et tes mensonges.

Il m'a regardé durement dans les yeux s'est un peu reculé de la porte d'entrée et je le lui ai bien fermé au visage.

7.

À partir de ce jour-là, Ali et moi on ne se parlait plus. Il ne cherchait plus après moi et moi encore moins après lui. On avait ce qu'on appelle la fierté.

Cette fierté nique tout. On croit que c'est bien d'être fier alors que ça nous bloque dans de nombreuses occasions de changer les choses et de se libérer du poids qui pèse sur notre cœur. Si j'avais été moins fière, le cours de l'histoire se serait passé différemment.

Je passe 2 semaines. Deux semaines où j'ignorais Ali et lui, je ne sais même pas ce qu'il faisait. Je le voyais de moins en moins dans le voisinage. J'étais résigné à l'oublier, mais à chaque fois que je voyais quelqu'un qui lui ressemblait, mon cœur battait fort.

Bref, j'étais avec Selma et notre cours avait fini. Elle parlait, parlait et parlait encore de Sammy. Elle ne savait pas pour Ali, elle ne savait rien du tout.

- Toi tu es ailleurs pendant mes histoires...

- Désolé c'est la fatigue

- Dis-moi ça fait combien de temps que tu es célibataire ?

- Euh attends...

- Arrête si tu dois réfléchir et compter y'a un grave problème.

- Bah c'est pas ma faute

- C'est bon ! Je te présente un des mes amis, il est super !

- Et mon opinion ne compte pas ?

- Écoute-moi, ça fait deux semaines je vois que tu ne vas pas bien, tu as besoin de sortir et d'entendre que tu es belle.

- Mhmouais, je sais pas, j'ai rien à me mettre en plus !

- Menteuse j'ai vu ta robe noire. Elle sera parfaite. Allez viens, on va manger, c'est moi qui paye.

Je passe à vendredi.

Je me regarde devant le miroir. Selma rentre dans ma chambre.

- REGARDEZ-MOI UNE BOMBE !

J'avais une robe noire contre le corps, marquée à la taille qui m'arrivait jusqu'au genou, avec des manches longues et avec une légère ouverture sur les épaules. Un maquillage nude au niveau des lèvres et un smokey eyes au niveau des yeux. J'avais également de boucles d'oreilles YSL que j'avais acheté après des mois d'économie. Enfin, des talons noirs.

- Arrête, c'est toi qui es toute belle, tu vas où ?

Elle avait une robe rouge et elle était bien maquillée.

- Je vais voir Sammy ce soir, je pensais qu'on allait vous rejoindre pour le dessert.

- Ah d'accord !

- Bon mon pote c'est afghan, il s'habille trop bien et c'est un vrai gentleman.

- Tu m'avais pas dit que ton pote était un arabe ?

- Oui, mais j'ai appris qu'il était posé, donc voilà

- J'espère que tu ne me présentes pas un gars bizarre hein

- Non t'inquiètes cousine

- Tu commences à parler comme Sammy hahahar

Bref, 2 heures plus tard.

J'étais assise à une table devant un mec qui ne me plaisait pas du tout. Limite j'étais hyper mal à l'aise.

Bon je vous explique. Le mec au début je le trouvais élégant et beau gosse.

Il avait une coupe dégradée avec du gel. Il était habillé d'une chemise et d'un pantalon. Il était très classe et grand. Teint légèrement bronzé et les yeux en amandes. Il avait un peu de moustache et légèrement de poils au niveau du menton, mais c'est tout, pas de barbe comme je les aime.

Il était venu me chercher. Pendant tout le trajet, il parlait de lui et me posait des questions ici et là.

Il avait un regard un peu bizarre. Je me suis dis que c'était dans ma tête, mais j'avais l'impression qu'il clignait un peu de l'œil gauche et qu'il se grattait souvent le cou. Et en plus, le comble de tout, il s'appelait Ali.

J'étais en train de regarder le menu.

Ali L'Afghan : Alors tu as choisi ? Habibi c'est comme ça qu'on dit ?

Il commençait à rire tout seul et en plus il avait un rire vraiment bizarre...

C'était comme s'il était étranglé en même temps de rire.

Je lui donne un de mes plus faux sourires.

- Excuse-moi je dois aller aux toilettes

- Vas-y, j'espère que tu ne vas pas essayer de t'enfuir haha

- hahaha non jamais !

- De toute façon, si tu t'en t'enfuis je vais te retrouver

J'arrêtai de rire. Punaise il était bizarre.

Je vais aux toilettes et j'appelle Selma.

- Allo ?

- MAIS C'EST QUOI CE MEC QUE TU ME PRÉSENTES ?

- Il te plaît pas ?

- TU L'AS ENTENDU RIRE ??

- Ahh c'est juste un rire comme les autres

- Tout le restaurant nous regarde quand il commence à rire

- Bon d'accord, mais le reste est bien non ?

- Je ne serais pas surprise s'il me disait qu'il a déjà séquestré quelqu'un.

- Tu veux qu'on vienne ?

- Oui

- Ça ne te dérange pas si on est plus que prévu ?

- Viens avec 20 personnes si c'est ça qu'il faut !

Je retourne à la table.

Ali l'afghan-Ahh tu es là j'allais venir te chercher

-...

20 minutes plus tard de souffrance.

?? - Hey les copains !

Je vois que Selma est enfin arrivée avec Sammy. Je peux enfin respirer jusqu'à ce que je vois avec eux Ali, mon Ali, avec une petite blonde.

Je regarde mon Ali, sa petite blondasse et je regarde Ali l'Afghan.

Dans quoi je me suis embarqué ?

Il colle deux tables à la nôtre. Selma est à côté de moi et elle me regarde genre qu'est que t'as ?

La blonde- Ahh vous étiez en rendez-vous c'est trop mignon !

- En effet, c'est TROP mignon

L'afghan - Yasmine c'est devenu ma habio !

Ali s'étouffe avec ce qu'il boit et commence à rire.

- On dit habibi frère ahha

Ali commence à sourire en me regardant. Le fameux sourire malin.

La blonde - Comment vous vous êtes rencontrés ?

Mais de quoi elle se mêle celle-là...

L'afghan - Selma nous a réunis, elle a vu le potentiel direct

- Un mariage bientôt ?

- Inch'Allah, on sait jamais... bref comment vous vous êtes rencontré ?

La blonde- Ali raconte l'histoire mon cœur !

Ali passe la main sur sa barbe.

- Non vas y.

C'était la première fois que j'entendais sa voix après des semaines.

- Bon, vous voyez on était dans un club et dès que je l'ai vu, j'ai su c'était l'homme pour moi. Je l'ai abordée et nous voilà.

- C'est TROP mignon !

Selma commença à rire et me donna un coup de coude pour que je me calme.

- J'ai hâte que tu me présentes tes autres amis et ta famille !

Ali regardait son verre et fit un petit sourire.

OK c'était trop.

J'envoie un texto à Malika.

– Tu as trois minutes pour m'appeler et pour me faire croire qu'il y a une urgence grave et que je dois partir.

3 minutes plus tard, elle m'appelle.

Elle a trouvé la phrase parfaite pour que je sois direct sensible.

- Saphir Taïder va se marier la semaine prochaine.

- NON !!!

Malika et moi on fit semblant d'avoir une conversation pour je puisse m'en aller.

Je raccrochai.

- Je suis désolé tout le monde je dois vraiment quitter, une de mes meilleures amies m'a annoncé quelque chose de grave, elle a vraiment besoin de moi.

Selma a compris que c'était un coup monté.

- Ahh c'est dommage, on se voit lundi.

Ali l'Afghan - Viens je vais te déposer.

- NON, je veux dire non merci, j'habite à côté, ne te dérange pas, profite !

Après 5 minutes d'argumentation, j'ai réussi à partir sans l'autre fou. Ali avait l'air soucieux, mais il regardait son téléphone.

Une heure plus tard, j'étais déjà chez moi devant la télé avec un gilet sur ma robe et tout mon maquillage encore sur mon visage.

Il est minuit et on cogne à ma porte. Je replace mes cheveux et j'arrange mon gilet. Je sais déjà c'est qui.

Et oui, c'est lui....

J'ouvre la porte.

- Je peux savoir ce que tu fais à minuit devant ma porte ?

- Je mets ma putain de fierté d'algérien de côté et tu devrais faire pareil.

- (Je soupire) Je t'ai déjà dit non. Tu me prends pour qui ?

- Déjà tu as ouvert la porte, je ne comprends pas pourquoi tu essaies de jouer le jeu de miss inaccessible.

Et ben merde l'espèce de couverture, ça n'a pas passé.

- Mais tu as cru que c'était la fête ici ? Tu viens chez moi en espérant quoi ?

- Je fais ce que je veux et c'est toi que je veux, pourquoi perdre du temps ?

- Parce que je ne te fais pas confiance, je sais ce que tu fais dans la vie et je n'ai pas besoin de quelqu'un comme toi.

Il me regarda bien dans les yeux. Il avait un de ses regards.

- Yasmine... Tu dis une chose, mais tes yeux ne mentent pas.

- Quoi, mais qu'est que tu veux dire ?

Il s'approcha de moi et..

8.

FLASH FORWARD

Je sors de la pharmacie et je marche avec quelques sacs de courses. J'avais la tête ailleurs en marchant quand on m'interpelle.

?? - Yasmine ?

Je me retourne et j'en ai la bouche ouverte.

- Sammy ?

Je lâche mes sacs et je me dirige vers lui pour lui donner un câlin.Ca faisait presque 1 an et demie que je ne l'avais pas vu.

Il me serra fort comme un frère qui serre sa petite sœur. Il passait la main dans mes cheveux et on se lâcha. Je pense que ça faisait des années que je n'avais pas été aussi heureuse.

Je repris mes sachets et il m'aidait en n'en prenant deux. On marchait l'un à côté de l'autre.

- Qu'est que tu deviens l'Algérienne ?

- Et bien, je suis enseignante pour le préscolaire. Et, euh je sais pas, la routine d'une femme mariée.

Il me regardait avec un sourire compatissant.

- Tu es heureuse ?

Je regardais le soleil.

- Al hamdoulillah

- Al hamdoulillah

- Et toi ?

- Ahh, tu vois, il n'y a pas grand-chose qui a changé depuis ton mariage. J'ai un nouvel emploi, je suis proprio de deux kebabs. Ils font beaucoup de succès.

- Je suis fière de toi. Tu as reparlé à Selma ?

- Non, elle ne m'a jamais pardonné.

Je mis ma main sur son bras.

- Et toi... tu lui as reparlé depuis l'accident ?

FIN DU FLASH FORWARD

- Yasmine. Tu dis une chose, mais tes yeux ne mentent pas.

- Quoi, mais qu'est que tu veux dire ?

Il s'approcha de moi et me prit la main.

- J'ai foiré, grave même. Mais j'ai vu comment tu me regardes, enfin plus comment tu me regardais. Chaque fois qu'une fille me draguait, tu devenais jalouse. Je te voyais froncer de sourcils et te gratter le cou, je le sais que ça te rend folle. Je le sais, parce que moi aussi putain j'ai envie de butter tous ses cons qui se permettent avec toi.

J'évitais son regard.

Il me prend le visage entre ses mains.

- Je m'excuse ,merde ,de t'avoir menti, mais je savais que tu allais réagir exactement comme ça, mais... donnes-moi du temps pour arrêter tout ça et...

Je le coupai direct et je reculai.

- Comment tu veux que je te croie ? Tu vas me dire j'ai arrêté et tu vas continuer à faire tes conneries.

Il se mord les lèvres et il respira fort.

- Je peux pas arrêter du jour au lendemain je suis impliqué dans pleins trucs... ma mère compte sur moi.

- Ta mère, tu lui donnes de l'argent sale comme ça ? Elle le sait ?

- Tu n'as pas le droit de me juger.

Il avait raison, c'était la colère qui parlait.

-...

- J'avais pas le choix. Mon père a quitté la maison du jour au lendemain. Sophiane comptait se marier, il allait plus ramener du pain à la maison. Je n'allais plus à l'école... on n'avait rien. Ma mère ne voulait pas qu'on le dise au reste de la famille, elle ne voulait aucune aide. Elle avait honte. Je voulais essayé de postuler pour des différents emplois, mais je savais j'allais me faire rejeter. Je suis arabe si tu n'avais pas remarqué. Je n'avais pas le choix. J'avais besoin d'argent direct.

- Ali... Je comprends, mais tu avais toujours le choix de postuler n'importe où juste par principe d'avoir de l'argent blanc. Peut-être au début pour pouvoir être un peu plus à l'aise financièrement, mais pourquoi tu participes encore à ce genre de trafic aujourd'hui, pour t'acheter de la marque ou une Mercedes ?

Il regardait par terre.

- C'est ça que tu veux entendre ? Que j'ai tort ? Que j'ai pris goût à cet argent et faire plaisir à ma daronne ?

- Pense à Adam. Pense à ta mère. Tu es son dernier.

Il était encore au cadre de porte et il me regardait plus. Il avait l'air complètement perturbé.

- Rentre et viens t'asseoir.

Alors, je le prends par le bras, il se laissait faire. Je ferme la porte.

Après 5 minutes assis sur le canapé, je le regardais. Il avait l'air pensif.

- Tu as raison. J'avais besoin d'entendre ça. Donne-moi 3 mois. Il faut que je règle tout et que je me trouve un vrai job.

Je posai ma main sur son bras.

- Et nous ?

- Je sais pas...

- On est bien ensemble.

- J'ai besoin de te refaire confiance. Je peux juste être ton amie.

Il avait l'air si déçu et croyez-moi c'était à contrecœur, car je rêvais d'être avec lui. Par contre, je devais me protéger.

Il mit ses bras sur ses genoux et passa ses mains dans ses cheveux.

- D'accord, si c'est le seul moyen de te garder dans ma vie.

-...

Il releva sa tête.

- Tu as passé une belle soirée avec ton gars ?

J'ai roulé des yeux.

- Pire soirée de ma vie. Et toi avec la miss ?

- Pour être honnête, je sais même pas c'est quoi son nom hahaha

Et là, il a commencé à sourire.

- Viens avec moi.

On a monté les escaliers du bloc pendant au moins 5 minutes.

On était au dernier étage et il pousse une porte. On se retrouve au toit de l'édifice. Il y avait une petite brise. J'ai eu un petit frisson et il l'a remarqué. Il m'a tout de suite donné sa veste.

- Approche, je veux te montrer un truc.

Il me dirige vers le bord et il me montre une inscription sur l'accotoir du toit.

C'était inscrit - A.A.A

- A.A.A ?

- Algérie, Adam et Ali.

Il regardait le paysage en souriant. Il continuait tout en regardant le ciel.

- Tu aurais été la première personne que je lui aurais présentée s'il était encore là.

Et c'est à moment là que j'ai su que j'aimais Ali.

Je me suis rapproché de lui et on regardait le ciel.

- Tu te souviens quand tu m'as dit que je n'avais rien à voir avec Wissem, que lui c'était un mec de rue et moi que j'étais tous sauf ça ?

- Oui

- J'habite avec ma mère dans le bâtiment juste là-bas

C'était un bâtiment juste à côté de mon appartement.

- J'ai vécu ici toute ma vie. J'ai grandi ici. Même si j'essaye de proposer à ma mère de vivre quelque part d'autre, quelque part de mieux et de plus beau, elle me dit non. Elle aime beaucoup ce quartier. Toutes les voisines sont ses copines et c'est le seul souvenir qu'on a de toute la famille.

Il me regarde.

- Je suis en train d'économiser pour lui acheter une maison au bled. Elle va pouvoir y vivre avec Nour et Inch'Allah je vais peut-être m'y installer.

- Tu veux vivre en Algérie ?

- Ahh je ne sais pas, mais tu vois je veux avoir ma petite maison à Oran et vivre tranquille avec les gens que j'aime.

Alors on a discuté jusqu'à deux heures du matin.

Et par la suite, on est réellement devenus juste des amis. Si je dois vous décrire le mois qui a suivi cette discussion en un seul mot ce serait le regret. Je regrettais chaque jour d'avoir rejeté Ali. Je le voyais une fois par semaine et on était toujours avec Selma, Sammy et Mamadou. On avait plus ces moments seuls.

Oui il était là quand j'avais besoin de lui, mais avec ma fierté de merde, je lui disais que tout allait bien. Alors que par ma faute, mon cœur il était en mille morceaux.

C'était la routine jusqu'au jour où Sabi a décidé de revenir mettre son petit grain de sel. Mais je pense que sans ça, le cours de l'histoire serait complètement différent.

Vous vous demandez, mais qu'est qui est arrivé avec elle pendant tout ce temps ? Je ne pourrais pas vous le dire et c'est ça qui est le plus inquiétant.

Alors, c'était un jeudi soir et je revenais du ciné avec Selma. On allait vers chez moi quand on voit Sabi venir vers nous. Plus elle s'approchait vers nous, plus je remarquais son apparence n'était pas du tout normale. Elle avait fait un de ses maquillages dégueulasses. Et ses vêtements ça passait limite, car elle avait un petit manteau.

- Salut habiba, ça fait un bail quand même !

- Salut Sabi, qu'est que tu deviens ?

- Je cherche Ali enfaite, je dois lui dire ce que j'ai à lui dire.

Selma la regarde de haut en bas.

- Ah, bonne chance alors !

Sabi remarque Selma qui l'a regardé de manière hautaine.

- C'est ton amie ?

- Ouais.

- Moi c'est Sabi

- OK...

- T'as pas de nom ?

- Je dis pas mon nom aux inconnus qui consomment de la drogue

Je le regarde et je m'empêchais de rire.

Sabi allait répondre quand Mamadou marche avec Ali et Sammy.

- Wesh les filles !

Sabi se retourne et il perd son sourire.

- OH ! Sabi c'est pas l'Halloween, tu as dormi chez Séphora ? hahaharr

Sammy et Selma riaient comme des malades. Moi, j'étais mal à l'aise et Sabi était rouge, j'imagine, de honte.

Selma me fait signe qu'elle me parle plus tard et prend la main de Sammy sous les yeux de Sabi en s'éloignant vers le stationnement.

Ali se gratte la barbe en remarquant Sabi. L'atmosphère était trop bizarre.

- À plus les gars.

Je cours limite jusqu'à chez moi.

30 minutes plus tard, on cogne chez moi

J'ouvre la porte et je vois Sabi en pleurs.

- Mais qu'est que tu as ?

- Ali m'a rejeté

- Ahh, mais qu'est que tu lui as dit ?

- Que je l'aimais et que je voulais qu'on soit ensemble

Son mascara coulait et son fond de teint était mêlé au reste c'était vraiment horrible. Je lui tend un mouchoir qu'elle prend.

- Et il t'a répondu quoi ?

- Il m'a dit qu'il avait déjà craqué pour une fille du quartier. Il faut que je retrouve cette salope.

- Sabi peut-être que tu devrais laisser tomber et te trouver un autre mec.

- Pourquoi tu dis ça ?

- Peut-être que tu perds ton temps avec ça... tu peux trouver quelqu'un qui va t'aimer réellement.

- Je croyais vraiment que tu allais être là pour moi.

- Mais je le suis, mais je préfère te dire la vérité

- Je vais retourner chez moi, je crois que c'est mieux.

- Repose-toi bien...

Elle m'a fait un regard assez étrange et elle est partie.

Je passe une semaine. C'était un vendredi soir et j'étais seule chez moi à regarder des films jusqu'à 2 heures du matin.

Soudainement, j'ai entendu un bruit bizarre qui venait de dehors. Je regarde par la fenêtre. J'avais une fenêtre qui avait une vue de derrière du bâtiment, proche du stationnement, contrairement à plusieurs appartements du bloc.

Il y avait une fille et deux mecs qui n'arrêtaient pas de crier. Je ne voyais pas très bien c'était qui ou comment ils étaient habillés, mais ils faisaient énormémement de bruit. Au début, je croyais qu'ils rigolaient, mais j'ai réalisé que les deux mecs criaient après la meuf.

Et ils ont commencé à la frapper. J'ai commencé à avoir hyper peur qu'il la viole et qu'il la tue. Je n'ai pas réfléchi, je me suis dit que même si j'appelais la police ils arriveront trop tard.

Alors sans réfléchir j'ai mis un survêt et je suis descendu. J'ai ouvert la porte de derrière et je suis arrivé devant eux, ils me faisaient dos. Ils l'a frappaient miskina et ils l'a traitaient de pute. Elle pleurait et elle suppliait d'arrêter.

- HEYY, mais ça va pas de frapper une fille, vous n'avez pas honte ??

Un des mecs il a arrêté et il s'est retourné et c'est là que j'ai réalisé que les deux mecs étaient saouls.

Mec 1 - T'es qui toi ? Une autre pute ?

J'avais plus de mots, j'avais trop peur.

Mec 1 - Tu parles plus hein

- Arrêtez de la frapper, vous n'êtes pas des hommes pour frapper une femme.

Le mec 1 a donné une petite tape sur l'épaule au Mec 2.

Mec 1 - La beurette là-bas elle nous a traités de Pd hahaharr

Le mec 2 a arrêté de frapper la fille.

Il se retourne vers moi.

Mec 2 - Fallait le dire depuis le début que tu veux qu'on s'occupe de toi

Je reculais.

Mec 1 - Tu croyais que tu allais faire quoi, protéger ta pute d'amie ?

Ils s'approchaient de moi.

La fille - Je la connais pas, laissez la !

Elle pleurait et elle suffoquait quand elle parlait la pauvre.

Mec 2 - Ta gueule salope.

Le mec 2 lui a donné coup de pied dans le ventre carrément.

Le mec 1 m'a pris par les cheveux et m'a fait tomber par terre. Il n'arrêtait pas de me donner des coups de pieds dans les jambes et dans le ventre, mais surtout sur ma jambe gauche.

Je voulais paraître forte, mais je ne pouvais pas m'empêcher tellement il me faisait mal. J'étais tellement absorbé par la douleur que je n'arrivais pas à entendre si l'autre fille était en train de se faire frapper aussi.

Le mec 1 arrête de me frapper et me prend par les cheveux. Il rapproche son visage proche du sien.

Mec 1 - Toutes les meufs de cette ville méritent de se faire frapper et de se faire violer. Vous êtes toutes des salopes.

J'avais les larmes aux yeux, il me faisait trop mal.

???-QU'EST QUE VOUS FAITES LES GARS ?

Le mec 1 me tient encore les cheveux et lève sa tête pour voir qui avait parlé pendant que moi je pleurais de souffrance.

J'ai rien compris, mais le mec 1 a reçu un de ses coups de pied.

Sa main a relâché sa pression de mes cheveux.

Et je vois Ali. C'est lui qui lui a donné le coup au mec.

Il me prend le visage.

- C'est eux qui t'ont fait ça ?? Ils t'ont touchée ??

J'arrivais plus à répondre.

- T'inquiètes pas je vais bien le niquer.

Il allait se lever quand je le retiens.

- S'il te plait, ne me laisse pas j'ai trop mal.

- Viens je vais te prendre.

Je tourne ma tête et je vois Sammy en train de démonter le mec 2.

- L'autre fille, il faut qu'elle aille à l'hôpital.

- T'inquiètes, Sammy va l'aider.

Il m'a pris et il m'a amené chez moi.

Il m'a déposé sur le canapé.

- Essaye de marcher.

J'ai essayé, mais quand je mettais du poids sur ma jambe, je commençais à crier de douleur.

- Ce Pd je vais le tuer...

-...

- Allez viens on va à l'hôpital.

On a donc attendu 3 heures à l'hôpital c'était l'enfer, mais j'étais avec Ali. Il me racontait des histoires et me caressait les cheveux.

Il ne m'a pas quitté une seconde. Je me tordais de douleur, ma jambe me faisait trop mal.

Quand le médecin m'a ausculté, Ali ne voulait pas quitter la pièce.

Il regardait ailleurs avec une expression stressée.

Le verdict était que j'avais une déchirure profonde à la jambe gauche à cause de l'autre imbécile qui passait son temps à me donner des coups.

Ils ont décidé de mettre une attelle que j'allais garder une semaine parce que l'impact des ses coups étaient trop puissants et je ne pouvais supporter pas la souffrance.

Sinon, je n'allais pas tarder à avoir des hématomes sur le reste de mon ventre et sur mes bras qui amortissaient le choc quand il essayait d'atteindre mon visage. Ils m'ont mis des pansements.

Pendant tout le processus, Ali se mordait les lèvres et il avait les poings serrés et comme l'autre connard m'avait cogné la tête, ils ont décidé de me de garder en observation pour 24 heures.

Ils m'ont assigné une chambre et j'étais dans mon lit.

Ali était assis à côté de moi sur une chaise.

- Tu as l'air crevé rentre chez toi

- Non, si je suis pas là, il y aura qui ?

- Selma ou Sammy ?

- Oublie, moi je reste ici avec toi. Dors, ça va te faire du bien.

- Merci de m'avoir sauvé

- Tu me parles comme si on se connaissait depuis 5 minutes, c'est rien je le referais n'importe quand.

Il me regardait dans les yeux et c'est là que j'ai réalisé que je devais sûrement ressembler Aicha Kandicha.

Alors je me cache sous la couverture.

J'entends Ali qui rit.

- Même comme ça tu es mignonne t'inquiètes hahaha

Alors il est resté auprès de moi et je me suis endormi avec sa main pas loin de la mienne.

Je me suis réveillée plus tard en sursaut et il était encore là. Il était complètement endormi contre mon lit et j'avais sa main dans la mienne.

Il était magnifique.

Je me suis rendormie, car j'étais rassurée.

Je me suis réveillée une seconde fois beaucoup plus tard et Ali était debout il regardait par le fenêtre.

Il remarque que je suis réveillée.

- Sabah el Kheir (bonjour)

- Sabah el Nour

- Tu as bien dormi ?

- Ouais quand même et toi ?

- Je me réveillais chaque heure pour voir si tu respirais hahahar

J'allais répondre quand il a vite changé de sujet.

- Moi je dois y aller, mais Sammy arrive avec Selma dans 10 minutes.

- Ah d'accord, merci encore d'être resté

- Y'a pas de problème Yasmine

Il est parti. Il était différent, comme s'il me cachait un truc.

L'infirmière est venue et elle a fait tout le tralala.

Selma et Sammy sont venus. Selma était émotive et Sammy semblait anxieux.

On discutait les trois quand Sammy me donne des explications.

- L'autre meuf ils l'ont bien défiguré miskina

- Et tu sais c'était qui qui l'ont fait ?

- Des mecs d'un quartier à côté, ils ont eu des problèmes avec les mecs de notre quartier. Ils ont trouvé Amélia dans la rue qui rentrait, ils se sont dit on va la frapper et la violer pour nous venger je sais pas trop.

Le jour même je suis rentrée chez moi. Sammy m'a déposé et Selma a décidé de dormir chez moi.

Le lendemain matin, il était à peu près midi et Selma était partie chercher des croissants et du pain.

J'étais assise dans la cuisine quand ça cogne. Je pensais que c'était Selma alors j'ouvre directement. Je vois Sabi. Elle avait des fleurs dans les mains.

- Salut ?

- J'ai entendu parler pour ton accident et je suis donc passé te voir à l'hôpital ce matin.

-...

- J'ai vu qu'Ali était dans ta chambre. Il te regardait dormir. Je ne savais pas que vous étiez aussi proches.

- C'est un bon ami oui...

- Pourquoi ton pote récite des sourates du Coran en te tenant la main ? Pourquoi ton pote te fait un bisou sur le front ?

Ali a fait ça ?

- Je ne savais pas j'étais endormie quand il l'a fait. J'en ai marre, je suis crevée et tu viens chez moi pourquoi la ? Pour me balancer ça dans la gueule ? Si j'étais avec Ali, je te l'aurais dit franchement.

- Ah bon et pourquoi les fleurs devant ta porte que j'ai dans les mains maintenant d'ailleurs porte une carte avec son nom ?

Elle retire la carte et lis - À la princesse la plus grincheuse du quartier que je vais toujours protéger.-Ali

Et comme une folle, elle m'a lancé les fleurs sur moi.

- J'ai pas fini avec toi tu vas rien comprendre.

Sabi s'approchait de moi en me poussant, je me retrouve par terre et heureusement je vois Selma arriver avec le pain en arrière d'elle. Elle pousse Sabi.

- Dégage de là sorcière.

Elle me donne sa main pour que je me relève.

- Vous êtes que des petites connes Wallah.Heureusement vous n'avez jamais été mes copines.

- Retourne d'où tu viens avec tes manières de pute. On s'en bat de toi. Tu es comme le lundi, comme le dernier pain dans le sac... C'est quand que tu vas comprendre que personne ne t'aime dans ce quartier ni moi, ni Yasmine et ni Ali. Il ne t'aime pas et ne t'aimeras jamais. Lâche l'affaire.

Je peux vous assurer que Sabi était à deux doigts de pleurer parce que quand Selma a quelque chose à dire, elle te le dit d'une manière très directe.

- Selma je te promets tu vas le regretter

- Ouais bah ce que je regrette c'est de pouvoir encore te voir devant la porte.

Et elle lui a refermée en plein visage. Selma ramasse le bouquet et la carte alors que moi je m'assois sur le canapé.

Elle lit la carte.

Elle me regarde et dépose le pain et les fleurs sur la table.

- Yasmine, est-ce que tu comptes me dire ce qui se passe entre toi et Ali ?

- Pourquoi tu dis ça ?

Elle s'assoit à côté de moi.

- Écoute, je veux arrêter de jouer le jeu de celle qui ne remarque pas ce qui se passe. Hier quand Sammy et moi ont est arrivés à l'hôpital, Ali était en train de régler ta facture des frais médicaux. C'est lui qui a payé ton attelle. Il s'est fait passer pour quelqu'un relié à toi, je ne sais pas s'il a dit qu'il était ton mari ou bien ton cousin, mais il a tout payé. Quand je lui ai demandé pourquoi il a tout payé, il m'a dit qu'il y a des choses qu'il ne préfère pas expliquer. J'ai vu vos crises de jalousie pendant le rendez-vous catastrophique. Sammy et moi, on est pas cons. Vous passiez tout votre temps ensemble avant, qu'est qui s'est passé ?

- Il a tout payé ?

- Bien sûr, tu pensais que tout ça, c'était gratuit hahahar

- Non, mais je pensais que j'allais devoir appeler mes parents et ça allait être super chaud pour ma gueule.

- Tu as dit à tes parents pour ce qui s'est passé ?

- Non t'es folle, ils vont venir me chercher et on se reverra plus.

- Ouais c'est vrai. Dis-moi la vérité parce que je vois comment tu le regardes.

Alors je lui ai tout raconté. À partir de l'histoire des sandwichs tombés dans l'eau, l'histoire du trafic d'armes jusqu'à la conversation de ce matin avec Sabi.

- Oui il t'a menti, mais tu aurais dû lui donner une chance, Ali c'est un canon wesh.

Je soupire.

- Selma, il y a pas que ça dans la vie, être avec quelqu'un de canon. Moi je ne veux pas d'un gars qui fait encore des conneries et qui me ment en pleine figure. On a 20 ans, tu penses qu'on a le temps d'attendre après un homme qui a encore des délires de garçons de rues. Je ne cherche pas à changer un mec qui ne veut pas changer. C'est grave ce qu'il fait, il vend la mort, on ne prend pas sa à la légère. Sans compter que je ce n'est sûrement pas le seuls activités illégales qu'il fait.

- Ouais c'est vrai.

Elle se rapproche de moi.

- Sammy fait ses conneries, mais je ne peux pas le lâcher. Je l'aime trop. Il m'aide à grandir et depuis qu'on est ensemble, il est plus calme.

C'est la première que je voyais Selma aussi sérieuse et parler aussi bien français hahaharr

- Écoute-moi, je pense, sincèrement qu'Ali et toi vous formerez un couple de rêve. Pense aux enfants que vous allez faire, punaise, ils vont être canons hahahar

La minute sérieuse avait rapidement été dissipée.

Bref, Selma et moi on a passé l'après-midi à rattraper des travaux chez moi.

Il était 18 h quand le téléphonede Selma sonne.

Elle répond et s'éloigne.

5 minutes plus tard, elle me dit c'était Ali au télétéléphone.

- Il a dit quoi ?

- Il voulait prendre de tes nouvelles, blabla bref il arrive dans 20 minutes tu dois te mettre belle.

- QUOI ?? Mais tu as vu ma vieille tête !

- Écoute mets ton haut bleu, il te va trop bien.

Je ne sais pas comment on y est arrivé, mais après 15 minutes j'avais l'air mignonne quand même. J'avais mis mon haut vert d'eau avec un pantalon noire. Je ne vous raconte pas la galère de m'habiller avec mon attelle. Je me suis maquillé et coiffé vite fait.

- Bon moi j'y vais.

- Quoi ? Pourquoi tu t'en vas ?

- Parce qu'il est temps qu'il devienne ton homme

- T'es sérieuse

- Bonne chance hbiba ahhaa

Elle pars.10 minutes plus tard, on cogne à ma porte.

C'est Ali et il a un petit sourire dans le visage.

- Salut mon sauveur

Il sourit et on voit ses dents parfaitement blanches.

- Salut ça va mieux ?

On s'installe sur le canapé et je mets directement un film. Il a les yeux sur l'écran avec du pop corn dans la main.

- Alors pourquoi tu es venue ?

- Pour t'aider si tu as besoin de quelque chose

- Ali… je sais que tu as payé mes factures.

Il me regarde direct dans les yeux

- Selma… je te jure elle a une bouche la grandeur de l'Égypte

- Arrête elle a voulu bien faire, elle voulait juste… bref.

Il se tourne complètement vers moi.

- Elle voulait quoi ?

- Rien, juste me faire réaliser que tu es quelqu'un de vraiment bien

- Tu mens, tu fronces du nez quand tu essayes de mentir hahahar

- Hahaharr

- Alors, dis…

- Elle m'a demandé qu'est qui se passait entre nous

- Et qu'est que tu lui as dit ?

- Je lui ai tout dit

- Tout ?

- Oui.

Il se lève. Il remet sa veste. Je me lève pour lui faire face.

- Mais qu'est que tu fais ?

- Je sens que je vais m'énerver et je veux pas m'énerver sur toi.

- T'énerver pourquoi ?

- Mais t'es sérieuse de tout raconter à Selma ? Vous êtes des amies depuis combien de temps ? Qu'est qui te prouve qu'elle va pas te faire un coup de pute ?

- Mais franchement ! Toi et moi on est bien des amis depuis aussi longtemps et je sais bien que tu me ferais jamais de coup de pute.

- Toi et moi c'est différent.

- Pourquoi ?

Il regardait ailleurs pour éviter mon regard.

- Parce que ça l'est, c'est tout.

- Non pourquoi ??

- Parce que... Oh tu sais quoi j'en ai marre.Toi et moi on n'est pas des amis parce que moi je veux plus et je sais très bien que tu veux plus aussi. J'ai essayé de t'oublier, mais j'y arrive pas. De ne pas avoir la chance de t'avoir comme femme m'a dégoûté surtout avec Sabi qui me collait partout. Sammy m'a fait sortir le soir avant même que tu te fasses attaquer, j'avais besoin de me vider la tête. Quand je t'ai vu par terre en train de pleurer... Putain si tu savais comment je voulais tuer la terre entière. Après Adam, Allah y rahmo, mon cœur est dure comme de la pierre, mais toi je peux pas te perdre aussi et..

Je ne l'ai laissé même pas finir sa phrase parce que je l'ai embrassé.

9.

Je l'embrasse. Il met ses mains sur mon visage et moi, dans son cou. Il a le même gout que la dernière fois, la vanille et la menthe. Le baiser devient de plus en plus intense. Il place ses mains sur mes hanches et il me serre plus fort. Il me prend comme une princesse et me faire asseoir sur lui dans le canapé. Il m'embrasse le cou doucement et me chuchote dans l'oreille : «C'est bon tu es à moi maintenant.»

Je souris et je lui dis :«Oui.»

Il place mes cheveux droits derrière mes oreilles et il sourit comme un bébé.

- Je savais qu'on allait finir ensemble, c'était qu'une question de temps

- Tu étais vraiment sur de toi ?

- Au début, pas vraiment, mais à l'hôpital dans ton sommeil tu as dis mon nom alors ça m'a donné un espoir

- Ohlala la honte, c'est impossible !

- Hahaha, je te dis que si

- Je te crois pas

- Tu voulais pas lâcher ma main quand tu dormais hahahar. C'est pas Ali l'afghan qui aurait eu ce problème.

- Mais tu l'as vu, il était grave bizarre

- Je crois que Selma a fait exprès pour que tu réalises qu'iln » y a qu'un Ali fait pour toi

Il souriait et il était trop beau.

- Je veux faire les choses bien avec toi Wallah.

- Qu'est que tu veux dire ?

- Je vais partir dans 5 minutes et dans une semaine, quand tu auras plus ton truc de robot au pied, je viens te chercher et je te donne le meilleur rendez-vous de ta vie.

- On ira où ?

- Ah ça... c'est une surprise

Il a quitté 3 heures plus tard parce que je ne voulais pas le laisser partir.

Pendant toute la semaine, Ali, Selma et Sammy m'aidaient, peu importe ce dont j'avais besoin.

Je vous passe jusqu'au fameux soir où je devais voir Ali.

Je pense que j'ai passé au moins 3 heures à me préparer à l'aide de Selma et de Malika au télétéléphone.

Les deux criaient de partout c'était la folie.

J'ai opté pour une robe mauve pale qui arrivait jusqu'aux genoux qui avait des manches longues et une ouverture en col rond ouvert sur les épaules et un peu au niveau du cou, mais pas vraiment au niveau de la poitrine. Je ne sais pas si vous suivez, mais voilà. Des escarpins couleurs nude.

Mes cheveux longs bien droits et un maquillage simple.

TOC-TOC-TOC

J'ouvre et c'était Ali.

Mama, il était beau. Il venait de sortir du coiffeur avec sa coupe dégradée avec un peu de gel. Sa barbe était parfaitement taillée et ses lèvres étaient bien pulpeuses. Il avait une chemise noire à manches longues et un pantalon noir classe.

Il avait son fameux sourire aux lèvres.

- Alors on s'est faite belle pour moi ce soir ?

- Pourquoi d'habitude je suis comment ?

- Moins belle que maintenant hahaha

- Tu es un connard hahaha

- Tu sais que je te trouve belle tout le temps même quand tu ressembles à Aïcha Kandicha

- Hahaharrrr et c'est comme ça tu dragues ?

- Non tu vois, moi je n'essaie pas de te draguer, j'ai juste une discussion avec ma femme hahahar

- Hahahar on va manger, j'en ai marre de toi déjà

- Ce sera comme ça toute la nuit bébé hahaha

Quand il conduisait, il tenait toujours main avec sa main droite. Des fois, il y glissait un petit bisou.

Il m'a amené dans un resto italien trop bon.

On mangeait tranquillement quand je remarque que Rahim (celui à qui Ali avait vendu une arme) était un serveur dans ce restaurant et il nous fixait. Ali a senti qu'il y avait un truc alors il s'est retourné et il a vu Rahim.

Rahim a tout de suite baissé les yeux et il est retourné à ses occupations.

- Ne t'occupe pas de lui

- Ouais...

Il arrête ce qu'il fait.

- Tu sais je suis beaucoup moins investis dans le trafic d'armes, je suis doucement en train de me détacher de tout ça. Je veux que tu me fasses confiance.

- D'accord

- Je sais qu'il y a une partie de toi qui est déçue et je comprends. Mais, je veux juste que tu croies en moi.

- Je crois en toi, t'inquiètes pas.

- Tu es ma dernière je te le promets, on va bâtir un truc ensemble je le sens.

- C'était quand que tu as eu ta première copine d'ailleurs

- Ahh quand j'avais 15-16 ans. Wissem et moi on voulait avoir nos petites femmes quoi hahahar. Maintenant que tu ressembles grave physiquement à la première copine de Wissem.

- Sérieusement ?

- Ouais, en plus il était tombé amoureux d'elle ce petit con hahahar. Ils sont restés en couple pendant 2 ans presque 3.

- Pourquoi ils se sont séparés ?

- Elle l'a trompé avec un mec du quartier qui avait beaucoup d'argent. C'est pour ça qu'il a commencé à faire les bails illégaux, il s'est dit que c'était sa manière de se venger. Évidemment, quand il est devenu un mec plein aux as, elle est revenue vers lui.

- Ah je ne savais pas

- En plus, c'est une bonne amie de Sabi hahaha

- Quelle coïncidence hahaha

Quand j'y pense, c'était le moment parfait pour lui raconter ce qui s'était passé avec Sabi l'autre jour, mais je n'ai rien dit. Je voulais juste passer un bon moment avec lui. Si je lui avais dit, je crois que ça aurait, encore une fois, changé le cours de l'histoire. Ça, je le regrette encore aujourd'hui.

Le reste de la soirée était parfaite et il m'a ramené devant ma porte comme un vrai gentleman. Il m'a embrassé le front et m'a dit - Bonne nuit princesse.

Je vous passe jusqu'au lundi. Selma et moi on était à l'université. On discutait du rendez-vous passé avec Ali. On est rentrés aux toilettes et Selma se remettait du rouge à lèvres. Moi je rentre dans une cabine. Je sors deux minutes plus tard pour me laver les mains.

Elle me regarde.

- Wallah, il y avait une fille qui te ressemblait trop. Je mettais mon rouge à lèvres, je pensais que c'était toi et j'ai commencé à discuter avec elle sans vraiment la regarder.

- Hahaharr, t'es sérieuse ?

- Ouais, mais elle était vraiment désagréable. Elle m'a regardé grave mal en plus.

On sort des toilettes et on voit Sabi de loin. Elle n'étudie même pas ici.

- Mais qu'est quelle fout là celle-là ?

- Je sais pas

- On bouge d'ici, cette fille elle porte le mauvais œil.

Je reviens vers le quartier et je vois Sammy.

On commence à discuter. Je l'aime beaucoup ce mec, il est devenu mon meilleur ami. On se dit tout carrément.

On parlait quand une jeune fille vient nous voir.

?? - Sammy tu m'as acheté un kebab ?

- Non j'y vais relax wesh

Elle roule des yeux.

?? - Tu diras à ta petite copine que tu vas lui parler plus tard

- Non, je suis plus sa sœur que sa petite copine haha

?? - Ca m'étonnerais, je suis sa seule sœur.

- Lina tu lui montres du respect, elle c'est la famille.

-pffff

Elle est sérieuse... elle s'en va et remonte chez elle.

- Elle fait trop d'attitudes. Elle étudiait à l'étranger et depuis qu'elle est revenue elle agit comme ça. Désolé hein

- C'est pas grave

On discute encore 10 minutes et il part acheter un kebab à sa sœur.

Je me dirige vers la porte d'entrée quand Wissem en ressort.

- Salut Wissem, ça va ?

Il avait l'air surpris, mais il m'a souri.

- Oui Hamdoullah et toi ?

- Oui ça va.

- Ça va mieux que depuis la dernière fois ?

- Ouais promis je ne pleure plus jamais devant toi hahahar

- Non, t'excuse pas... je sais pas, ça ma fait quelque chose, tu m'as fait rappelé ce que ma mère me dit souvent. J'ai arrêté toute cette merde, je suis retourné aux études maintenant. C'est pour ça qu'on me voit plus autant traîner.

C'est vrai que je ne le voyais plus.

- Wow, c'est bien je suis contente pour toi.

- Allez à plus.

Il me fait un clin d'œil et se dirige vers sa voiture.

Il était environ 22 heures quand je reçois un texto de Selma.

- Descends tout de suite en bas. À côté de la cave.

J'ai descendu aussitôt. Aussi bizarre que ça puisse l'être quand Selma avait quelque chose d'important à dire, elle envoyait des messages textes et quand ça ne l'était pas, elle appelait. Le contraire du reste de la planète.

Je descends et je vois Selma rouge, les sourcils froncés et les larmes aux yeux.

Je vois plus loin Sammy sans chandail qui gueulait le prénom de Selma qui était retenu par Mamadou.

Et je vois Sabi sortir avec un gros sourire de la porte de sortie avec une robe super courte.

- Mais qu'est qui se passe ?

Selma avait les larmes de colère.

- J'ai surpris Sammy en train de coucher avec Sabi dans la cave.

- Quoi ??

Selma regarde Sabi et s'approche d'elle.

- Écoute-moi bien petite pute. Je ne veux même pas te toucher, tu ne vaux même pas la peine. Moi, mes parents m'ont bien éduquée. Dieu va se charger de tout ça et Incha'Allah dans quelques années, tu seras sur ton tapis de prière en train de demander pardon à Dieu pour ce que tu m'as fais.

Et elle regarde Sammy.

- Et toi salopard, c'est fini. Tu me dégoûtes.

- Tu ne sais pas satisfaire un homme, c'est pas sa faute...

J'ai rien compris, mais Selma lui a mis une de ses gifles. On a même entendu la tête de Selma faire un 180 degrés.

- Tfou 3lik (je te crashe dessus.)

Elle se dirigeait vers le stationnement, je l'ai suivi.

- Selma attend !

Elle se retourne. La pauvre elle séchait ses larmes.

Je lui donne un énorme câlin.

- Je suis désolé, Sammy c'est un gros con pervers

- Je veux même pas parler de lui

- Viens, je te raccompagne à la maison.

- Non, je veux être seule, je vais conduire, ça va me faire du bien.

- D'accord, tu sais que je suis là hbiba

- Oui t'inquiètes habibti

Même si elle ne voulait pas que je la raccompagne chez elle, je l'ai suivi avec ma voiture. Je m'inquiétais pour elle et je voulais être sûre qu'elle allait bien rentrer chez elle. Non, elle n'a jamais su que j'ai veillé sur elle cette nuit-là.

En retournant dans mon quartier, il y avait la troupe de la nuit de arabes et de noirs à l'entrée.

Entre autres, il y avait mon imbécile préféré, Ali. Il parlait avec un mec.

Dès qu'il m'a vu, il fait signe au mec qu'il devait y aller.

Il a couru vers moi.

- Tu fais quoi dehors à cette heure-là, il est presque minuit et... tu es en pyjama hahahar

- Si tu savais...

- Qu'est qui se passe ?

Alors je lui raconte ce qui vient de se passer.

- Ah ouais c'est chaud..

- Ouais je ne comprends pas pourquoi Sammy ferait un truc pareil. Les hommes me dégoûtent.

- J'espère que t'es pas en train de penser que je te ferais un truc pareil ?

- Non... je ne crois pas... je sais pas ça m'a perturbé tout ça.

- Écoute Sammy est comme ça depuis que je le connais. Il a toujours fait le bâtard avec les filles.

- Tu dis ça tranquillement hahahar ?

- Mais c'est la vérité, je lui dis toujours de prendre son temps, mais il fait toujours le con. Il a peur, je crois...

- Je vais bien discuter avec lui, ça c'est sur...

- Laisse-les, ils vont régler leurs problèmes. Ils sont des adultes non ?

- Ouais si tu le dis.

Il me prend le menton.

- Qu'est que t'as ?

- J'aime pas rester dehors à cette heure-là depuis, tu sais...

- Viens on va à la maison

- La maison hahahar Tu te l'es approprié ?

- Ce qui est à moi est à toi. Et vice-versa.

Alors on est rentrés à la maison. On a regardé des films dans ma chambre et vers 3 heures du matin, il a décidé de rester dormir avec moi. Il a enlevé son chandail avant de dormir et son corps était parfaitement dessiné. Un truc de fou. Je pense que c'est ce jour-là que j'ai réalisé que l'attraction entre nous était trop grande.

Ali et moi on était jeunes, on ne réfléchissait pas sur ce qu'on faisait. Si ce qu'on faisait c'était mal ou pas.

Le lendemain, je me suis réveillée trop tard, parce que de un, je m'étais couchée trop tard et de deux, Ali me tenait fort dans ses bras, je ne voulais pas me lever. J'étais en retard pour mon cours.

Je me suis dépêchée pour me préparer et manger un truc vite fait. J'ai fait un bisou sur la joue d'Ali et je suis partie.

Évidemment, je suis arrivée à la fin de mon cours et Selma en sortait.

Je vais direct vers elle.

- Selma !

- Ahh salut, tu étais ou ?

- Ah je me suis endormie trop tard, je n'arrivais pas à me lever et tout. Bref, toi ça va ?

- Boff...

- T'inquiètes tout ça, ça va passer. Ça veut seulement dire qu'il y a encore mieux qui t'attend. Sois excitée pour toutes les opportunités qui vont s'offrir à toi maintenant. Tu es un pas plus proche de ton prince charmant.

-...

- Il a essayé de te reparler ?

- Ouais, il n'a pas arrêté de m'appeler toute la nuit.

- Mhmm

- Maintenant qu'on en parle... si tu veux rester amie avec moi, tu peux plus parler à Sammy.

- Quoi ? Je comprends pas...

- Tu as très bien compris. C'est moi ou c'est lui, tu choisis.

- Mais Selma, Sammy c'est mon meilleur ami. Je l'ai connu le même jour que je t'ai rencontré. Je ne l'ai pas connu parce que c'était ton copain, je l'ai connu parce qu'on est devenus des meilleurs amis et je te l'ai présenté par la suite.

- Donc tu le choisis lui ?

- Je ne choisis personne, je vous aime tous les deux...

- D'accord, le message est passé. Tu sais, on ne serait pas là pas aujourd'hui si tu ne me l'aurais pas présenté...

- Tes sah (sérieuse) là ?

- On sera que des amies de classe, salam !

Et voilà comme ça Sabi à barrer son premier but de sa liste, perdre une bonne amie à jamais.

10.

Bref, je suis retournée chez moi et Sammy n'était pas en bas avec sa clique habituelle alors je suis directement aller voir Mamadou qui était avec quelques noirs posés sur des marches d'escaliers.

- Wesh Mamadou

- Bien ou bien ?

- Ça va et toi ?

- J'ai mangé du poulet donc tranquille hein

- Toi et le poulet c'est une longue histoire d'amour

- J'ai dis à ma daronne que je préférais manger son poulet jusqu'à mes 80 ans que de me marier et elle me menace de ma frapper avec la ceinture si je répète ça devant elle.

- Hahahar ta mère c'est une vraie elle

- Bah ouais

- Dis-moi, tu n'aurais pas vu Sammy ?

- Pourquoi ?

- Je dois discuter avec lui tu vois

- Appel le

- Sammy parler au téléphone ? Il répond une fois sur deux à mes messages alors, je n'imagine même pas, à un appel...

- Quand il était avec Selma, je le voyais se battre les couilles à lui parler au téléphonependant une heure chaque soir

- Je suis censée dire que c'est mignon ?

- Je comprends qu'il a foiré, mais ce n'est pas nos délires, ce sont les siens...

- Mamadou, tu vas me dire il est où là

Il fait un signe en pointant vers une direction avec son menton. Je vois Sammy qui se dirige vers le parc devant.

J'ai couru comme une voleuse vers lui.

- HEY EYYYH

Il s'est retourné, je pense qu'il a eu peur de ma vieille tête. Il avait des gros cernes.

- Toi et moi, on va parler.

- Ne me casse pas les couilles s'il te plait

- Je vais essayer d'ignorer le fait que tu ne ressembles à rien, on dirait un sorcier avec tes cernes mauves là. Je m'en fous, tu vas tout me dire.

- C'est comme ça que tu fais parler les gens ? Tu les traites de moche ?

- Tu n'es pas dans ma liste de gens préférés en ce moment

- Mais dégage...

- Je te signale que normalement ce serait toi en ce moment qui devrait être en train de courir après moi pour que je t'aide et non l'inverse.

- Mais quel aide ? C'est mort Yasmine.T'as oublié j'ai baissé Sabi ou quoi ?

- C'est dur à oublier

Il a commencé à me tourner le dos pour partir.

Je lui ai bien pris le bras et je me suis rapproché de lui.

- Écoute-moi bien, ce matin, j'ai perdu une amie à cause de ta connerie. Elle m'a demandé de choisir entre vous deux et moi, je lui ai dit que je ne choisirais pas. Tu me dis ce qui s'est passé ou sinon tu vas me perdre moi aussi...

Il a commencé à gratter ses cheveux qui étaient d'ailleurs n'importe comment. C'était la première fois que je vois ses cheveux comme ça, il est habituellement toujours impeccable de la tête aux pieds. Ensuite, j'ai remarqué que ses yeux étaient rouges. C'est alors là que j'ai compris... Sammy avait bu toute la nuit et il avait la gueule de bois. Ce qui expliquerait pourquoi il a appelé Selma toute la nuit. Il a une fierté de malade sauf quand il boit.

J'ai alors demandé calmement.

- T'as bu ?

Il a baissé la tête, il l'a relevée et il a parlé doucement.

- Je veux pas discuter maintenant, j'ai besoin de faire 2-3 trucs et après, promis, on va parler.

- D'accord.

- À plus.

Il est parti.

Alors, je vous passe 5 jours.Ca fait cinq jours que je travaille sur un énorme projet pour mon cours de psychologie. Vous savez le cours avec ma note catastrophique. Et bien, la moitié de ma note finale reposait sur ce travail.

J'étais motivé, je n'arrêtais pas de le peaufiner pour qu'il soit parfait. Ali venait chaque soir regarder le foot dans mon salon, me donner des bisous et repartait vers minuit. Lui et moi, on était bien ensemble.

Mais, je ne lui disais pas ce qui s'était passé avec Sabi et ni avec Selma. Je savais que s'il le savait, il se serait senti coupable alors qu'il ne devrait pas.

Il était 23 heures, Ali venait de quitter quand je reçois un message de Sammy. Il me donnait rendez-vous au parc devant chez moi.

Je mets une veste et j'y vais direct.

Il était assis sur un banc, je m'assois à côté de lui. J'étais choquée, Sammy n'avait pas refait son dégradé. Il le refaisait chaque 5 jours.

- Salut

- Wesh

- Alors ?

- Tu voulais discuter

- Ouais, qu'est qui t'as pris Sammy ?

- Tu vois, dans ma vie, à chaque fois je commence à m'habituer à un truc, on me l'enlève.

- Qu'est que tu veux dire ?

- Ma famille on n'habitait pas ici avant. On avait une belle maison et tout. Mais, mes parents n'arrivaient plus à payer les factures. On a déménagé, je pense, au moins 15 ou 16 fois. Tu te rends compte que c'est peut-être deux ou trois déménagements par an pendant 13 ans. T'imagine le nombre de gens que j'ai connu et que je ne vais plus jamais revoir. On a fini par s'installer ici quand j'avais 17 ans. Du jour au lendemain, ma mère est partie au bled, elle souffrait d'une dépression. Elle est revenue 2 ans plus tard et mon père il pensait déjà à avoir une autre femme. Ils se chicanaient c'était la hess. Ma sœur est partie étudier à l'étranger. On se parlait à peine. Avec le salaire de mon père, on était bien, mais on ne pouvait pas se permettre le luxe non plus quoi. Je n'avais pas des habits de marques et je n'avais pas les nouveaux air max. Je n'avais rien de tout ça. Les meufs faisaient toutes les putes avec moi. Je n'avais pas d'argent pour leur payer des cadeaux, alors elles allaient voir ceux qui avaient de l'argent. Moi j'étais quelqu'un de bien, mais tout ça m'a changé. J'ai fini par me dire que tout le monde était juste de passage et ça sert à rien de m'attacher à une idée ou à une personne.

- Sammy... Selma, elle n'est pas comme les autres filles.

- Je sais putain. À force de croire que j'avais personne, j'ai poussé les seules personnes que j'avais réellement. Selma, je l'aime bien, c'est un truc de malade. Et les mecs qui diront que j'ai pas assez de fierté pour dire ça, ils sont cons. Ma mère ne s'est pas mariée avec mon père parce qu'il la traitait de salope...

- Alors tu as cru que Selma allait partir aussi ? Alors tu as foiré les choses avant que la vie le fasse ?

Il a gratté ses cheveux et regardait ses pieds.

Je me suis rapproché de lui et j'ai mis ma main sur son dos.

- Sammy, si tu gardes tout pour toi comme ça, tu vas vraiment perdre tout autour de toi.

- je sais.

- Comment Sabi a fait pour t'avoir comme ça ?

- Je sais pas, elle m'a juste trop bien parlé c'était trop bizz. J'étais dans la cave en train de chercher une boîte avec des trucs que mon père m'a demandé et elle est apparue comme ça. Mais le truc que je comprends pas c'est comment elle a su que j'étais dans la cave ? Comment elle a su me dire le truc parfait ?

- Qu'est qu'elle ta dis ?

- Elle m'a dit une blague qu'on se disait qu'on était jeune. Quand je venais de déménager, Sabi et Lyna (sa sœur) sont devenues des meilleures amies. On partait les 7 des fois manger avec Ali, ses frères et Wissem. On avait toujours des fous rires et des histoires de ouf. Je ne sais pas comment elle a su que c'était un de mes meilleurs souvenirs dans ma vie.

- Ouais c'est bizarre, Sabi n'est pas la plus maligne, mais sur ce coup-là, c'est futé...

-...

- Mais comment Selma a su où vous étiez ?

- Wallah, je sais pas...

-...

- Elle va bien ?

- Je sais pas. Elle ne veut pas trop me parler. Je l'ai perdue aussi...

-....

Je vous passe 2 jours. Alors, je suis passé à l'université et j'ai déposé mon travail en main propre sur le bureau de mon prof.Selma est arrivé en même temps que moi pour le déposer aussi et elle m'a à peine souri.

Deux semaines ont passés vite. J'étudiais et je passais la plupart de mon temps avec Ali.

Sans lui je crois que cette période aurait été pénible.

Il faisait pousser sa barbe plus longue, il était encore plus beau.

Bref, c'était un lundi. J'étais en classe et l'enseignant parlait du travail qu'on lui avait remis.

Elle faisait l'appel des noms pour remettre les copies. Bizarrement, le mien n'a pas été appelé.

Lors de la pause, je vais la voir.

- Bonjour Madame, je n'ai pas reçu ma copie de travail

- Quel est votre Nom ?

Je lui dis mon nom. Elle regarde la liste.

- Ah ça c'est parce que vous ne m'avez jamais rien remis.

- Pardon ? Je me souviens parfaitement de l'avoir déposé à votre bureau.

- Je n'ai pas votre copie, mademoiselle. Votre travail n'a pas été effectué.

- Je peux vous assurer que j'ai fais mon travail et que je l'ai remis.

Sans m'en rendre compte, je parlais fort parce que j'étais énervée. Et là j'y ai repensé, Selma était derrière moi quand je l'ai remis, elle m'avait vu le déposer. Pourquoi, elle ne disait rien ? Dès qu'elle a vu que je la regardais, elle a regardé ailleurs.

-Mademoiselle, je vois déjà que votre note actuelle est assez basse, insister n'augmentera pas votre note.

Elle l'a dit fort en plus.

- D'accord, merci.

J'ai pris mes affaires et je suis sorti. Notre classe était dans un énorme amphithéâtre. Donc, je montais les escaliers vers la sortie alors qu'habituellement, pour faire plus rapide, je prenais la sortie de secours qui se trouve en bas des escaliers, à l'extrémité droite du tableau et de la projection des diapositives du cours. Mais comme je voulais éviter le regard de cette prof, j'ai laissé tomber. En sortant, il y avait une fille assise qui me regardait. Cette fille me ressemblait bizarrement. Je l'avais jamais remarqué auparavant. Des fois, je suis tellement concentrée dans mes trucs que je remarque rien autour de moi. C'était sûrement la fille que Selma avait vue aux toilettes. Elle me dit avec un énorme sourire - Sabi te passe le bonjour.

Je ne sais pas pourquoi, mais je n'ai pas réagi. Je ne comprenais rien de ce qui passait...

Je suis sortie et j'ai respiré un gros coup.

Et si c'était Selma qui avait pris ma copie ? Et si ce n'était qu'une erreur ? Et si c'était Sabi ? J'avais tellement de questions et j'étais bouleversée.

Alors, la seule chose que j'ai pu faire c'était de retourner chez moi et monter au dernier étage, sur le toit.

Je pense que je regardais la vue pendant au moins 20 minutes avec les larmes qui coulait que je n'ai même pas remarqué que quelqu'un était sur le toit aussi.

Je me retourne, car j'entends un bruit.

C'est Wissem. Je m'essuie automatiquement les yeux.

- Mais wesh, chaque fois que je te vois tu es en train de pleurer

Il se rapproche de moi. Je retourne ma tête vers la vue, je veux éviter de le regarder dans les yeux. Ne me demandez pas pourquoi, mais son regard et sa beauté m'intimident un peu.

Il est debout à côté de moi.

- Alors, qu'est qui se passe ?

Je renifle et essuie le coin de mes yeux.

- Y'a quelqu'un du quartier qui te fait la misère ?

J'aurais voulu me confier à quelqu'un, au moins à une personne. Mais, n'oubliez pas que c'était sa sœur... Oui même si elle m'avait fait des coups crasseux, je ne voulais pas m'abaisser à son niveau pour lui dire que sa propre sœur se vengeait, car elle aime un mec qui veut ne rien savoir d'elle. Alors, j'ai menti.

- Nan c'est pas ça... ma famille me manque c'est tout.

- Tu pleures pour ça ? Ton truc noir a tout coulé, t'es moche maintenant.

Il commençait à sourire en le disant.

- Hahaharrr et tu remontes le moral comme ça ?

- Ca marche hein, tu souris

J'ai fait un petit sourire.

- Alors comment ça va le petit écolier ?

Il a commencé à sourire. J'ai même vu ses dents. Je crois que c'était une première. Il avait ce fameux charme de ne pas chercher à plaire.

- Ça va Hamdoullah.

Il avait l'air plus heureux, plus en santé, mieux quoi.

On a discuté pendant quelques minutes quand son téléphone n'arrêtait pas de sonner.

Il regarde son télétéléphone.

- Putain encore celle-là

- Qu'est qu'il y a ?

- Mon ex... elle me dégoûte...

- Pourquoi ?

- Elle... (Il arrête de regarder son téléphoneet il a commencé à me regarder dans les yeux.)Elle te ressemble.

- Quoi ? Hahahar

- Physiquement vous vous ressemblez...

Donc voilà de qui Ali me parlait.

- Elle s'appelle comment ?

-Nesrine.

Il a tout de suite changé de sujet et il est parti 5 minutes plus tard.

Le soir venu, Ali est passé me voir chez moi comme à son habitude. Mais moi, je n'étais pas dans mon assiette et j'avais besoin d'affection. Alors quand il est rentré, je lui ai sauté dessus. Je n'arrêtais pas de l'embrasser. Il m'a porté jusqu'à mon lit. Il était sur moi et il arrête de répondre au baiser.

- Qu'est qui se passe avec toi ?

- Il n'y a rien, pourquoi ?

- Je comprends que je suis vraiment beau goss avec ma barbe et que tu peux pas me résister, mais je sens qu'il y a un truc

- Il y a rien... tu m'as manqué c'est tout.

- Tu fais ton truc avec ton nez quand tu mens mddrr

- Je ne veux pas discuter ce soir, je veux juste me vider la tête

Il me prend le visage.

- Promets-moi c'est rien de grave

- T'inquiètes.

Il savait très bien que je mentais alors il est resté dormir avec moi la nuit même. Il a dormi chez moi jusqu'à vendredi matin.

Je passe jusqu'à vendredi. J'arrive à l'université. Dans le temps je m'étais loué un casier parce que j'avais trop de manuels. J'arrive devant mon casier et je vois écris avec un gros marqueur rouge, PUTE.

Je vérifie si c'est vraiment mon casier et je commence à être anxieuse.

Des filles de mon programme d'étude passent à côté de moi, chuchotent des trucs et me regardent de haut en bas.

Je commence à stresser. Une fille voilée d'une de mes classes qui s'appelle Fatima passe à côté de moi et me voit en train de ronger mes ongles.

- Yasmine, faut faire attention, il y a beaucoup d'envieuses ici.

- Mais je ne comprends pas.

- Écoute, il y a une rumeur qui tourne comme quoi tu aurais fait des trucs avec plusieurs mecs différents dans le stationnement

- Quoi ?? Mais ça va pas ? J'ai un copain depuis quelques mois.

- Je sais, moi j'ai vu que tu fais pas des trucs comme ça. Je t'ai défendu, mais les autres ne veulent rien savoir.

- Mais qui a lancé cette rumeur ?

- De ce que j'ai compris, c'est une meuf qui s'appelle Nesrine.

- Tu la connais ?

- Non je l'ai jamais vu.

-...

- Prends mon numéro ma sœur, je vais t'aider. Je vais poser des questions pour savoir réellement qui a lancé cette rumeur. Wallah, j'ai de la peine pour toi, tu es quelqu'un de bien.

J'ai pris son numéro. Je n'avais plus la force d'étudier dans la bibliothèque. Beaucoup de gens posaient des regards sur moi. Je ne comprenais pas pourquoi, je ne méritais tout ce qui se passait.

J'étais assise sur un banc devant l'école en train de réfléchir comment j'allais passer à travers ce semestre quand un mec s'assoit de l'autre côté du banc. Je ne lui portais pas attention jusqu'à ce qu'il m'adresse la parole.

Il avait un teint basané, assez musclé, une casquette, une barbe de trois jours et il était habillé normal.

?? - Bonjour

- euh..Salut

?? - Ca va bien ?

- Hamdoullah...

?? - Tu fais ta gênée maintenant hahahar. Tu es une vraie coquine hein

Je retourne complètement ma tête et je le regarde genre, mais ça va pas toi.

- Mais je te connais ou...??

?? - Écoute c'est toi qui m'envoies des messages, je t'ai reconnu. Arrête de jouer le rôle zehma.

- Pardon ? De quoi tu parles ?

?? - T'es la fille de Facebook non ?

- J'ai même pas Facebook, je n'ai qu'instagram.

?? - Mais assume wesh

- Je te jure sur la tête de ma mère.

Je crois qu'il a senti ma voix qui tremblait, car son expression a extrêmement changé.

Il s'approche de moi et me montre son téléphone. Il y avait quelqu'un qui se faisait pour moi avec une de mes photos d'Instagram et cette personne envoyait des messages assez déplacés. En plus, le nom que la personne avait inscrit sur sa page c'était Yasmine AlgerienneeDeLuxe.

- Je te jure c'est pas moi, j'ai un copain et..

Je commence à pleurer et il ne savait pas quoi faire.

?? - Wallah, je ne savais pas. Je t'ai vu passer à côté de moi sans me saluer je pensais tu jouais à un jeu... je pensais que tu voulais.. Voilà quoi.

- Signale ce compte, s'il te plaît...

?? - Ouais je vais le faire

Je me suis levé et je me suis dirigée vers ma voiture. Je ne pouvais même pas retourner chez moi, Ali était sûrement en train de dormir...

Je posais la main dans mes cheveux quand mon téléphone sonna. C'était ma mère.

Ma mère m'appela pour me rappeler qu'elle partait le soir même au bled et que je devais aller chercher mon petit frère, Malik, pour qu'il reste avec moi le week-end, le temps que ma tante revienne du bled le lundi même.

Vous voyez, cela faisait trop longtemps que mes parents voulaient partir au bled, mais malheureusement Malik devait encore aller à l'école donc, il ne pouvait pas quitter le pays.

Et comme une vieille merde que j'étais, j'avais complètement oublié. Ma mère si elle me voit dans cet état, elle va tout de suite comprendre que ça ne va pas du tout. En plus, je dois dire à Ali de quitter la maison et de ne pas revenir du week-end.

Alors, j'envoie un texto à Ali pour lui expliquer tout et je vais en direction de chez mes parents pour chercher Malik.

Si j'avais su ce qui m'était réservé, je crois que je ne serais jamais allé chercher mon petit frère.

J'ai commencé à conduire avec la musique à fond pour me changer les idées. Deux heures et demie plus tard, je suis arrivé chez moi.

J'ai embrassé mes parents, ils m'avaient beaucoup manqué. Je ne parle pas beaucoup d'eux durant ma chronique, mais je suis très proche de ma maman. J'appelle mes parents tous les jours.

Bref, on parlait et tout.

- Qu'est que tu as benthi (ma fille) ?

- Maman, je ne sais plus si je devrais continuer à étudier en psychologie... je sais plus

Elle me caresse les cheveux.

- Tu as eu des mauvaises notes c'est ça ?

- C'est pas exactement ça, je me retrouve pas dans la théorie des cours et dans ce métier. Ce n'est pas ce que je veux faire maman.

- Écoute, tu dois te décider, parce que les études c'est pas gratuit. Il faut que tu choisisses un domaine qui va te donner un emploi assuré dans le futur. Qu'est qui te plait ?

- Je sais pas, j'aime beaucoup les enfants.

- Tu te souviens quand Hakim, ton cousin, qui n'arrivait pas à apprendre à lire le français.

- Oui... je m'en souviens.

- Et tu te souviens comment tu as réagi?

- Je lui ai donné directement des leçons chaque jour pendant 3 mois.

Elle a commencé à me regarder en levant les sourcils avec un petit sourire.

- Alors, maintenant tu peux commencer à réfléchir à ça.

Et pour la première fois de la journée, j'ai souri.

Malik, mon petit frère, est rentré de l'école. Il avait grossi, ses joues étaient encore plus grosses. Il allait avoir 6 ans dans quelques mois.

Dès qu'il m'a vu, il a couru dans mes bras.

Il est parti chercher son sac, on a dit au revoir à nos parents. Malik pleurait miskine (le pauvre).

On s'est installé dans la voiture et j'ai décidé de rendre une visite rapide à Malika.

J'ai sonné et sa mère m'a ouverte. Malik avait l'habitude de venir chez Malika alors il s'est installé dans le salon et il a commencé à jouer avec ses voitures. Il était très sage mon bébé.

Dès que j'ai vu Malika, elle m'a fait rire.

Elle était en pyjama avec son tissage en l'air. La pauvre elle venait de se réveiller.

- Je suis peut-être à moitié endormie, mais je peux voir la dépression dans ta vieille tête d'Algérienne

- Hahaha, de quoi tu parles ?

- Qu'est qui se passe wesh ?

J'ai passé ma main sur mes sourcils. Un tic que j'ai quand je ne sais plus quoi faire.

- Ohlala elle a passé la main sur ses sourcils... c'est Ali qui fait le bâtard avec toi ?

- Non, au contraire je crois qu'Ali c'est une des seules bonnes choses dans ma vie.

-Yasmine,dis moi.

Et je lui ai tout raconté. J'avais les larmes aux yeux. Personne ne savait l'histoire et maintenant j'avais quelqu'un pour me comprendre.

- Mais c'est qui cette pute ? Je vais la taper. Et toi aussi tu ne me dis rien mhmm hmmm. Pourquoi tu ne dis rien à Ali ? Tu es folle. Il va s'énerver contre toi et je vais le comprendre.

-...

- Écoute, tu dois arranger tout ça sinon c'est moi qui vais venir avec ma tête de chips et je vais lui arranger son cas.

- Hahaharr d'accord promis

- Et maintenant tu me dis tout ce qui se passe, sinon je vais te frapper aussi.

- OUI.

- Et Selma... classe-la déjà dans la pile à jeter.

- T'inquiètes c'est déjà fait.

Malika a également signalé le faux compte qui était sur Facebook.

Malik et moi nous sommes retournés sur la route et deux heures et demie plus tard, nous sommes arrivés. Il était à peu près 19 heures.

Arrivé au quartier, je pris son sac sur mes épaules et Malik m'a pris la main.

Il était tellement content de découvrir mon nouveau chez-moi et il n'arrêtait pas de sauter.

Devant le bloc, il y avait beaucoup de mecs dont Ali, Sammy, Mamadou et Wissem.

Quand ils m'ont vu, je me suis rapproché avec mon bébé.

- Salut les gars, voici mon petit frère Malik.

- Mais il te ressemble, c'est un petit beau gosse.

- Je dirais même qu'il est plus beau que toi Yasmine hahaha

- Plus beau que toi aussi clairement hahaha

Malik souriait, mais le pauvre, il était un peu gêné devant des mecs aussi grands et musclés.

Ali avait un ballon de foot dans les mains et il s'est mis à la hauteur de Malik.

- Salut moi c'est Ali

Malik lui a serré la main, mes deux bébés étaient à croquer.

- Tu voudrais jouer au foot avec moi plus tard ? Je suis pas très bon et j'aurais besoin de leçons. Ta sœur m'a dit que tu avais commencé le foot et que tu étais le meilleur.

Ali mentait, il était très bon au foot, depuis ses 5 ans il jouait. Il avait 24 ans, donc si vous faites le calcul, cela faisait 19 ans qu'il jouait au foot.

Malik - Oui je vais te montrer.

Ali se tourne vers Wissem.

- Wissem, tu peux appeler ton cousin pour que Malik joue avec les petits au parc.

- Ouais kho (frère) attends

Je n'ai jamais compris la relation que Wissem et Ali avaient, mais ils étaient des amis d'enfance, peu importe.

Sammy et Ali rigolaient avec Malik quand un petit vient nous voir en courant. Moi, j'étais assise juste à côté d'Ali et j'écoutais une histoire de Mamadou sur une meuf qu'il draguait.

- Tu vois le petit (en pointant avec la tête mon petit frère), amène-le jouer, Handek (fais attention en arabe)

Je savais qu'il y avait un homme du quartier qui avait 30 ans, Ibrahim, qui surveillait tout le temps les terrains de foot. Il était très gentil, très pieux et digne de confiance. Il faisait attention aux petits. Je savais que s'il y avait une urgence, on me contacterait direct via Wissem ou Ali.

D'ailleurs, je m'étais dit que j'allais rejoindre Malik dans 30 minutes, le temps de ranger un peu la maison.

- Malik va jouer au foot avec les petits garçons, on se voit plus tard d'accord

Il était vraiment excité ça paraissait. Il m'a fait un bisou sur la joue et il court avec le petit garçon.

- Les gars, je vous laisse, je dois ranger la maison pour Malik.

- À plus ma sœur

Ali me fit un clin d'œil.

20 minutes plus tard, j'étais toujours en train de ranger quand on cogne à ma porte.

Je vois par le trou de ma porte que c'est Lyna, la sœur de Sammy. J'ai cru qu'il y avait une urgence.

J'ouvre tout de suite la porte.

- Oui ?

- Écoute, je sais qu'on n'est pas du tout des amies et je t'ai parlé avec beaucoup trop d'attitudes la dernière fois, mais...

- Mais quoi ?

Mon téléphone commença à sonner et l'afficheur montrait que c'était Fatima.

- Donne-moi deux minutes Lyna.

Je réponds au télétéléphone.

- Allo

- Salut ma belle

- Ça va ?

- Oui, écoute je sais tout

- Qu'est que tu veux dire ?

- La fille qui a lancé la rumeur sur toi comme je t'ai dit s'appelle Nesrine. Elle est dans une de tes classes et elle te ressemble beaucoup. Je pensais que c'était toi de dos alors quand elle s'est retournée je me suis excusé en lui disant que je pensais que c'était toi. Elle a commencé à me dire des trucs sur toi, comme quoi je ne devrais pas être ton amie parce qu'apparemment tu lui as volé son copain qui s'appelle Wissem. Elle m'a dit que les filles comme toi méritent d'être punies et qu'elle ne regrette pas d'avoir déchiqueté ta copie de travail ! Je lui ai dit que je te connaissais et que tu ne serais pas capable de telle chose alors, elle m'a parlé d'une bonne amie à elle qui s'appelait Sabi. Elle m'a dit comme quoi cette Sabi lui avait raconté tout ce que tu avais fait pour lui voler son gars et celui de Sabi.

- T'es sérieuse ??

- Wallah.

- Fatima, je te rappelle ce soir d'accord.

- À plus tard.

Je me tourne vers Lyna.

- Pardon, qu'est que tu disais ?

- Je sais que je suis amie avec Sabi, mais si on voudrait du mal à mon petit frère, je tournerais folle.

- De quoi tu parles ?

- Ton petit frère joue au foot pas loin dans le quartier non ?

- Oui comment tu sais ?

- Il a dit à tous les petits qu'il était ton petit frère et qu'il restait pour le week-end. Tout le monde traîne en bas en ce moment, la nouvelle a tourné vite...

C'est tout à fait Malik, toujours fier de tout.

- Ok... Qu'est que tu essaies de me dire depuis tout à l'heure ?

- Sabi prépare un truc pour faire mal à ton frère, je n'ai pas compris, mais elle veut juste que tu dégages de la ville pour de bon.

Je parlais plus, mon sang était chaud.

- Je parlais avec Sammy hier et il s'est confié à moi pour la première fois. Il m'a dit que c'est grâce à toi, que tu lui avais ouvert les yeux. Sabi m'avait bourré le crâne de trucs à propos de toi. Je l'ai aidé de manière à ce qu'elle puisse séduire Sammy, elle m'a fait croire que Selma et toi, vous étiez des putes. Je savais pas la vérité je te jure. Je vivais à l'étranger je pouvais pas savoir.

J'ai fermé mes yeux et mon sang était devenu bouillant.

- Elle est où Sabi ?

- Euh en bas à l'entrée

Elle me voit attacher mes cheveux, enlever mes boucles d'oreilles et prendre ma clé.

- Tout le monde est en bas !!!

- Je m'en bats les couilles

Les filles, j'ai eu un niveau d'Adrénaline tellement élevé. On ne touche pas à Malik, mon sang. C'était la goutte qui faisait déborder le vase.

Je suis descendue. Sabi était en train de rire avec ses copines, elle était debout. ENCORE MIEUX. Elles étaient proches de tous les gars.

Il y avait tout le monde en bas. TOUT LE MONDE sauf les darons évidemment.

Je me suis rapproché de son petit groupe.

Elle m'a vu.

- Ah mais regardez-moi qui est là

Elle a commencé à rire et là je lui ai donné un coup de boule sur sa tête. Elle est tombée par terre. J'ai sauté sur elle et je l'ai attaqué. Je lui donnais des droites et des gauches partout. Je la griffais et je lui arrachais des cheveux. J'étais possédée. Tout ce qu'elle m'avait fait, je lui faisais ressentir dans mes coups.

Toutes ses supposées amies ne l'ont même pas aidé.

J'étais tellement absorbé par les coups que je lui donnais que je n'ai même pas réalisé que tout le monde nous regardait. Je n'entendais plus rien autour de moi.

Il y avait du sang qui sortait de sa bouche et de son nez.

Et j'ai réalisé le sang qui coulait dans mes mains.

J'ai vu tout le sang dans mes mains.

Putain, mais qu'est que je suis en train de faire.

Je regarde Sabi, elle est dans un état dégueulasse.

Je vois tout ça au ralenti, c'est comme si mon cerveau était détaché de mon corps.

Je sens qu'on me prend pour que j'arrête de frapper Sabi.

Je me débats pour pouvoir continuer à la frapper.

C'est Ali celui qui me prenait. Il me met face à lui et me regarde avec un regard extrêmement sérieux et confus.

- MAIS QU'EST QUI TE PRENDS ?

Et c'est là que je reviens à moi même.

Bizarrement quand je reviens à moi même, il y a une partie de moi qui regrette d'avoir blessé autant quelqu'un, mais la colère et la rage prennent le dessus.

Je réalise que peut-être la moitié de gens que je vois dans mon quotidien me regardent pour voir ce que j'ai à dire.

- ELLE ME POURRIT LA VIE DEPUIS DES SEMAINES.

Ali me regarde genre, mais de quoi tu parles.

Je me faufile hors de ses bras qui sont aux côtés de mes cuisses et je reviens vers Sabi qui est encore allongée par terre.

- Tfou 3lik (je t'emmerde en arabe)

Je lui crache aux pieds.

Ali me prend comme un sac en ayant peur que je lui pète les dents encore une fois.

Il m'amène beaucoup plus loin. Sammy vient vers nous en courant.

Ali me dépose sur un banc et une brise passe sur mes joues qui sont brûlantes.

Les deux me regardent.

- Tu nous expliques ce qui t'est passé par la tête ?

Pendant qu'il prononçait ses mots, il avait son doigt sur sa tempe et faisait un signe du genre t'es folle ?

Ah, les filles, Ali me regardait d'une de ses manières. Il était déçu, il ne voulait pas que je sois une de ses personnes qui croit que tout se règle par la violence.

Ce n'était pas mon genre et ma mère ne m'avait pas éduquée comme ça. Je m'étais abaissée au niveau de Sabi, mais la colère avait envahi ma tête.

Alors je baisse la tête et la culpabilité revient. Mon esprit me revient.

- Si vous saviez comment elle me torture depuis des semaines...

- De quoi tu parles ?

Je n'osais pas regarder Ali.

Il regarde Sammy.

- Tu es au courant de cette histoire ?

- Non, j'en sais rien

Je sentais qu'Ali allait s'énerver.

- Wech bik Yasmine (qu'est que t'as)

Alors je leur dis tout. Ali mordait ses lèvres pendant le récit et il avait un regard noir.

Sammy ne faisait qu'écouter et il semblait assez dégoûté.

- Alors, vous savez tout.

Ali se lève et commence à partir.

- Ali, ne te fâche pas contre moi

Il se retourne.

- T'es sérieuse ? Tu n'oses même pas me parler d'une salope qui te fait vivre l'enfer, je suis qui moi ? Je suis ton simple ami peut-être ?

- Je ne voulais pas que tu sentes que ce soit ta faute

-... je me casse

Il s'en va. Il était pire que vêner. Par contre, s'il y a quelque chose que j'admire en Ali, c'est que lorsqu'il sait qu'il va s'énerver, il s'éloigne pour éviter de dire ou faire quelque chose qu'il va regretter.

Je me retourne vers Sammy.

- Et si maintenant je le perds lui aussi ?

Il me donne direct un câlin.

Il se desserre de moi.

- Arrête de dire n'importe quoi, il est énervé je le comprends. D'ailleurs...

Il me fait une petite tape sur le bras.

- mais ça va pas

- Tu le mérites

-... et maintenant comment je vais retourner chez moi ? Et chercher Malik ??

- Pour les gens, t'n'inquiètes même pas. Ton petit frère, je vais le chercher maintenant. Donne-moi 5 minutes et je t'ouvre la porte de derrière dans le stationnement.

J'essuie le sang de mes mains dans un mouchoir qui était la poche de mon jogging.

5 minutes plus tard...

Il m'ouvre la porte et il est accompagné de Malik.

Il me raccompagne jusqu'à chez moi.

Malik court à l'intérieur et Sammy reste à l'entrée.

- Je crois que Sabi est passé à l'hôpital pour se soigner.

-Sérieusement?

- C'est surtout pour son nez, où tu as appris te battre comme ça ? Rocky Balboa wesh hahaha

- C'est venu naturellement, j'imagine la frustration

- Ah je vois hahaha, mais je crois qu'elle n'a rien eu de grave. Elle exagère tout cette fille.

- D'accord merci Sammy

- T'inquiètes.

J'ai passé la soirée avec mon frère. Je lui ai fait à manger et j'avais toujours un œil sur mon téléphone. J'espérais qu'Ali répond à mes textos ou à mes appels...

Vers 21 h 30, j'ai mis Malik dans mon lit et je lui caressais les cheveux, mais j'étais angoissée à fond. J'avais tellement peur de perdre Ali. J'étais tellement attachée à lui.

J'ai fini par m'endormir avec Malik dans mes bras.

Je vous passe jusqu'à samedi parce qu'il n'y a rien eu de nouveau. J'ai essayé d'appeler Ali, mais il ne me répondait pas. Je suis resté chez moi avec mon frère. Il pleuvait en plus.

Bref, dimanche vers 13 h, quelqu'un toque à ma porte.

J'ouvre et je vois MALIKA !

- Mais qu'est que tu fais là ??

- Je voulais rester deux jours avec toi, tu as trop souffert toute seule ici ma fille

- Tu me rends trop heureuse

- Je sais

Elle me fit un petit sourire et balança ses cheveux.

On va dans le salon.

- Malik regarde qui est venu à la maison.

Il a lâché son jouet et il a couru avec ses grosses joues faire un câlin à Malika.

On laisse Malik dans le salon et je lui explique toute la bagarre.

- Bien fait pour elle, je suis fière de toi, bravo !

J'allais répondre quand je reçois un texto de Sammy.

- Monte sur le toit

- Malika, Sammy me dit de monter sur le toit

- Vas-y, je vais rester avec Malik.

Je me brosse les cheveux un peu et je m'habille plus chaudement.

Je monte et je pousse la porte.

Sammy est sur son téléphone en m'attendant, il lève sa tête.

- Ça va ?

- Salut Sammy, qu'est qui se passe ?

- Tu as manqué un de ses trucs ce matin hahahar

- De quoi tu parles hahahar

- Il s'est passé un truc de fou avec Sabi. Tu n'as même plus à t'inquiéter maintenant.

- Mais explique-moi !

- Wissem l'a surprise à baiser avec Rahim ce matin dans un motel juste à côté hahaharr

- NON C'EST PAS VRAI ?!

- Ouais il l'a explosé, elle va se faire niquer. Tout le monde ici sera au courant d'ici ce soir.

- Ah c'est chaud.

Sammy allait dire un truc quand il regarde derrière moi.

- Wesh kho

Je me retourne et je vois Ali.

- Bien ?

J'étais silencieuse, j'étais gênée, mais j'étais surtout déçue d'Ali m'avait ignoré comme ça pendant presque 2 jours.

Sammy regarde son téléphone.

- Je vous laisse, j'ai un truc à régler

Il me fait un clin d'œil en partant. Comprendra qui pourra ce que ça voulait dire.

J'allais partir quand Ali me retient le bras.

- Yasmine...

Je le regarde et il avait l'air plus calmé.

- Tu t'es décidé à me parler ?

- J'étais énervé, je voulais me contrôler.

- Bref.

- T'es sérieuse à me faire la tête ? Ca fait des semaines tu me caches des trucs. J'étais posé avec mes potes et je te vois sauter sur quelqu'un.

- Je suis désolé.

- Bref, j'ai réglé le problème.

- Qu'est que tu veux dire ?

- Wissem était choqué par toi Yasmine. Tu touches à sa sœur comme ça en plein jour devant tout le monde. Alors, je lui ai d'attendre dimanche matin, de se calmer, de me faire confiance et j'avais un truc à lui montrer qui expliquait tout. Et bon, je lui ai donné rendez-vous au motel à côté et voilà, il a vu Sabi...

-...

- C'est pour ça, j'étais aussi énervé. Je sais trop de trucs sur cette meuf que son frère ignore. Si tu me l'avais dit dès le début, je lui aurais réglé son compte. Je voulais pas en arriver là, mais je savais que faire du chantage ça n'allait pas suffire avec les conneries qu'elle t'avait déjà faites.

- Je suis désolé... trop désolé.

- Je t'ai pardonné... et j'ai expliqué à mes potes que Sabi t'a fait un coup de pute, personne ici ne va te déranger, promis. Il faut que tu comprennes qu'une personne qui te fait mal, elle me fait mal aussi. On est ensemble jusqu'à la fin.

Je lui donne un gros câlin.

- Je ne te cacherais plus rien.

- La page fake de Facebook, elle est supprimée aussi, on s'est mis plusieurs à la signaler. Et à partir de maintenant, ton aller et ton retour à l'école, c'est moi qui t'y conduis.

- D'accord.

Il me prend le visage et m'embrasse.

Il me regarde avec un sourire.

- Ton frère repart ce soir ?

- Oui.

- Je veux aller jouer au foot un peu avec ton frère

- Viens on va le chercher

Je commence à descendre les escaliers, mais il me retourne et m'embrasse.

Il me prend comme une princesse et descend les escaliers en même temps.

Il fait son petit sourire confiant faisant ressortir sa fossette droite.

- Maintenant, on peut aller le chercher.

On arrive devant la maison, il me relâche. J'ouvre la porte et on va vers le salon.

Malika lève sa tête, nous regarde, regarde Malik de nouveau et relève sa tête encore. Vous voyez quand vous ne croyez pas ce vous venez de voir alors vous regardez une seconde et même une troisième fois.

- C'est lui Ali ??

Je passe la main sur mon front.

- Ohlala

Ali souriait comme un con.

- Alors on parle de moi, c'est bien hahaha, oui c'est moi, enchanté et toi, j'imagine, c'est Malika.

- Ah c'est bien on parle de moi. Arrête de nous regarder comme ça toi.

- C'est bon les présentations la... Malik, viens, tu viens jouer au foot avec Ali un peu.

- Venez avec nous, venez nous regarder jouer un peu

- Je suis d'accord avec lui, j'ai besoin de regarder la marchandise dans ton quartier, je vais pas avoir une bague sur mon doigt en restant ici seule.

Ali commence à sourire.

- J'en connais un qui va te plaire.

- Ouff d'accord on y va.

Malika me dit dans l'oreille qu'Ali c'était un putain de beau goss.

On descend tous ensemble et les gars sont tous en bas en train de discuter.

On se dirige vers Mamadou et Sammy.

- Wesh Mohamed-Ali

- Hahahar alors tu as tout vu vendredi hein

- J'ai même pas besoin de te demander pourquoi tu l'as fait, elle mérite de se faire botter les fesses depuis qu'elle a 6 ans cette gamine

- Voilà ce que j'ai dit

Mamadou regarde Malika et il commence à cligner des yeux. Il passe la main dans ses cheveux et met une main sur sa poitrine.

- Tu viens de déménager ici ? Je t'ai jamais vu.

- Je suis la meilleure amie à Yasmine, je suis venue la voir.

- Ah et tu comptes venir habiter ici bientôt ?

- Non je crois pas.

- Pourquoi pas eumm... c'est quoi ton nom mademoiselle ?

Moi je voulais rire, Mamadou essayait d'avoir l'air civilisé alors que nous savons tous que c'est un animal de la jungle.

-Malika et toi ?

Il regarde son chandail où figurait un drapeau haïtien.

- Mamadou, mais tu peux m'appeler Doudou chéri

Ali et moi, on a ri un bon coup j'en pouvais plus de ce mec. Je prends le bras de Malika.

- Ca suffit le roméo du Congo, on y va nous hahaharr

On passe un après-midi trop bien les 4 au stade de foot. Malik kiffait trop Ali.

Il lui a même demandé s'il pouvait être son grand-frère ! Par la suite, Sammy et Mamadou nous ont ramenés des kebabs et on a tous mangé. Mamadou n'arrêtait pas de regarder Malika la pauvre hahahar.

Vers 18 heures, mon oncle m'a appelé pour me dire qu'il était devant chez moi et qu'il venait chercher Malik.

Malik ne voulait rien savoir, il voulait rester avec nous.

- Malik, tu vas revenir me voir et moi aussi je vais passer à la maison

Malik - Tu vas revenir avec Ali

Je regarde Ali.

- Oui bien sûr, on va venir te voir tous les deux

Ali se met à son niveau et ils se checkent. Malik lui donne un gros câlin. Ils étaient à croquer. Je suis allé chercher ses affaires avec lui, je lui ai donné un million de bisous et je l'ai raccompagné à pied jusqu'à la voiture de mon oncle avec Malika.

Le soir venu, Malika m'a dit qu'elle aimait bien Ali, qu'elle trouvait qu'on formait un beau couple. Bref, je vous passe au lendemain matin.

Malika était toujours chez moi et elle voulait m'accompagner à l'école.

Comme entendu, c'est Ali qui nous a conduit.

Vous voyez je voulais me faire transférer dans une autre université et dans un tout nouveau programme.

J'avais pris un rendez-vous avec un conseiller administratif. Le rendez-vous a duré environ trente minutes et quand je sors dans le couloir je vois Malika qui m'attendait.

C'était officiel, j'allais être transféré dans une autre université, celle d'à côté, pour le prochain trimestre. J'allais étudier en éducation pour le préscolaire.

Bref, moi et Malika on marchait tranquillement vers mon casier quand on y croise Fatima.

On discute un peu avec elle.

- Heyy regardez c'est elle, Nesrine

Elle était seule en train de lire un truc à son casier.

- C'est qui celle-là ?

- Celle qui m'a fait vivre l'enfer ici.

Malika la fixe et elle me demande si j'ai un élastique à cheveux.

Je lui dis et je lui donne sans réfléchir. J'étais tellement fatiguée et Fatima me parlait d'un truc alors je n'ai pas porté à attention.

Deux secondes plus tard, je vois Malika qui parle à Nesrine.Malika était à un centimètre de distance du visage de l'autre conne. Je voyais que Malika la poussait à bout pour que Nesrine la frappe et pour que par la suite, elle puisse la démonter et donner la fameuse excuse de l'autodéfense hahaharr.

Évidemment, Nesrine a craqué et boum, elle pousse un peu Malika. J'ai rien compris, Malika lui a sauté dessus. Elle a fait pire que moi avec Sabi, elle lui arrachait les cheveux carrément. J'aurais pu intervenir, mais j'étais grave dégoutée de cette meuf alors j'ai laissé Malika faire ce qu'elle avait à faire.

2 minutes plus tard, elle se détache d'elle sous le regard de tout le monde qui n'osait rien faire. Malika replace ses cheveux et me regarde avec un sourire.

- On y va ou quoi ?

- Ouais allez, je te paye à manger ahha

Le soir même, Malika est retourné chez elle.

11.

Deux semaines sont passées et j'entendais toutes sortes de rumeurs sur Sabi, mais je ne pourrais dire lesquels étaient vrais. Je ne croisais plus Wissem et Ali ne me plus disait rien par rapport à elle.

Je voyais un peu moins Ali ces derniers temps. Je sais qu'il essayait de se détacher de la fraude et du trafic illégal, enfin, des vices de la rue. Je sentais que ça le préoccupait beaucoup, je le voyais regarder des demandes emplois et préparer son curriculum vitae.

J'entendais dire que c'était chaud les tensions avec certains quartiers d'à côté et que beaucoup de gars de mon bloc recevaient des menaces de règlements de compte. Je ne sortais plus la nuit par peur de me faire tabasser ou même pire. Ali ne voulait rien me dire non plus à ce sujet, je crois qu'il ne voulait pas que je m'inquiète pour lui. Il me disait qu'il voulait me garder hors de ses conneries.

J'étais quand même angoissée et j'avais peur pour lui. Je commençais à ressentir des trucs que je n'avais jamais ressentis. Ce n'était pas seulement de l'amour, mais je ressentais beaucoup de désir pour lui. C'est comme si c'était plus fort que moi, je le voulais auprès de moi et ça, tout le temps.

Un après-midi alors j'essayais de me repose quand...

TOC-TOC-TOC

J'ouvre la porte et c'est Ali avec du sang autour de son œil.

- COMMENT TU T'ES FAIT ÇA ?? Viens que je te mette de la glace !

Il me coupe et m'embrasse directement. Ses lèvres ont un goût de vanille et quand il m'embrasse il met une main sur ma taille et l'autre dans mon dos directement dans mon chandail.

- Attends...

Alors, je le soigne et je réalise que je l'apprécie beaucoup plus ce que je croyais. Je crois que je suis en train de tomber amoureuse. J'ai en marre de voir cette haine dans ses yeux. Il veut ne rien me dire et je peux y rien y faire.

Je range la boîte de soin dans ma commode de chambre et je réalise qu'il m'a suivi.

- Tu t'es blessé quelque part d'autre ?

- Je suis un guerrier, j'ai pas besoin de pansement.

- Choisis une autre guerre s'il te plaît.

- Quel genre de guerre

Il s'approche de moi en disant.

- Euh, une guerre que tu te bats pour faire du bien

Il est à un millimètre de moi et il respire fort

- comme ça ?

Il attaqua mon cou de ses lèvres. Il est trop sensuel et ses baisers sont de plus en plus intenses. Ses mains sont dans mon chandail est caresse mon ventre. Je commence à respirer fort parce que ce me fait trop d'effet. Il continue et murmure dans mon oreille - Bébé, c'est toi ma guerre. Je vais me battre pour toi toute ma vie.

- Je suis ta guerre ?

- Oui, tu m'as comprise. Laisse-moi faire le romantique un peu ahha

- Hahaharr d'accord. Tu es sûr que tu me dis pas ça pour me distraire de ta blessure ?

- Nan

- Ali, il faut qu'on parle sérieux.

On s'assoit sur mon lit et il me regarde sérieusement.

- Qu'est qui se passe ?

- Ça cogite dans ma tête depuis un moment et je dois savoir si tu as arrêté d'être impliqué dans les trafics...

Il respire un coup.

- Oui j'ai arrêté.

- Quand ?

- Il y a à peu près 3 jours.

- Pourquoi tu ne m'as rien dit ?

- Je te rappelle que j'ai failli de te perdre à cause de ça la première fois.

- Oui, mais tu te souviens qu'à notre premier rendez-vous, tu me disais que tu te détachais de ça tout doucement, mais depuis tu m'as plus rien dis par rapport à ça...

- Oui, mais Yasmine, je te voyais préoccupée par tes problèmes, tu voulais pas me dire ce qui se passait, alors je voulais pas t'emmerder avec ça. Nous, les mecs ont est pas comme vous les filles. On ressent pas le besoin de dire tout ce qui se passe dans notre vie.

- Alors, khlass c'est fini ?

- Oui c'est fini

- Tu as trouvé un emploi ?

- Ouais...

- C'est quoi ??

- hahaharrr

- Quoi hahahar vas -y dis moi

- Pour l'instant je suis agent de sécurité dans le centre commercial à côté

- Mais c'est bien pourquoi tu me l'as pas dit ??

- Je sais que tu rêves d'un avocat ou d'un médecin, alors voilà...

- Mais ça va pas... Ali... tu es mon meilleur... je suis fière de toi

- Je n'ai peut-être pas de diplôme, mais Wallah que ce que je ressens pour toi c'est du vrai.

Il me regardait dans les yeux d'une manière si intense.

Je lui touchais le visage.

- Nhabek Yasmine (je t'aime)

- Hta ana nbrick (moi aussi je t'aime)

Voilà comment Ali m'a dit qu'il m'aimait pour la première fois. Il m'a embrassé comme un fou. Je l'aimais et il m'aimait . Quoi demander de mieux. C'est un des meilleurs souvenirs que j'ai dans ma vie d'Ali.

- Tu es en vacances, tu veux sortir un peu non ?

- Oui pourquoi ?

- Viens je t'emmène dans un endroit secret, amène ton maillot de bain

Il me fait un clin d'œil.

- Mais où on va ?

- C'est un secret, fais-moi confiance...

Je fais mon sac et on descend dans le stationnement.

Trente minutes plus tard, on arrive dans un quartier de luxe. Quand je dis appartements de luxe, je parle de lofts carrément.

- Mais qu'est qu'on fait ici ?

Ali prend ma main.

- Allez viens !

On prend l'ascenseur et on sort au sixième étage. On arrive devant une porte d'appartement. Il sort une clé et ouvre la porte. C'était un immense loft très bien décoré. Dès qu'on entrait, on avait une vue sur un grand salon et un large comptoir.

- Wow c'est beau, est ce que c'est légal de rester ici hahahar ?

- Oui arrête de t'inquièter, c'est à un de mes gars sûrs. Il est parti en Espagne donc tranquille.

- Et on fait quoi ici hahahar ?

- Il a une superbe piscine sur sa terrasse

Il commence à sourire.

- Une piscine sur une terrasse dans un loft au sixième étage et quoi encore hahahar

Ali prend ma main et me mène vers la fenêtre. Et oui en effet, il y avait une piscine moyennement petite, mais pas trop petite.

Il commence à enlever sa veste.

- Allez je t'attends dans la piscine, la salle de bain est à droite, juste là.

Il me pointait la direction en même temps.

Je me change dans la salle de bain et j'ai mis mon bikini violet. Je l'avais commandé en ligne de Victoria Secret donc ça va, je ne faisais pas honte. Mais je me regardais dans le miroir et mon cœur battait hyper fort comme si je savais que ce n'était peut-être pas une bonne idée d'être seule dans une piscine avec mon copain que je trouvais un peu trop sexy.

J'ai mis une serviette autour de mon corps, j'avais prévu le coup pour pouvoir me sécher.

Je me dirige vers la porte et je l'ouvre.

Il était dans la piscine, assis dans l'eau me faisant face. Son corps était wow... Musclé aux bons endroits et sa peau était bien bronzé. Il me regardait.

J'enlève ma serviette et il continuait à me regardait aussi intensément.

Je crois que lui et moi on sentait la chimie entre nous qui était devenue trop explosive et trop palpable même si on se tenait à trois mètres de distance.

Moi je voulais juste m'asseoir sur les bords parce que je ne sais pas nager et je redoutais la profondeur de la piscine. Ali me regardait avec un sourire.

- Tu comptes rentrer dans la piscine hahaharr ?

- Euhh je crois, je vais m'asseoir sur le bord

- Hahaharr on n'a pas fait tout ce trajet pour que tu restes sur le bord hahahar

Je baisse la tête.

- Je ne sais pas nager

- T'es sérieuse hbiba ?

Il avance dans l'eau et se met devant moi, poses ses mains sur le bord de la piscine qui se trouve à deux pieds de moi.

- Oui...

- Viens je te prendre, tu vas pas te noyer avec moi

- Mhmm nan

- ALLEZ VIENS !

- Non j'ai peur.

- Avec moi tu ne dois pas avoir peur.

Il sort de l'eau et il est trop séduisant avec son corps bien défini. Il me prend comme une princesse et me maintiens dans l'eau. Je mets mes jambes autour de sa taille et lui me tient avec ses bras bien fort.

On commence à s'embrasser et cette sensation de chaud et de froid me rend folle. Il me rend folle. Je l'aime à la folie.

- Ma princesse.

- Je veux jamais te perdre Ali

Il me tient le visage et me dit - Mais pourquoi tu dis ça, tu vas jamais me perdre c'est toi ma femme pour la vie. On va avoir notre petite famille.

Ah si j'avais su.

On est restés là-bas je dirais 2 ou 3 heures. Je ne suis pas sûre, le temps s'arrête quand je suis avec lui. Quand on s'embrassait, je sentais par la manière qu'il me tenait et qu'il me touchait comme s'il voulait aller plus loin... et moi aussi... je ne sais pas... tout était confus.

Bref, il était vers les coups de 19 heures quand on revenait au quartier.

On croise la mère de Sabi qui marchait. Dès qu'elle a vu Ali, elle a commencé à sourire.

- Ali, wouldi (mon fils) comment tu vas ?

Elle lui a fait deux bisous sur la joue. Ali aimait beaucoup la maman de Wissem et de Sabi.

- Khalti (ma tante), ça va bien et toi ? Wissem te fait pas trop la misère ?

- Non ça va, il est tranquille ses derniers temps grâce à la sandala !

Je commence à rire, elle me remarque et me fait un grand sourire.

- Oh, ma chérie, je ne t'ai pas vu, je deviens vieille

Elle me fait direct la bise, je l'aime beaucoup. Je n'ai pas beaucoup parlé d'elle dans la chronique, mais je le croise souvent et on discute chaque fois.

- Khalti, ça fait longtemps !

- Chaque fois je te dis de prendre des gâteaux à la maison, tu viens pas !

Avec ce qui s'était passé avec Sabi, je ne voulais pas mettre les pieds dans leurs maison. Mais bien sûr, khalti ne le savait pas ça.

- Les études khalti !

- C'est bien je suis fière de toi benti (ma fille) !

Je lui souris.

- Je dois y aller, mais je voulais vous inviter tous les deux au mariage de ma fille Sabi...

PARDON ?!

C'est quoi cette histoire ? Sabi qui va se marier ?

Khalti part et moi je regarde Ali avec la bouche ouverte.

- Qui va se marier avec elle comme ça ?

- C'est moi.

Je lui fais une de ses tapes sur le bras.

- Tu dis jamais ça, tu as compris ?

- Non moi celle que je vais marier, c'est une mahboula (folle)

Je lui fais le fameux regard « commence pas ».

- hahaha calme toi wesh, je sais pas, Wissem, ça fait deux semaines je le vois plus. Il a disparu on dirait.

- T'imagines le pauvre mec qui va finir sa vie avec elle

- hahaha c'est un danger public cette fille

Sammy sort de l'entrée et vient nous checker.

- Quoi de neuf ?

- Sabi va se marier

- Tu blagues j'espère ?

- On vient de se faire inviter

- Pouahhh, t'imagines toute ta vie avec celle-là, il y a de quoi finir suicidaire

- C'est grave chaud pour le gars

Mamadou et un autre noir, Jordan viennent vers nous.

Jordan c'est un dominicain antillais, c'est bombe. C'est quelqu'un de plutôt posé et calme. Il ne parle pas pour ne rien dire.

- Wesh la famille

- Sabi va se marier HAHAHA

- OH, Sabi la sorcière ? Sabi sephora ? Sabi la...

- Ouais ouais ouais

- Écoutez, si elle peut se marier, c'est bon on a plus à s'en faire

- On n'était pas inquiet, peut-être toi oui...

- On t'a tous vu faire la Rambo, tu nous as tous fait peur, tes chances de te marier ont diminué

- On t'a tous vu draguer Malika, je n'ai pas besoin de finir ma phrase

- Tchip.

Mamadou et moi on aime trop s'insulter, mais c'est un de mes meilleurs amis.

Jordan - Sabi se marie parce qu'elle est enceinte.

On arrête tous ce qu'on fait. On regarde tous Sammy hahaharrr.

- Putainnnnn

- hahaharrr mon gars je veux pas être tonton Mamadou si la mère de l'enfant c'est Sabi

- On s'est protégés, dis pas n'importe quoi

Jordan - T'inquiètes mon gars, le père c'est pas toi

- Comment tu sais tout ça ?

Jordan - Sabi c'est ma voisine...

- Oh la chance hahaharr

Jordan - Ca crie souvent chez eux hahaharr. Bref, c'est Rahim le père et c'est avec lui qu'elle va se marier.

Ali était choqué.

- Sammy, commence à faire la prière à partir d'aujourd'hui tu as été sauvé hahaharr

Je vous passe une semaine.

Je descendais pour faire les courses quand je croise Lyna, la sœur de Sammy. On se disait bonjour depuis l'incident avec Sabi.

- Salut ça va ?

- Oui et toi ?

- Tranquille, dis-moi, tu as acheté une robe pour le week-end prochain ?

- Une robe, pourquoi ?

- Le mariage à Sabi hahahar

- ah je ne crois pas y aller

- T'es folle, la mère de Sabi t'a réservé une place sur une des tables dans la salle de fête.

- C'est pas vrai...

- Hier ma daronne m'a obligé à passer voir la mère de Sabi pour voir si elle aurait besoin d'un coup de main pour le mariage et j'ai vu toute la préparation des tables. Ton nom y figure ma belle hahahar

- Ahh et je fais comment maintenant ? Je connais pas trop les magasins à part ceux du centre commercial.

- Si tu veux, je viens avec toi.

Je lui devais la sécurité de mon frère et je savais que c'était une fille bien, Sammy me l'avait dit plusieurs fois.

- Ouais allez on y va.

J'ai conduit pendant environ 20 minutes. Lyna me guidait et en même temps, on discutait. On arrive devant un magasin de robes. Elles étaient toutes magnifiques jusqu'à ce que je trouve la perle rare.

C'était une robe magnifique. Une robe sans manche avec un décolleté en cœur. Elle était longue, noire et elle épousait chaque courbe de mon corps. Je me regardais dans le miroir, surprise moi même de la réflexion. J'ai lâché mes cheveux et je me suis trouvée belle.

- Alors, qu'est que t'en penses ?

-...

- Mais pourquoi tu parles pas ?

Je me retourne et elle avait un gros sourire.

- Tu es magnifique, limite on va croire que c'est toi la mariée.

J'ai rougi. Je regarde le prix et c'était cher sa mère !

- Ouais bah je crois que je vais devoir opter pour autre chose, il me manque la moitié de l'argent.

Lyna s'approche de moi et regarde le prix. Elle sourit.

- J'ai une idée

- Eyy moi je ne vole pas heinn

- hahaharr je suis pas une voyou hein

- C'est quoi ton idée ?

- Et si je payais la moitié ?

- Nan tu es folle

- Arrête, j'en ai vraiment envie. Je veux me rattraper d'avoir participé aux manigances de Sabi.

- Mais tu m'as déjà averti par rapport au coup qu'elle réservait à Malik et bon voilà, je ne pourrais pas accepter

- Wallah, je regrette ce que j'ai fait et mon frère m'a beaucoup parlé de toi. Je sais que tu n'as pas énormément d'argent, mais que tu as un grand cœur ça paraît. Je veux me rattraper... je veux vraiment enlever la mauvaise vision que tu as de moi.

- Je peux pas accepter... tu vas pas céder... ?

- Nan et toi ?

- Ma tête est dure non hahaha

- Yasmine, accepte l'argent. En plus, Sabi va bien s'en mordre les doigts.

- Bon d'accord, mais je te repaye promis !

- Oui t'inquiètes.

J'ai fini par passer la journée avec Lyna. J'ai appris qu'elle était éperdument amoureuse de quelqu'un qui habitait dans l'immeuble, mais qui n'avait pas l'air de la remarquer.

- Est-ce que c'est pour ça que tu es partie étudier à l'Étranger ?

- Oui je n'arrivais pas à l'oublier et lui il est toujours entouré de filles

- Et je peux te demander qui c'est ?

- Mhm c'est Faress

- Faress le Marocain ?

- Oui...

- Celui avec la fameuse coupe ?

Il avait des cheveux bouclés magnifiques avec un dégradé. Il était connu pour ses cheveux carrément.

- Ouais...

- Mais ça fait combien de temps que tu l'aimes ?

- Depuis qu'on a déménagé donc, 4 ans...

- Et tu lui parles ?

- Ouais on est des amis, mais je crois qu'il n'est pas capable de me voir autrement qu'une sœur

- Mais attends Faress vient au mariage non ?

- Oui.

- C'est le temps de lui montrer qu'en deux ans, tu es devenu une très belle femme.

Lyna avait les yeux en amandes de couleur noisette. Elle avait les cheveux noirs et un petit visage très angélique. Elle était moyenne de taille et elle avait un joli corps.

- Dit... est ce que tu viendras m'aider à me préparer avant le mariage. Tu vois je suis pas trop bonne pour les trucs de fille hahahar

Elle était la plupart du temps en jogging, mais elle avait un charme de fou, elle dégageait un truc avec son petit caractère.

- Bien sûr, tu viens chez moi direct !

Je vous passe une semaine.

Donc, je me suis préparée avec Lyna.

J'avais mis ma belle robe noire avec des talons noirs qu'on ne voyait pas beaucoup.

Lyna est venue à la maison et je l'ai maquillé. Elle avait une robe rose nude. Elle était trop belle.

Ensuite, elle est partie avec son frère pour faire partie du cortège et moi j'ai décidé de commencer à me préparer.

Je me suis fait un smokey eyes dans les tons de dorés, de brun, de gris et de noir. J'ai mis du khôl. J'ai opté pour une bouche nude rose matte. Enfin, mes cheveux étaient bien lisses qui arrivaient à mes fesses.

Je me suis dit que j'allais arriver lorsque tout le monde allait être installé dans la salle après qu'il ait fait le hlel.

Une heure plus tard, je me dirige vers la salle.

Il y avait un grand et long escalier qui donnait accès directement dans la salle. Je descends les marches tout doucement, jusqu'à tant que je remarque Wissem un peu plus long en smoking noir debout à côté d'une table qui me regarde intensément. Il était extrêmement beau, à couper le souffle. Ca m'a déstabilisé.

Je me dirige vers la table et il y avait déjà Sammy, Mamadou, Lyna et trois autres arabex. Ali était censé être ici ? Mais où était-il ?

- Pappapa regardez moi la beauté

- Je t'ai vu ce matin, tu ressemblais pas à ça, tu as fait de la sorcellerie ?

- Merci Sammy et Mamadou, ton dégradé est mal fait.

- Tchipppp

On s'est tous assis, on discutait et je voyais Lyna miskina (la pauvre) qui regardait Faress.

Wissem est venu nous voir. Lorsque nos yeux se sont croisés, il a genre beugué. Mon cœur battait la chamade.

- Je peux te parler rapidement ?

- Oui

- Je voulais juste m'excuser pour les conneries que Sabi t'aie faites, Ali m'a raconté.

- C'est gentil, merci, Wissem.

- D'ailleurs il est où ce bâtard hahahar

- Mhm, je sais pas...

On a continué à discuter et cette discussion qui était sensée duré 5 minutes, a duré 30 minutes. Il était vraiment quelqu'un de drôle.

Le Dj a mis des gros sons algériens.

- Viens on va danser

- Ouais pourquoi pas

Alors on a dansé tranquille et pendant un moment, j'ai oublié que mon imbécile de copain n'était pas là.

Pendant qu'on dansait, j'ai essayé d'aider Lyna.

- Wissem

- Quoi ?

- Tu peux t'arranger pour que Faress vienne à notre table pour manger ?

- Pourquoi ??

- Fais le c'est tout, s'il te plait. Prends ça comme un moyen de rattraper pour ta sœur.

- OK je reviens

Il arrête de danser et se dirige vers Faress.

Je me retourne et je vois Sabi sur le trône avec Rahim à côté. Elle m'a remarqué et elle m'a bien regardé.

Vous savez ce que j'ai fait. Je lui ai souri de toutes mes dents et je lui ai fait coucou avec ma main.

Je suis reparti m'asseoir et Faress était assis parmi nous.

Lyna, elle était gênée.

J'envoie un message à Ali.

- Tu es oû ??

Wissem parlait avec ses amis un peu plus loin, mais des fois tournait sa tête et me regardait.

Je crois qu'il pouvait lire l'inquiétude dans mon visage, mais j'étais contente de voir que Faress parlait à Lyna, la coquine elle profitait pendant que son frère était dehors.

Wissem revient me voir et s'assoit à côté de moi.

- Ça va ?

- Oui, je suis juste un peu fatiguée

- Ah d'accord et en passant j'ai réglé le compte à Nesrine...

- Nesrine, celle de mon cours, ton ex ?

- Ouais, je lui est même fait avoué à ton prof qu'elle a volé ton travail. Elle me les cassait déjà de toute façon.

- Merci Wissem c'est tellement apprécié.

Wissem sourit.

Et là, il y a eu un moment spécial, il me regardait tellement profondément dans les yeux. Son regard et sa présence, je ne saurais l'expliquer, mais je me sentais en sécurité.

?? - Ca fou quoi ici ?

On se retourne et c'est Mamadou.

- Je peux savoir comment tu as déjà une tâche de moutarde sur ta chemise hahaha

- J'ai envoyé un petit m'acheter un sandwich , j'avais faim sa mère !

- hahaha t'es pas possible

La soirée a continué et aucune nouvelle d'Ali. On a mangé, bien évidemment. Lyna parlait à Faress et dès que Sammy est revenue, elle s'est redressée sur sa chaise.

Wissem a fini par rester avec nous, assis à côté de moi et on a énormément discuté ensemble. J'ai passé vraiment un bon moment malgré tout.

Vers la 21 h, Wissem me demande de l'accompagner marcher un peu dehors.

Il y avait une terrasse avec une belle vue.

- Ce mariage n'est que du maquillage, il n'y a rien de réel dans cette connerie

-...

- Quand je vais me marier, je veux pas raconter des mensonges comme ça aux gens

- Tu as juste à faire attention avec qui tu te tiens

- J'essaie de changer mes habitudes. Il y a trop de gens aux rêves brisés dans cette ville, y'a de quoi déprimer.

- C'est vrai, tu as raison.

- Et toi, tu as hâte de te marier, faire une grosse fête tout ça ?

J'allais répondre quand quelqu'un nous coupe.

?? - Tu es là toi

Je me retourne et je vois Ali. Dans un smoking noir, une chemise blanche et un nœud de papillon. Il avait fait sa coupe italienne au gel. Il sentait bon en plus. Il était tout beau.

- C'est maintenant que tu arrives ?

- Oui désolé j'avais des trucs à régler pour ma daronne qui est au bled.

- Mhmm

Il place son bras autour de ma taille et me fait son fameux sourire pour que je le pardonne.

- Merci kho d'être resté avec elle.

Wissem avait une expression que je n'arrivais à comprendre, il était un peu détaché.

- tranquille frère.

On rentrait dans la salle laissant Wissem tout seul sur la terrasse.

Ali maintenait toujours son bras autour de ma taille.

- Je suis encore fâché, tu m'as laissée seule

- Allez, seulement pendant 3 heures. En plus, tu étais avec Wissem et les autres.

-...

- Je suis désolé hbiba...

- Bon d'accord

- Viens plus proche je vais te dire truc

Je m'approche de lui.

Il chuchote dans mon oreille - les prochains c'est nous.

Il avait le don de me faire sourire même quand j'essayais de bouder.

- Viens, on s'en va, je m'en bats de ce mariage.

Alors, on est allé voir la mère de Sabi et on lui a dit merci, au revoir, etc.

J'ai donné mes clés à Mamadou pour qu'il revienne avec ma voiture vu que je rentrais avec Ali ce soir.

On était dans la voiture et une de mes chansons préférées est passée.

Tombé pour elle de La Fouine.

Je monte le son et Ali commence à sourire.

Il rappait sur les paroles en même temps que La Fouine.

Lorsqu'Ali a rappé le passage :«dans mes petits yeux marron tu peux lire ce que je ressens pour toi»,en me regardant dans les yeux, mon cœur battait à une force phénoménale et lui, il mordait ses lèvres.

On arrive dans le stationnement.

Il éteint le moteur.

On monte chez moi. On s'assoit dans mon salon. Je mets un peu de musique.

Je me mets à côté de lui, je place mes jambes sur les siennes.

- Même avec ton air de boudeuse, tu étais la plus belle ce soir dans la salle

- continue de te rattraper

- Hahaha j'avoue j'ai été en retard comme un vrai arabe... mais on est pas mieux comme ça ensemble ?

Il rapproche son visage du mien et me rapproche de la même occasion.

Il chuchote - Je pense ce que je t'ai dit... je veux que ça soit nous dans cette salle. Je veux te voir porter mon fils ou ma fille et me chicaner avec ma mère parce que tu as mis trop de sel dans le couscous.

Je touche sa joue.

- Tu es mon mektoub, Ali.

Il me serre contre lui et on s'embrasse. Mais c'était pas comme d'habitude, c'était beaucoup plus intense, plus passionné et langoureux. C'était comme si c'était la première fois qu'on s'embrassait et ça devenait vraiment chaud.

Ses mains touchaient tout mon corps et moi aussi, je ne pouvais pas m'empêcher de toucher sa peau chaude.

Il enleva sa veste de smoking. Il m'embrassait le cou, le décolleté, les épaules...

J'arrêtai de l'embrasser.

- Je vais me changer j'ai trop chaud, je reviens.

J'arrive dans ma chambre, j'allume ma petite veilleuse et je laisse la porte entre ouverte. J'étais de côté et je dézippais ma robe quand Ali cogne ma porte. Il regardait un téléphone dans ses mains.

- Lyna n'arrête pas de...

Il remarque que ma robe est à moitié enlevée et il me regarde. Et moi je le regarde, je ressens la chimie qui est encore plus intense que celle ressentie à la piscine.

Il avance vers doucement vers moi.

-.. de t'harceler.

Il est à deux centimètres de mon visage et je respire hyper fort.

Cette chronique n'est pas mon histoire,mais pour les nombres de fois qu'il a été sur wattpad j'ai remarqué que les filles aiment beaucoup critiquer ce qui va suivre par la suite.Cette histoire est là pour soulager des gens.Les critiques et les insultes peuvent vraiment blesser les gens qui se reconnaissent derrière ses personnages ou même ce qui l'écrivent en disant que c'est une fausse histoire.Je suis musulmane,mais jamais au grand jamais je me considérais meilleure musulmane pour des actes que j'ai commis ou pas commis.On est des femmes ,on devrait se supporter.Soyez matures et ayez un bon coeur.

Je passe ma main sur son bras jusqu'à son épaule. Lui aussi respire fort. Je le voulais et il me voulait. Il me prend et me jette sur le lit. Il se met sur moi et m'attaque de baisers dans le cou, dans la poitrine et sur le ventre qui sont de plus en plus intenses. Il enlève sa chemise. Il commence à enlever complètement ma robe. Il regarde mon corps et caresse ma peau avec sa main.

- Tu as un corps magnifique.

Ce qui est arrivé est arrivé.

Quand j'avais mal au début, il me rassura, il a été très doux avec moi.

Quand on a fini, on s'est allongé et on était en cuillère, je me suis détaché de lui, je suis allé dans le coin du lit et j'ai commencé à pleurer. Je ne pouvais pas arrêter.

Ali se rapproche aussi tôt, il essayait de me prendre, mais je le repoussais.

Je lui faisais dos.

- Je t'ai fait mal ?...tu t'es senti forcée ?...Putain... je suis qu'un con.

Je me retourne avec les larmes qui coulent.

- C'est aucun des deux, je voulais attendre jusqu'au mariage depuis très jeune, regarde ce qu'on a fait.

Ali se gratte la barbe.

- Yasmine... oui, on a merdé... mais on va se marier. Je serais ton homme er tu seras ma femme devant Dieu. On va se repentir. On va demander pardon à Dieu.Inch'Allah il va nous pardonner. Je suis désolé...

Il était hyper mal.

Il m'essuie la joue.

- Dans un an, toi et moi on sera mariés. Je te le promets. Je dois ramasser une bonne somme d'argent pour assurer notre futur.

Il prend ma main.

- Je demanderais ta main à ton père et on vivra ensemble. Je vais te présenter à maman et on aura nos enfants.

Je hoche la tête.

- Respire hbiba, relaxe. Tu es une bonne personne avec un cœur blanc, Dieu le voit.

Il me donne un câlin.

- Il est vraiment tard, vient dormir. Je ne m'en vais nulle part.

Alors, je me suis remis en cuillère et on s'est endormis.

J'essayais de dormir, mais je n'y arrivais pas.

- Je sais que tu dors pas, dors hbiba.

Il me serra un peu plus fort et me fit un bisou sur la tempe. J'ai essayé de dormir, mais je n'y arrivais pas. J'ai attendu un peu, le temps qu'Ali s'endorme et je me suis retourné. Je le regardais dans la pénombre, il était tellement beau...

J'ai pris un coussin, je l'ai mis sur mon visage et j'ai pleuré. J'ai pleuré jusqu'à ce je m'endorme.

Vers 7 heures du matin, j'ai ouvert les yeux. Ils étaient lourds, mais mon cœur battait trop vite pour que je puisse me rendormir.

Je me dégage d'Ali, je fais rapidement ma toilette, je m'habille, je mets une casquette et je sors.

Je sortais du bâtiment la tête baissée.

?? - Wesh djazairia (l'algérienne)

Je me retourne et je vois Sammy avec un bête de sourire.

- Salut

Il se rapproche.

- Ca va ? Qu'est que tu fais dehors aussi tôt ?

- Je te retourne la question

- Je viens juste de sortir du mariage de Sabi hahahar Y'avait une ambiance de fou vers une heure du matin, j'ai eu au moins 2-3 numéros de filles et...

Il stoppe et il change d'expression.

- C'est quoi la sur ton cou ?

Je commençais à stresser, même moi je ne savais pas... alors j'essaie de mettre mes cheveux dessus.

- Euh rien, sûrement je me suis cognée... je

Je ne termine même pas ma phrase que Sammy pousse mes cheveux et regarde mon cou de plus proche.

- C'est un suçon ?... C'est un suçon. Putain t'es sah (sérieuse) ?

Je ne disais rien.

Sammy levait le sourcil et la veine sur son front et de son cou commençaient à bouger. Il allait s'énerver.

- Qu'est t'as fais hier ?

Il le disait avec un ton autoritaire. Je n'avais jamais vu Sammy comme ça.

Je ne disais toujours rien.

- Qu'est que t'as fais ??

Et là j'ai craqué, j'ai commencé à pleurer.

- Ali et moi on l'a fait, d'accord.

Son expression a changé drastiquement.

- Pourquoi tu pleures, il t'a forcé ? Il t'a violé ? Putain comment je supporte pas, j'ai la haine...

- Non, du tout, on le voulait et maintenant je regrette. J'ai merdé.

Et contre toute attente, il m'a pris dans ses bras. Il tenait ma tête avec sa main pendant que moi je n'arrêtais pas de pleurer.

Après 5 minutes, j'ai commencé à me calmer.

On est allé s'asseoir sur un banc plus loin dans le parc.

- Bon ça va mieux maintenant ?

Je hoche de la tête.

- Bon, je vais te dire un truc et ne te fâche pas contre moi hein... mais, Ali et toi vous passez trop de temps seuls chez toi. Vous dormez ensemble et tout, ça fait qu'augmenter la tentation. T'inquiète pas, je le suis seul qui le sait, Ali c'est mon meilleur ami, il me dit des trucs. J'ai remarqué plusieurs fois dans la nuit qu'il et ne redescend plus, c'est pas bien Yas. Je suis pas un saint, mais je ne veux pas que tu prennes exemple sur moi et que tu fasses les mêmes conneries que j'ai faites.

Il avait raison.

- Putain, on oublie le plus important, imagine t'es enceinte ??

- Non, c'est impossible, je prends la pilule contraceptive. Depuis mes 14 ans, j'ai des règles trop irrégulières alors mon médecin me la prescrit.

Il avait une expression dégoutée.

- J'avais pas besoin de savoir pour tes trucs de règles là

- Tu as une sœur non ? Elle a ses règles aussi, tu sais ?

- Je veux pas en parler... tu sais Ali je l'ai jamais vu aimer autant une fille que toi, mais bon fait attention quand même ma sœur...

-...

- Tu devrais remonter et dormir. Tu ressembles à une sorcière Hahaha

12.

Je vous décris l'année qui a suivi cette conversation avec Sammy.

Ali et moi nous sommes restés un couple fort, mais les débuts étaient difficiles.

Je le laissais à peine me toucher et j'étais distante. Je savais que ça les lui cassait, mais j'avais trop peur de retomber dans le vice et succomber. Il ne dormait plus chez moi. Mais, malgré tout, Ali a persisté à casser une nouvelle fois ma coquille et je suis revenue tranquillement vers lui.

Il était agent de sécurité dans le centre commercial et je voyais toutes ses filles se pavaner devant lui, le draguer ouvertement.Ca me mettait hors de moi. J'avais peur qu'il me laisse pour une fille qui lui donnerait quelque chose que je lui ai donné qu'une fois. J'étais jalouse et je perdais un peu de ma confiance en moi.

Lui avoir donné ma fierté m'avait complètement dénudé dans les deux sens du terme et j'étais déstabilisé. J'avais honte et je culpabilisais.

Je l'aimais et j'étais complètement agrippé à lui.

Il me disait qu'il suivait des cours du soir en comptabilité. Il me disait mettre un compte de côté à la banque pour ma dote et pour notre future maison.

Quant à moi, grâce à Wissem, je travaillais comme assistante dans un petit bureau d'affaires. Je faisais le café, les photocopies, etc.Lui il y travaillait comme interne, alors il avait du boulot sérieux, mais quelquefois des tâches simples comme les miennes. J'y travaillais 3 jours par semaine alors je me suis beaucoup rapproché de lui. Il me racontait beaucoup de ses souvenirs d'enfance et de son adolescence, mais presque jamais des trucs récents. Moi j'étais pire, je ne lui disais rien de sérieux. Peut-être deux ou trois anecdotes, mais c'est tout. Mais, on avait une bonne complicité et le même humour.

J'allais toujours à l'école, il me restait encore deux ans. Je ne croisais plus Selma, elle ne cherchait plus après moi et à vrai dire, moi non plus.

Je restais encore en contact avec Fatima.Tout allait bien, elle était à la recherche de son hlel.

Lyna sortait avec Faress ! Enfin, la pauvre ! Lors du mariage, il est tombé sous le charme, il l'a vu comme Lyna la belle Égyptienne de l'immeuble et non comme la petite sœur de Sammy.Personne n'était au courant sauf moi, mais j'espérais qu'il ne fasse rien pour compromettre leur relation. Vous savez comment sont les mecs des fois. Ils sont des fois trop jeunes et immatures et ne se rendent pas compte qu'ils laissent filer une femme faite pour eux, une femme qui aurait tout fait pour eux et une femme qui est totalement merveilleuse.

Malika allait bien comme d'habitude. Je l'avais présenté à Jordan et ça a cliqué directement. Vous auriez dû voir la tête de Mamadou, il faisait tout pour interrompre leur rendez-vous. D'ailleurs, je n'ai pas eu le courage de dire à Malika que j'avais perdu ma virginité. C'était mon secret que je prenais avec moi jusqu'à la tombe.

Mamadou, bref, il reste le même hein.

Sammy avait commencé à travailler dans un kebab. Il me parlait souvent de ses conquêtes turques. C'était son nouveau passe-temps.

Et les choses ont commencé à se corser.

Je me souviens encore, nous étions un vendredi. Je n'avais pas d'école et je travaillais toute la journée au bureau. Wissem commençait généralement en après-midi et venait discuter avec moi dans la salle de photocopies.

J'étais en train de photocopier plusieurs documents quand Wissem vient dans la salle.

- Wesh

- Salut ça va ?

- Tranquille et toi ?

- Ça va, ça va.

- Ayaya les photocopies que tu dois faire, ils t'ont pas manqués.

- T'as vu, je suis pas respecté ici hahahar

Je commence à l'observer attentivement et je remarque qu'il a une nouvelle coupe. Il s'était fait un dégradé au blanc, mais il avait une ligne en avant bien tracée. Je ne sais pas si vous voyez, les joueurs de foot font ça habituellement. Même sa barbe, elle était parfaite, plus que d'habitude. C'est un homme trop magnifique...

- C'est beau ton nouveau look, c'est qui la fille ?

- Qu'est que tu racontes hahaha

- Dis ça aux autres, les mecs vous vous faites beau seulement quand vous allez au club ou bien quand vous avez un rendez-vous avec une fille qui vous plaît...

- C'est aucun des deux, même si la deuxième option j'aurais bien aimé, mais bon...

- Comment ? Toi, Wissem, tu as de la difficulté à avoir un rendez-vous ??

- Nannn arrête c'est pas comme ça, laisse faire.

- Mais explique... allez !

- C'est bizarre parler de ça avec une fille

- Tu sauras que j'en sais plus que toi sur les filles hahahar

- Bon allez... c'est cette fille... elle est différente. Elle est trop intelligente pour tomber sous le charme des mensonges et on s'entend trop bien.

Il me regardait avec cette lumière dans les yeux.

- C'est le genre de femme que tu vas respecter jusqu'au bout parce qu'elle apaise tout ce qui se passe dans ma tête et elle s'en rend même pas compte...

- C'est quoi le problème alors ?

- Elle est déjà avec quelqu'un d'autre...

- Et est-ce que tu penses qu'elle est intéressée par toi ?

- Je ne sais pas... je

?? - Wissem !!

Il se retourne et c'est Marine, une fille qui travaille avec nous. Elle est la définition du mot désagréable. Chaque moment qu'elle avait de me rabaisser devant les autres, elle le prenait. Elle m'a fait échapper tous les cafés une fois. Cette fille n'est que la secrétaire, ce n'est même pas ma supérieure.

Avec Wissem, elle joue la fille trop mimi parce qu'elle est intéressée par lui en secret.

- Ouais ?

-Monsieur Poirier te demande à son bureau.

Elle l'a dit avec un gros sourire.

- À plus

- À tout à l'heure

Dès qu'il est parti, Marine s'est approchée de moi en inspectant ce que je faisais.

- Pour quelqu'un qui a une tâche plutôt simple, je te trouve lente dans ton exécution

- Écoute Marina...

- C'est Marine.

- Marina ou Marinara... je m'en fou.. je sais que tu as beaucoup de temps libre et cet emploi c'est ta vie, ton passe-temps et ton copain, mais moi c'est juste un petit job pour avoir un minimum d'argent.

- pfff

- En passant, tu devrais arrêter de tourner autour de Wissem, il n'aime pas les fausses blondes.

Je lui ai fait un gros sourire, j'ai pris mes affaires et je suis allé dans une autre salle pour finir.

Il était 18 h quand je revenais dans le quartier.

J'ai croisé Sammy dans le hall.

On a tapé une discussion.

- Tu as vu Ali, il ne répond pas à mes messages depuis le début de la journée...

C'était son kiff du moment. Depuis environ six-sept mois, il ignorait la plupart de mes messages. Il était toujours occupé à faire je ne sais pas quoi avec je ne sais pas qui.

- Ahh non je sais pas...

Je sentais qu'il me mentait, mais qu'il n'osait pas me dire la vérité. Je me suis dit que j'étais sûrement folle, mais j'aurais dû me fier à mon premier instinct...

Vers 22 heures, on toque à ma porte.

C'est Ali.

Dès qu'il me voit, il se penche pour me donner un bisou, j'ai tourné ma tête à droite et je suis allé dans la cuisine. Oui « ouf le vent », mais il ne faut pas non plus me donner aucune nouvelle de la journée...

Ali ferme la porte.

- Bon qu'est que tas ?

- Pourquoi tu m'ignores pendant toute la journée et tu reviens ici tranquillos ?

- J'ai pas regardé mon téléphone aujourd'hui

- ça fait des mois et tu me fais le même coup tous les jours...

Je regarde sa main et il avait un téléphone complètement différent... il a un Samsung dans les mains alors qu'il a un iphone depuis que je le connais.

- C'est quoi ce téléphone ?

Ali se mord la lèvre.

- Ah c'est un gars qui me la vendu vite fait.

- Donc tu as un téléphone ou deux ?

- Juste un

Je ne sais pas pourquoi, mais je ne le croyais pas. Mais le problème c'est que j'aimais cette homme alors je fermais les yeux sur beaucoup de choses. Voilà d'où vient la phrase elle était intelligente ensuite, elle est tombée amoureuse.

Ali se rapproche de moi et me regarde avec ses yeux marron clair.

- Le travail me tue ses derniers temps, je suis quelque part d'autre des fois... je veux juste qu'on se pose pour de bon toi et moi.

Il est resté une heure et demie, deux heures à peu près et il est parti ensuite.

Le lendemain, je me suis réveillée, j'ai bien mangé. Il était à peu près 9 heures, je voulais m'entraîner au gym, j'étais en train de marcher en direction de ma voiture quand je vois Ali en train de parler avec Karim.

Bon je vous explique Karim c'est l'homme à éviter. Il habite dans l'immeuble à côté de chez moi et le nombre de trucs négatifs que j'ai entendu sur lui, c'est pas bon signe.

Il a un appart ici, mais il est toujours au Sud, car apparemment il fait des trafics d'armes aux frontières. Tout le monde le sait et seuls ceux qui participent à ses types d'activités traînent avec lui. Bien sûr, il y a toujours des tas de filles qui lui courent après parce que c'est un bad boy qui a plein d'argent. Moi, je le vois dans la rue, limite je veux changer de trottoir, ce qu'il dégage me donne la chair de poule. Il a des amis d'enfance ici, car je crois qu'il a grandi ici, mais le voir avec Ali, ça me choque.

Je n'ai même pas réfléchi, je me suis avancé vers eux.

- Salut !

Les deux se retournent et j'ai croisé les yeux de Karim.Ya mama il avait les yeux noirs avec une petite cicatrice aux sourcils. Il avait un de ses regards, je m'en souviendrais toute ma vie.

Ali m'a fait un de ses regards choqué.

-... Qu'est que tu fais dehors ?...c'est tôt pour un samedi...

Karim ne parlait pas, mais il nous observait beaucoup.

- Je voulais m'entraîner et vous ? Vous allez vous faire un petit foot matinal ?

Karim a commencé à rire tout bas.

- C'est ta femme ?

Ali ne répondait pas et je trouvais ça trop bizarre comme situation.

- Oui, la future mère de ses enfants hahaha

- Moi c'est Karim

Il me tend la main et je la sers. J'ai eu froid dans le dos. Serrer la main du diable comme on dit...

Karim et Ali se checkent.

- On se parle plus tard.

Il disparaît vers le stationnement à pied.

Ali me prend par le bras.

- Mais ça va pas, qu'est qui te prends ?

- C'est à toi que je devrais demander ça

J'enlève sa main de mon bras.

- Qu'est que tu as à cacher comme ça ?

- Mais putain arrête de me casser les couilles khra (merde)

C'était la première fois je le voyais me parler comme ça. Ce que j'aimais le plus d'Ali c'est qu'il n'étais presque jamais vulgaire et qu'il s'énervait rarement. Il était en train d'agir comme quelqu'un que je n'aime pas, comme quelqu'un que je ne reconnais pas.

J'ai ignoré ce qu'il a dit et j'ai marché jusqu'à ma voiture. J'ai conduit jusqu'à un endroit avec une vue magnifique. C'était en haut de collines où on voyait une grande partie de la ville. Je me suis garé et je me suis évadé avec la musique dans ma voiture. J'ai fini par m'endormir et quand je me suis réveillée, il était environ 18 h ! J'avais trop dormi.

Je n'avais même pas faim, toute cette histoire me stressait.

J'ai conduit jusqu'au gym et je suis resté jusqu'à 20 h à peu près. Il faisait noir dehors.

J'avais garé ma voiture loin du gym, car il n'y avait pas de stationnement autour. J'ai marché 15 minutes jusqu'à ma voiture. Je l'avais garé dans une allée, c'était vide.

Je voulais ouvrir le coffre quand je réalise que j'ai oublié mon sac dans mon casier au gym. J'avais trop la tête ailleurs punaise.

J'ai mis les clés dans ma poche quand je sens quelqu'un derrière moi. Je n'ai même pas le temps de réagir que je sens qu'on me met une main sur ma bouche.

?? - Tu fais un son et je te tue sans pitié.

C'était la voix d'un homme.

Je commençais à avoir la respiration entrechoquée.

Il me retourne pour que je sois face à lui. Il avait toujours la main sur ma bouche et l'autre dans mon cou.

Je vois qu'il n'est pas tout seul et qu'ils sont deux, avec des cagoules noirs. Ils étaient habillés complètement en noir. Je ne pouvais à peine voir leurs yeux à cause du manque de lumière.

Homme en noir 1 - On voudra juste passer un petit message à Ali, ton mec.

J'essayais de me débattre et de crier, mais je n'y arrivais, il était trop fort.

Homme en noir 2 (celui qui me tenait) - Arrête de te débattre salle pute.

Homme en noir 1 sort un petit couteau. Mes larmes coulaient, j'essayais de crier.

Homme en noir 1 - Ce ne sera pas long t'inquiètes pas

Homme en noir 1 donne un mouchoir à l'homme en noir 2. L'homme noir 1 approche le couteau de mon cou du côté gauche. L'homme en noir 2 enlève sa main de mon cou pour soulever ma mâchoire. Il me regarde profondément dans les yeux. Je reconnais ses yeux... ce regard... ils sont noirs.

Homme en noir 2 - Tu diras au futur père de tes enfants de nous donner l'argent qu'il nous doit

C'était KARIM.

L'homme en noir 1 commence à appuyer le couteau noir dans le côté gauche de la peau de mon cou. Il commence à très doucement le rentrer dans ma chair. Je commençais à mordre la main de Karim, la douleur était atroce.

Karim approche un mouchoir de mon nez et je commence à sentir lourde. J'ai chaud, tellement chaud. Je vois de moins en moins les lampadaires, les yeux à Karim et ma voiture.

13.

Je me réveille je ne sais pas combien de temps après...

Je reconnais un lit d'hôpital...

Je me touche la tête et je touche mon cou. J'ai un énorme pansement. Quand je tourne ma tête, j'ai mal, trop mal. Je commence à paniquer et j'appuie sur le bouton pour voir une infirmière.

Une infirmière arrive 30 secondes plus tard...

L'infirmière - Mademoiselle, vous vous êtes réveillée, comment vous vous sentez ?

- J'ai mal à mon cou quand je me tourne ma tête

L'infirmière - C'est normal, vous avez une grosse coupure. On va vous donner quelques anti douleurs. On va effectuer quelques tests d'ici une heure.

- Comment j'ai atterri ici ?

L'infirmière - Une femme vous a trouvé gisant le sol avec une grosse coupure dans le cou dans une allée sombre. Malheureusement, vous n'aviez aucune pièce d'identité sur vous et aucun téléphonenon plus, nous ne savions pas qui rejoindre. Est-ce que vous pourriez nous donner votre nom et est-ce que vous vous voudriez que nous rejoignions un de vos proches pour qu'il reste un peu avec vous ?

Le seul numéro que je connaissais par cœur qui viendrait immédiatement était celui d'Ali.

Je ne pouvais pas appeler mes parents, ils auraient flippé et ils m'auraient obligé à déménager. Je les aurais compris, mais je ne voulais pas quitter ma vie ici...

Je ne pouvais pas appeler Malika, car elle était en Haïti pour 4 prochains mois

On m'a fait plusieurs tests et tout allait bien physiquement, mais moralement, j'étais anéantie.

Le médecin m'a dit que je pouvais retourner chez moi et que je devais revenir dans une semaine pour enlever mon pansement.

J'étais dans ma chambre quand Ali fait son entrée. Il s'approche direct de moi et il essaie de me prendre dans mes bras. Je ne réagissais même pas...

- Quand j'ai su que tu étais là, je voulais tuer tout ce qui bouge. Je suis désolé pour hier...

Est-ce qu'il savait que j'étais ici par sa faute ?

Je n'ai même pas répondu.

- Je t'ai amené des vêtements de Lyna.

Je les ai pris et je suis allé dans les toilettes dans la chambre. J'ai réglé toutes mes informations avec l'hôpital et ils m'ont donnés toutes mes affaires incluant mes clés d'auto.

On marchait côte à côte jusqu'au stationnement, il m'a même ouvert la porte de sa voiture.

J'ai mis ma tête contre la vitre et j'ai fermé les yeux.

Il conduisait, mais je ne portais attention à rien.

Je sens qu'il me touche la cuisse. Il avait garé la voiture pas très loin du bloc.

- Yasmine, j'ai un cadeau pour toi.

Il avait une petite boîte dans la main.

- J'ai pas la tête à des cadeaux...

- C'est pour me racheter. Je t'en prie, juste ouvre la boîte.

Je l'ouvre et c'était un collier en or. Un cœur. Je lui avais dit une fois que j'ai toujours voulu en avoir un, il a dû s'en souvenir.

Quand soudain, j'ai entendu un son provenant d'un téléphone, mais pas n'importe laquelle, vous savez les sonneries de iphone...

J'ai fermé la boîte.

- Tu réponds pas à ton iphone ?

- J'ai pas de...

J'ai mis rapidement ma main dans la poche de sa veste en cuir et j'en ressors un iphone.

- T'as un téléphone pour frauder et l'autre pour le plaisir c'est ça ?

- Arrête de dire n'importe quoi

- Arrête de me mentir, tu sais pourquoi j'ai ça ?

Je lui montre mon cou.

- C'est parce que tu ne leur as pas donné l'argent que tu leur devais.

- Quoi ? De qui tu parles ?

- On m'a attaqué la nuit passée à cause de tes conneries. Ils m'ont mis le couteau à la gorge pour te passer un message.

Ali frappait le volant.

- Reprends ton collier

- Bébé. S'il te plaît.

- Tu m'as menti tout ce temps ? Tu n'as jamais arrêté ? Tu n'as jamais suivi de cours de compatibilité le soir, tu faisais des deals c'est ça ?

-...

- Au mariage de Sabi, c'est à cause de ça que tu étais en retard... ? Même quand... ?

Il baissait la tête.

- Je t'ai donné une partie de moi. Tout était un mensonge. Quoi d'autre, tu m'as trompé ?

Il se rapproche de mon visage et mets sa main sur ma joue.

- Je t'ai jamais menti sur mes sentiments et sur le futur que je veux avec toi. Tout était réel, je t'ai jamais trompé. Je veux t'offrir une vie de rêve.

- Tu veux bâtir un futur sur quoi ? Avec ton argent sale ? Grâce aux vices de la rue ?

- J'ai essayé, mais être gardien de sécurité ça paye pas assez. Tu es encore aux études. J'ai besoin d'argent pour ta dote, notre mariage, notre maison... je peux pas arrêter du jour au lendemain.

- Qui a dit que je voulais encore de ce mariage ?

- T'es sah (sérieuse) ?

- Je t'ai jamais demandé une vie de rêve dans un palace ! Je ne veux pas du luxe. L'essentiel est invisible à tes yeux. Tu ne l'as jamais compris...

J'enlève sa main.

- C'est fini. Toi et moi c'est fini.

J'enlève ma ceinture de sécurité. Je combattais les larmes.

- Non, on ne peut pas se quitter... dis pas ça...

J'ai ouvert ma portière de voiture. J'ai couru et j'ai couru jusqu'à mon appartement. J'ai barré la porte et j'ai même barré la porte de ma chambre.

Je n'ai eu aucune nouvelle d'Ali dans les heures qui ont suivi.

Je n'ai eu aucune nouvelle d'Ali dans la journée qui a suivi.

Je n'ai eu aucune nouvelle d'Ali dans les trois jours qui ont suivi.

Je n'ai eu aucune nouvelle d'Ali dans les cinq jours qui ont suivi.

Enfin, je n'ai eu aucune nouvelle d'Ali dans la semaine qui a suivi.

Toute la semaine, je ne suis pas sorti, je n'ai pris aucun appel.

Enfin... je regardais mon téléphone comme une maniaque en espérant trouver un message ou un appel d'Ali.

Comment pouvait-il me laisser tomber ? Comment pouvait-il ne pas se battre pour moi ?

J'étais obligé d'aller au moins à l'hôpital pour mon rendez-vous à 10 h. Le seul problème était que je devais récupérer mon auto et je n'avais que les clés avec moi. Elle se trouvait encore proche du gym...

Je ressemblais à un zombie. Je mangeais à peine et mes cernes étaient violacés.

Je m'habille et j'essaie à peine de me rendre présentable.

Il était 9 h du matin. Je m'étais dit que je marcherais jusqu'à ma voiture. Après 30 minutes de marche, j'y arrive.

Je conduis en direction de l'hôpital et vers 11 h, j'avais finis.

Je marchais vers mon immeuble quand je vois plein de gars que je connais vite fait, traîner ensemble.

- Salam les gars, vous avez vu Ali ? Vous ne savez pas où il est ?

Hamza - Non oukhty (ma sœur)... t'as pas l'air bien, ça va ?

- Oui ça va... et toi Hakim, tu l'as vu ?

Hakim - Non désolé je sais pas non plus

- Kevin toi non plus ? Moussa ?

Moussa et Kevin - Non désolé Yasmine.

J'étais folle, mais j'étais détruite de l'intérieur. Je ne pouvais pas croire qu'il m'est abandonné. Je voulais croire qu'il lui était arrivé quelque chose qui l'empêchait de revenir à moi.

Alors j'ai pris une décision.

J'ai décidé d'aller chez lui... je n'y étais jamais allé, mais je savais où il habitait.

Il habitait à 5 minutes à pieds.

J'arrive dans son quartier et il y avait des petits qui étaient posés par terre.

- Salam

Il était environ 5, ils devaient avoir 13 ou 14 ans maximum.

Eux - Salam

- Vous savez où habite Ali Nasri?

Un des petits me pointe du doigt c'est où et me dit quel numéro de porte.

Je sonne à un numéro au hasard et je dis que j'ai oublié mes clés, on m'ouvre direct.

J'arrive devant le porte et je commence à paniquer. Je commençais à réaliser que sa mère était peut-être là et qu'il fallait que je pense à un bon mensonge.

J'étais complètement folle...

Je cogne, mais personne ne me répond. Je n'entends aucun bruit venant de leur appa rtement... peut-être qu'ils dorment.

Une voisine sortait en même temps et me voit cogner sur la porte.

La voisine - Pas la peine de continuer de cogner, ils ont déménagés.

Je me retourne pour lui faire face.

- ah et ils ont été transférés où ?

La voisine - Ils ont pris le large, Allahu A'lam. (Allah sait mieux)

- Euhh pardon j'ai mal compris...

La voisine - Ils ont quitté le pays. Zara Nasri et son fils Ali ont quitté définitivement... j'ai entendu beaucoup de pleurs, de louanges et de cris il y a une semaine. Que Dieu les facilite...

Je ne voyais plus trop bien autour de moi. J'allais m'évanouir. Je suis descendu jusqu'en bas comme un zombie. Je me suis assise sur un banc et je suis resté les yeux dans le vide comme ça pendant un bon moment.

J'avais les yeux perdus dans le vide. Je ne savais plus où j'étais et depuis combien de temps j'étais assise comme ça. J'étais sous le choc et je voulais juste croire que tout ça, c'était un mauvais rêve dont lequel j'allais bientôt me réveiller.

J'étais sur une autre planète, inconsciente de tout autour de moi.

?? - YASMINE ! Putain

Je sentais des mains me secouer les jambes et je reconnus Sammy.

C'est là que j'ai réalisé que le soleil s'était couché et que la nuit était tombée. Combien d'heures je suis resté comme ça ?

Je le regardais, mais rien ne sortait de ma bouche.

Wissem était avec lui.

Sammy me fit une petite tape sur la joue.

- Regarde-moi, qu'est qui se passe avec toi ? Ça fait une semaine que tu as disparu ! Je m'inquiétais pour toi ! Tu ne penses pas à nous, à Ali ??

Quand il a dit son nom...

J'ai poussé Sammy.

- ALI S'EN BAT LES COUILLES.IL EST PARTI, IL M'A LAISSÉE COMME UNE MERDE À CREUVER TOUTE SEULE.

J'ai commencé à avoir de la difficulté à respirer.

Wissem était silencieux. Il me regardait, je crois qu'il ne savait pas comment réagir ou quoi dire exactement.

- Vous n'avez eu qu'une dispute . Tout va bien aller, viens on va t'accompagner à la maison.

Il me prit le bras et je me laissais faire.

Sammy nous a laissé devant l'entrée et Wissem m'a raccompagné jusqu'à devant ma porte. Je vous rappelle qu'on habite dans le même bâtiment.

- Tu m'appelles dès que tu as besoin d'un truc

Je ne lui ai même pas répondu. Je suis allé dans mon lit et j'ai dormi jusqu'au matin.

Je me suis fait réveiller par la sonnerie de mon télétéléphone, j'avais un nouveau message.

Je m'en souviens comme si c'était hier.

Nouveau message-J'ai appris pour le départ d'Ali... je suis désolée Hbiba je suis là si tu as besoin de moi xxx

Et là, la réalité m'a claquée en pleine figure. Je venais de perdre l'homme que j'aimais pour toujours. J'ai commencé à avoir une respiration entre choquée. J'ai pris mon téléphone et je l'ai lancé contre le mur. Il s'est détruit en mille morceaux. Ensuite, j'ai pleuré.

C'était comme si on avait percé un trou béant dans ma poitrine. Plus je regardais ma chambre, plus je pleurais. Tous mes souvenirs avec lui dans cette chambre me revenaient, les rires, les sourires, les baisers, les câlins, les mots doux, les promesses, son odeur y étaient imprégnés. Je faisais tout tomber par terre, je voulais tout détruire, je m'attaquai au salon, au hall, tout l'appartement. Les larmes coulaient à flots.

Je retourne dans ma chambre, tout était saccagé. Je m'assois à genoux à côté de mon lit et un morceau de vitre me griffe la jambe. Je pleure sans arrêter. Je voulais que la douleur s'arrête.

Je lui avais tout donné et il est parti sans hésiter. Je n'étais que de passage alors que lui, c'était toute ma vie. Plus j'y pensais, plus j'avais mal. C'était comme si le couteau rentrait encore plus dans la plaie. Dans mon cerveau c'était comme si une bombe venait d'exploser.

?? - Yasm...

J'entends un sac tomber et je sens quelqu'un courir vers moi.

- Yasmine resaisie toi

-Il m'a laissé... Pourquoi me faire ça à moi ?

Les larmes recommençaient à couler.

Et pour la première fois, dans son regard si dur et perçant, j'ai vu de la compassion.

Pour la première fois, je l'ai vu porter un geste d'affection envers quelqu'un... moi.

Il m'a prise dans ses bras. Pendant un quart de seconde, seulement un quart, la douleur semblait beaucoup moins attroce.

-Tu t'est coupé... Pourquoi tu as tout détruit ?

Il m'a soulevé, m'a amené sur le rebord de la baignoire et m'a lavé la jambe. Il a nettoyé ma plaie et il m'a mis un pansement.

Je ne parlais pas, mais des fois quelques fois des larmes coulaient toutes seules, il prenait un mouchoir et les essuyaient.

- Je vais arranger ton appart et je vais appeler Lyna pour qu'elle récupère tes affaires. Tu vas dormir chez ma daronne. Sabrina vit au Maroc avec son mari.

Je n'ai rien dit.

On a pris l'ascenseur et au 6e étage, des petits ont essayé de rentrer.

- Vous dégagez votre race, prenez les escaliers, vous êtes encore jeunes

La porte de l'ascenseur s'est refermée et on est arrivé au bon étage.

On arrive devant la porte et il sort ses clés.

- Pourquoi tu m'aides ?

-Cherche pas à savoir.

14.

On est rentré et la mère à Wissem a tout de suite était affolé quand elle a vu ma tête. Elle est venue direct dans mes bras.

-Elle va rester avec nous, elle va dormir dans la chambre à Sabrina.

- Oui d'accord. Allez viens avec moi Benthi (ma fille). Après je vais te faire à manger.

Elle a pris son bras autour de mes épaules et j'ai tourné ma tête vers Wissem. Il avait ce regard bienveillant, mais inquiet.

Tata Nora s'est assise à côté de moi pendant que moi j'étais allongée. Elle me caressait les cheveux en me récitant des sourates.Ca m'apaisait et plusieurs larmes refaisaient surface.

J'ai fini par m'endormir.

Je suis rentré dans ce qu'on appelle une période sombre.

Je vous explique.

Chaque soir je n'arrivais pas à dormir, je me torturais à faire une liste de raisons pour lesquelles Ali m'a abandonné. Je me torturais à penser à ce que j'aurais pu faire ou ne pas faire pour le garder.

Et si j'arrivais à dormir, je faisais des cauchemars et je criais dans mon sommeil.

Chaque fois que ça arrivait, Wissem courait dans ma chambre et me récitait des sourates. Il attendait que je m'endorme pour lui aller dormir. J'étais trop égoïste et je ne réalisais pas qu'il avait des cernes à force de rester avec moi la nuit.

Le matin, chaque fois que j'apercevais le plafond blanc de la chambre de Sabrina, je pleurais.

Je prenais ma douche la porte non barrée, car Wissem redoutait le pire.

Je ne sortais plus et je couvrais mon visage de mes mains comme un enfant chaque fois qu'il me proposait une marche dehors.

Cette ville me tuait de l'intérieur.

Lyna venait me rendre visite, mais je ne lui parlais pas. Je fixais la télé alors qu'elle me parlait et qu'elle essayait de me faire revenir à mon état habituel. Je sais que Sammy passait chaque 3 jours chez Wissem pour me voir, mais chaque fois je faisais semblant de dormir. Je l'entendais dire tout doucement - Désolé kho... elle dort encore.

Wissem m'avait acheté un nouveau téléphoneavec le même numéro. Je l'utilisais pas, juste pour envoyer des textos à ma mère. Je lui faisais croire que tout allait bien, mais que j'étais trop occupé pour l'appeler.

Les seuls moments où je pouvais, m'évader était lorsque la mère de Wissem cuisinait et que je la regardais faire. Elle dégageait une lumière, je me sentais comme avec ma propre mère. Elle me parlait sans que j'ai à lui répondre, elle savait que je ne voulais pas parler.

Et Wissem, il travaillait pendant la journée, mais je savais qu'il veillait sur moi. Je l'ai entendu une fois quand je faisais une sieste dans le salon, enfin j'étais réveillée, je me reposais les yeux, mais lui il ne le savait pas.

- Yemma (Maman) comment elle va aujourd'hui ?

- Ahh toujours aussi déprimée

- Elle a mangé ?

- oui

-Elle a pris sa douche ?

- oui

- Al-ḥamdu lillāh (Dieu merci)

Il avait beau jouer le dur à cuire, il avait un cœur énorme. J'étais trop aveuglée par ma tristesse que je ne le remerciais même pas.

Voilà trois semaines et demie que j'agissais comme ça.

C'était un mercredi, en après-midi, j'étais posé au salon à regarder un dessin animé. Tata Nora arrive dans le salon toute habillé.

- Benti (ma fille), je vais aller voir Zakia, elle habite au 5e, je t'ai laissé mon numéro sur le frigo ! Fais attention ma fille !

Elle est partie. J'étais complètement seule pour la première fois. Je regardais mon dessin animé quand j'ai eu une idée... certaines diront une mauvaise idée, mais si je ne l'avais pas fait... bref vous verrez.

Je sors de l'appartement. Je prends les escaliers jusqu'au toit.

Mon premier contact avec l'extérieur depuis...

Je vais jusqu'au bord. Je vois la fameuse inscription « A.A.A".

Je ne sais pas ce qui m'a pris. Je voulais juste ressentir de l'adrénaline. Je ne voulais en aucun cas me tuer.

Je monte sur le bord du toit et je regarde en bas.

Je ferme les yeux. J'allais lever mon pied.

Quand je sens que quelqu'un me prend et me ramène sur le sol.

C'était Wissem, il avait l'air énervé.

-MAIS CA VA PAS PUTAIN !? TU VAS TE JETER COMME ÇA ? TU VOULAIS METTRE FIN À TA VIE POUR UN GARS ?! TU ES EN SANTÉ ET TU ES JEUNE, DIS AL-ḤAMDU LILLĀH À LA PLACE DE VOULOIR DE TUER.CA FAIT PRESQUE UN MOIS MA MÈRE ET MOI ON EST HYPER PATIENT AVEC TOI, MAIS CA SUFFIT.MOI JE SUIS PAS ALI, JE SUIS PAS UN PRINCE, UN ALADDIN DE MERDE, MAIS JE TE DIRAIS TOUJOURS LES CHOSES COMME ELLES LE SONT. JE SERAIS TOUJOURS DIRECT ET VRAI AVEC TOI QUE ÇA TE FASSE MAL OU NON, PARCE QUE TU MÉRITES QUE LA VÉRITÉ.

Deux larmes ont coulés et j'ai enfin dit quelque chose après tout ce temps.

-Merci Wissem.

Le ciel était un mélange de bleu foncé et de gris, le vent soufflait sur nous et Wissem me regardait droit dans les yeux. Quand je l'ai remercié, j'ai vu cette lueur d'espoir dans ses yeux.

- Viens on rentre

Il m'ouvre la porte et on descend les escaliers en silence.

On arrive devant la porte, il m'ouvre et me fait rentrer la première.

Dès que Wissem ferme la porte, Tata Nora sort de la cuisine avec sa serviette.

-Ah vous étiez où ? Yasmine est sorti ?

Elle avait tellement l'habitude que je ne parle pas qu'elle posait ses questions via Wissem.

- On est parti prendre une marche.

Il était en train de me couvrir !

Il avance jusqu'à la table haute pour regarder le courrier.

- Bon je vais finir de faire à manger.

- Je peux t'aider khalti (tata) ?

Tata Nora a ouvert les yeux très grands.

Elle m'a prise dans ses bras avec les larmes aux yeux.

- Al-ḥamdu lillāh ya Rabi. Tu sais, tu es comme ma deuxième fille, je m'inquiétais pour toi. Ça me soulage Yasmine.

Je l'ai serré fort à mon tour et j'ai fermé les yeux. Quand je les ai rouverts, Wissem nous regardait.

-Va te changer on va faire de la sauce à la viande hachée.

Wissem rentre dans sa chambre. La porte était entre-ouverte. Je cogne et il se retourne. Il avait enlevé sa chemise il portait une camisole grise. Je n'avais jamais remarqué qu'il était aussi musclé. Il faut dire que je vivais les yeux fermés...

- Je voulais te remercier de m'avoir couvert

-Je le fait surtout pour ma mère, ça l'aurait tué...

-Je ne voulais pas me

- Te tuer... Je sais.

- Je voulais me vider la tête et vivre

- de l'adrénaline ?

- oui exactement... Comment tu sais ?

-Le nombre de trucs que j'ai vécus, j'en ai fait des conneries pour oublier la douleur.

J'avais l'impression qu'il parlait de son père que je n'avais jamais vu à la maison.

- Tu n'étais pas supposé travailler jusqu'au soir ? Comment tu as su que j'étais sur le toit ?

-Ouais, mais comme je savais que ma mère allait voir Zakia et que tu allais être seule. J'ai appris qu'il faut pas te laisser seule, tu sais pas prendre soin de toi. Ton endroit à toi c'est le toit, je l'ai direct compris dès que je t'ai vu pleurer là-bas.

Avec les années, j'ai compris que Wissem était le genre d'homme qui ne parle pas énormément, mais qui observe beaucoup.

Il se rapproche de la porte et donc un peu de moi.

- C'était pas ton heure aujourd'hui, mais handek (attention) la prochaine fois je serais peut-être pas là...

Il est parti prendre sa douche.

On a soupé telle une famille.

Je prenais des petits pas vers une vie meilleure. Je n'étais toujours pas prête de revoir Sammy et Mamadou.

Ce que j'aimais avec Wissem c'est qu'il avançait en même temps que moi. Par contre, il ne me laissait pas reculer et ne me brusquait pas en me forçant d'avancer.

Je n'oubliais pas Ali. C'était une brûlure qui semblait ne pas guérir. Je n'arrivais pas à l'oublier et je pleurais avant de dormir. Je ne pouvais pas supporter d'être dans le noir la nuit alors Wissem m'a acheté une veilleuse. Une veilleuse en forme d'étoile.

Je n'étais pas retourné à mon appartement et tout ce que je savais c'est que Wissem s'en occupait. Je ne sais pas comment exactement, mais il connaissait le propriétaire et je crois qu'il lui avait dit que je n'y habitais plus. La chambre de Sabrina était devenue ma chambre. C'était étrange la facilité que j'avais de me sentir à ma place avec sa mère et surtout avec Wissem.

Je parlais un peu plus et je mangeais un peu plus. Les vacances d'été allaient finir dans 2 mois et ça voudrait dire que je ne pouvais plus me cacher pour longtemps dans « ma » chambre.

Donc ça faisait environ 3 mois que j'habitais chez eux.

Un bon matin, je me suis réveillée toujours avec le poids lourd au cœur. Il n'y avait pas un matin que j'espérais que je me sois enfin réveillée de ce mauvais rêve qui était ma réalité.

Je décide de faire quelque chose que j'évitais depuis si longtemps... bien me regarder dans le miroir.

J'évitais de voir de quoi j'avais l'air parce que mon apparence m'importait peu.

Je lave mon visage et je relève ma tête. Je m'observe. Et vous savez comment j'ai réagi? J'ai pleuré.

Je me suis enfin vu.

Mes yeux étaient gonflés et on ne pouvait plus voir leur forme en amande. Mes yeux étaient entourés par des poches brunes et de marques rouges.

Mes yeux sont brun clair, mais ils leur manquaient leurs éclats.

Mon teint était livide et pâle.

Mes lèvres avaient des teintes mauves et elles étaient sèches.

J'étais fade. J'étais laide.

Je pleurais à chaudes larmes en me tenant contre le lavabo.

Tata Nora m'a entendu et elle a eu peur, elle a direct ouvert la porte. Elle a pris mon visage entre ses mains.

- Wech bik benti (Qu'est qu'il y a ma fille)

J'avais de la misère à me parler.

- Je suis moche khalti

- Astaghfiroullah ! (Que Dieu me pardonne) Viens avec moi.

Elle me prend la main et me fait rentrer dans sa chambre. Elle me dit de m'asseoir sur le banc de sa coiffeuse. Elle sort une trousse et une brosse à cheveux. Elle brosse mes cheveux qui arrivaient jusqu'au milieu de mes fesses.

- Mā shā' Allāh tes cheveux

Ensuite, elle m'a maquillée pour me donner un teint santé et éclatant. Elle a mis mes traits en valeur.

Elle m'a tourné vers le miroir et c'est comme si rien ne s'était passé ses trois derniers mois.

- Regarde ta grande beauté.

Elle met ses mains sur bras et me regarde droit dans les yeux.

- Il n'y a aucun homme qui doit étendre ta flamme ! Garde chacune étincelle après précieuse étincelle. Tu m'as comprise ?

- Wissem te l'a dit ?

- Non, mon fils il est muet comme une tombe, il peut garder un secret même si on le torturait ! Je ne suis pas née de la dernière pluie. J'ai eu ton âge aussi. Je t'ai vu avec le fils de Zarah.

J'ai baissé la tête.

Elle me la remonte.

- Tu ne baisses jamais ta tête, une princesse ne baisse jamais sa tête.

- Je ne suis pas une princesse.

- Oui tu l'es. Pourquoi tu ne le serais pas ?

Elle met une de mes mèches derrière mon oreille.

- Quand j'ai rencontré le père de Wissem, j'étais prête à donner mes deux pieds et mes deux mains pour lui. Ce n'était pas un homme bien, il rentrait à la maison complètement saoule devant les enfants. Il me frappait et il me criait dessus. Un jour, Wissem avait renversé du jus de raisin sur le tapis et son père a sorti sa ceinture pour le frapper. Je me suis mise devant lui parce que personne ne touche mon fils ! Depuis ce jour-là Wissem a commencé à détester son père et chaque fois qu'il allait levait la main sur moi, il s'interposait et recevait tous les coups. Et ça, à partir l'âge de ses 10 ans.

- Je savais pas khalti, je suis désolé.

- Pourquoi tu t'excuses ? Dieu m'a donné une épreuve que j'ai surmontée et j'en resort plus forte et plus pieuse, Al-ḥamdu lillāh !

On a passé toute la journée ensemble. Elle m'a montré un tas de photos incluant ceux de son mariage et ceux de Wissem quand il était plus jeune.

-Ahh je me rappelle, j'ai encore ma robe de mariage dans la penderie, va l'essayer !

-Non je pourrais pas

- Fais-moi plaisir !

- D'accord !

Je l'essayais dans sa chambre.5 minutes plus tard, je l'avais enfilé. Elle m'allait ! C'était une robe de princesse blanche. J'ai lâché mes cheveux. Ca faisait trois mois je n'avais pas mis de robe.

Je m'avance dans le salon pour montrer à Tata Nora, mais en rentrant dans la pièce je remarque que Wissem est rentré.

Tata Nora me remarque.

- Elle est magnifique, tu ne trouves pas Wissem ?

Wissem me regardait d'un air surpris au début, mais un sourire s'est formé sur son visage.

Je vous passe deux autres semaines, car rien n'avait réellement changé. Peut être qu'un peu, mais c'était des changements minuscules.

Par exemple, il m'arrivait parfois de me mettre un peu de blush pour avoir l'air un peu plus vivante ou des fois il m'arrivait de manger un dessert le soir.

Donc ça faisait 3 mois et deux semaines que j'habitais chez eux et un soir, je ne sais pas ce qui m'a pris.

Wissem faisait un truc dans sa chambre, je crois qu'il écoutait un truc avec ses écouteurs.

Je rentre.

-On pourrait sortir ce soir ?

Il a enlevé ses écouteurs, je crois qu'il était sûr d'avoir mal entendu.

- Quoi ?

- Est-ce qu'on peut sortir ce soir ?

Il a fait un petit sourire.

-Oui bien sûr. Tu veux aller où ?

- Je veux juste prendre une marche .

J'étais déjà habillé et lui m'a dit qu'il voulait juste changer de haut.

On sort de l'appartement. Il était à peu près 21-22 h et Tata Nora était chez une de ses copines jusqu'au lendemain.

Wissem a tout de suite compris que je voulais passer par en arrière.

Lorsqu'il a poussé la porte, une brise d'air m'a frappée.Ca faisait si longtemps...

On a commencé à marcher, il y avait pas énormément de monde. Je regardais mes pieds la plupart du temps.

-Relaxe ya personne qui va s'en prendre à toi si je suis avec toi

Vous allez me trouver pathétique, mais je ne l'ai pas cru. Depuis Ali, les promesses de protection et de sécurité je n'y croyais plus.

On a passé devant une sandwicherie qui se trouvait à 30 mètres de nous, on était au niveau des autos.

Je salivais juste à la pensée de manger un bon sandwich.

-Je vais t'en chercher un ?

À ma réaction, il a lu dans mes pensées parce que ce qu'il a ajouté était exactement ce que je devais entendre.

- Tu rentres pas t'inquiètes, mais tu restes ici, bouge pas

- D'accord

30 secondes plus tard, un groupe sort de la sandwicherie, ils riaient super fort. Il y avait deux filles et deux mecs.

Une des filles m'observe et tapote l'épaule de sa copine. Elle lui dit un truc et commence à rire -

La fille 1 - HEYYY TOI.... OUI TOI LÀ-BAS ?

Elle me pointait.

La fille1 - Ce n'est pas toi la fille qui sortait avec Ali Nasri ?

Je n'arrivais pas à articuler.

La fille 2 - Mais qu'est qu'elle est conne, elle répond même pas

Les deux filles s'approchent de moi et moi j'essaie de m'échapper d'eux en me dirigeant vers le kebab, mais une des filles m'attrape par ma manche.

Je me retrouve dos au kebab.

Mec 1 - C'est qui celle-là ?

Fille 1 - La pute qui était avec Ali Nasri

Il me regarde de haut en bas.

Mec 1 - Ouais ça va t'es bonne, tu te cherches quelqu'un d'autre ?

Le mec 2 intervient.

Mec 2 - Laissez la !

Il met son bras autour de moi et me murmure dans l'oreille - tu es libre ce soir ?

Je ne répondais même pas, j'étais tétanisée.

Il a commencé à descendre sa main et il a touché mes fesses. Je l'ai poussé et j'essayais de m'échapper, je commençais à courir un peu, les larmes aux yeux vers la sandwicherie quand je fonce dans quelque chose. Ce quelque chose était le torse de Wissem.

Il me prend les bras comme s'il allait me serrer fort contre lui.

-Qu'est qui se passe ?

Je lui explique tout.

Il me soulève le visage avec son doigt et me donne le kebab.

-Attends moi.

Il s'est approché vers le groupe et bim et bim dans la figure du mec 1. Il est tombé direct. Le mec 2 il ne s'est pas suffi d'un ou deux coups, je dirais peut-être 10 ou plus.

Et les filles... il les a bien humiliés. Il les connaissait et il les a menacés que s'il entendait qu'elles me dérangeaient une autre fois, il y aura une ou deux petites photos qui circuleraient. Elles se sont excusées direct.

On est rentrés à la maison en silence et je sentais que son sang était chaud.

Je n'ai même pas mangé mon sandwich.

Je suis allé direct dans ma chambre et je me suis posé dans mon lit.

J'ai été faible aujourd'hui...

Wissem ouvre ma porte doucement par peur que je me change et me voit pleurer dans mon lit.

-Tu va dormir la porte ouverte ce soir d'accord ?

Il se met à côté du lit, à genoux.

-Ce soir tu vas réciter avec moi une sourate. Je le fais plus tout seul.

On a récité ensemble.

J'ai senti comme un poids s'enlever de ma poitrine.

Il se levait quand il m'a dit - Tu veux prendre de cours de boxe avec moi ?

- Euhhh... je sais pas...

-Je t'ai vu battre ma sœur, l'Algérie a besoin de toi comme représentante nationale de boxe hahaha

Et pour la première fois en trois mois et demi, j'ai souri.

Cette nuit je m'étais endormie en ne faisant qu'un cauchemar plutôt que trois. J'ai mis la tête dans mon coussin et j'ai commencé à y détecter un parfum. Ce parfum me calmait. J'ai réalisé que l'odeur c'était celle de Wissem, elle me calmait et elle y était imprégnée sur mon coussin. Mon cerveau l'avait associé à mon sauveur. Son odeur était associée à un problème qui se règle, à de la sécurité.

Le lendemain matin, j'ai trouvé Wissem en train de manger des céréales.

- Tu ne devais pas travailler ce matin ?

- Oui, mais j'ai mon enfant à surveiller

- Tu n'as pas d'enfants...

- Je sais, mais ça eux ils ne le savent pas hahahar En plus, je peux pas te laisser seule, c'est toi mon gosse

Je lui tire la langue.

-En plus tu es insolente c'est bon je retiens

Je voyais qu'on s'entendait comme avant et chaque fois que ça arrivait, j'avais un mur qui me bloquait et je devenais froide. Je pensais que ce mur provenait d'Ali... mais... bref vous verrez.

-Ca te dit un petit entraînement histoire que tu apprennes à boxer ?

- Non merci, je suis fatiguée

Il a perdu automatiquement son entrain et son sourire. Je me suis enfermée dans ma chambre. Je ne sais pas pourquoi je me comportais comme ça avec lui des fois.

La semaine a passé rapidement et je passais beaucoup de temps à regarder par la fenêtre et envier ceux qui profitaient de leurs vacances.

Nous étions à quelques jours d'atteindre 4 mois de cohabitation avec Wissem et sa mère.

J'ai oublié de vous dire qu'après deux mois que j'aille commencer à vivre avec Wissem, Lyna venait moins souvent me voir, elle passait plutôt une fois chaque semaine et demie. Mais avec elle, je n'arrivais pas à lui glisser un mot. J'avais toujours ce blocage, je crois qu'elle en avait marre et elle pensait que je ne l'écoutais pas. Alors que ce n'était pas du tout personnel.

Sammy ne passait plus à la maison, à force il avait compris que je le fuyais. Je ne me rendais pas compte qu'il avait besoin de moi autant que j'avais besoin de lui. J'étais bête.

Alors un soir, Lyna est venu à la maison. Elle parlait avec Wissem vite fait et s'assoit avec moi devant la télé. Je sens une goutte tombé sur ma main et je réalise que Lyna pleure.

-Je suis désolé... je veux pas te ramener ma tristesse alors que tu es déjà déprimée.

Et je lui ai donnée un câlin direct.

- C'est Faress ?

Elle ouvre grand les yeux et essuie ses larmes.

- Tu as recommencé à parler ?!

- Oui

Lyna prend mes mains -

-Je suis contente

Elle baisse la tête.

- J'ai laissé Faress

-Pourquoi?

-Parce qu'il m'obligeait à faire l'amour et moi il est hors de question que je donne ma fierté avant le mariage.

Un bris dans mon cœur s'est créé quand j'ai entendu sa dernière phrase.

Elle parlait, mais le cœur n'y était plus.

Elle est partie une heure plus tard et je me suis allongé dans mon lit en revenant à mes habites de rumination.

Je parlais toute seule et j'obsédais.

Quand je sens qu'on me secoue.

-Lève toi on va faire un truc toi et moi. Je m'en fou si tu me dis non j'ai juré

Il avait un ton ferme et autoritaire. Je n'ai pas voulu discuter alors je me suis levé et je l'ai suivi.

On a descendu les escaliers et il faisait attention que je descendais aussi. On est sorti par la porte arrière. Je le suivais et on se dirigeait vers où étaient posées les bicyclettes. Il s'arrête devant une moto.

- Oh NON oh nooon

- Pourquoi pas ? De quoi t'as peur ?

- J'ai pas peur

- Ça tombe bien alors

Il me tend un casque je le prends. Je l'attache.

Un gros coup de vent me frappe et ça m'a fait frissonner.

Il enlève sa veste de cuir et il avait un simple chandail blanc moulant vous voyez le genre. Il était vraiment musclé, plus que Sammy, plus que Mamadou, plus qu'Ali...

-Tiens mets ça tu vas avoir froid.

Il met son casque et s'assoit. Moi je reste la debout avec une veste trop grande.

Il me fait signe de venir. Je m'assois et il prend mes mains en les amenant autour de son ventre pour que je m'accroche à lui.

Il allume le moteur et il manie le volant.

Au début, je le serrais tellement fort j'avais peur de tomber.

Mais mon nez a touché son dos et j'ai senti son odeur. Je me suis tout doucement calmé et j'ai commencé à y prendre plaisir.

J'ai pris plaisir à quelque chose pour la première fois depuis si longtemps. Je laissais un bras libre et l'autre autour de Wissem.

Je me suis sentie légère.

On a fait le tour de la ville pendant une heure. Ensuite, on est revenu au quartier, mais Wissem a garé la moto dans le garage du stationnement. Je me suis levé de la moto.

Wissem enlève son casque et il m'a aidé à enlever le mien.

J'avais un gros sourire aux lèvres et lui aussi.

- T'as aimé ?

-Ouais grave

-On fera ça plus souvent alors.

Il nettoyait sa moto, réglais ses rétroviseurs et moi je le regardais.

-Euhh j'aurais un truc à demander

- Ouais c'est quoi ?

- J'aimerais voir Sammy

Il a tourné sa tête.

-Sah ? (Sérieux ?)

-Oui

Il se frotte les mains dans une serviette, car il y avait de la saleté sur la moto qui était sur ses mains. Il me faisait penser à un mécano.

Il commence à marcher hors du garage pour aller le chercher.

- WISSEM

Il se retourne -

- Je veux venir avec toi.

Il a fait un de ses sourires. J'ai vu ses dents toutes blanches et comme je vous les déjà dis c'est assez rare avec lui. C'est sur qu'avec moi comme compagnie, on ne sourit pas énormément aussi...

On marche doucement vers l'entrée de l'immeuble. Je sentais et je savais qu'ils étaient tous là.

On devait juste tourner à droite et je verrais mon meilleur ami que j'avais évité depuis si longtemps...

Je commençais à marcher plus lentement.

Wissem a senti ma nervosité alors il m'a dit quelque chose que je n'oublierais jamais.

-Elle est où la Yasmine d'avant ? Celle avec qui je rigolais, mais qui me faisait la misère en même temps ? Qui remettait en place Marine ? Il est où ton caractère ? Moi quand je t'ai connu tu n'avais peur de personne. Souffre maintenant et vis le reste de ta vie en tant que champion.

- C'est Muhammad Ali qui a dit ça.

- Et ouais. Respire et fonce.

J'ai marché à ses côtés et on a tourné à droite. Ils étaient tous à 50 mètres de nous.

Je les voyais tous traîner ensemble.

Il manquait Mamadou, mais le seul qui piquait mon attention était Sammy.

-Vas-y

On marchait un peu plus vers eux. J'ai commencé à marcher de plus en plus vite.

-SAMMY

Il a levé la tête et quand il m'a vu, il avait les yeux grands ouverts.

Il s'est complètement tourné vers moi.

J'ai commencé à courir vers lui, je m'en foutais de quoi j'avais l'air.

Il souriait.

Dès que je suis arrivé devant lui, je lui ai sauté dans les bras.

Il a direct mis ses mains sur ma tête.

- Tu me fais plus jamais ça, t'as compris ?

J'ai hochais la tête encore dans ses bras.

Il me fait reculer pour me regarder.

-Wallah ta petite tête m'a manqué

Il me reprend dans ses bras.

- Tu te sens mieux maintenant ? Est-ce que... pourquoi tu sent le mec ?

Il me recule un peu.

- Tas maigris au point que tu flottes dans ta veste ???

-Non c'est à Wissem, t'es bête !

- Il est où lui d'ailleurs

-Euh je sais pas il était derrière moi

- C'est un vrai lui, il t'a supporté pendant tout ce temps alors qu'il y était pas obligé... Tu n'es même sa sœur ni sa femme hein.

Je ne sais pas pourquoi ça m'a fait un truc d'entendre ça.

Il a mis son bras autour de mes épaules.

-Allez vient on va rattraper le temps perdu

Wissem avait disparu... Bref, on s'est assis sur les marches et je suis resté avec les mecs. Je ne suivais pas trop pas ce qui se disait, mais apparemment il y avait une nouvelle au quartier et c'était une bombe. C'était une Libanaise-Mexicaine et elle s'appelait Sarah.

Moussa - Ce bâtard de Wissem, mais qu'est qu'il est con ?

Khaled-Putain...

- Pourquoi il a fait quoi ?

Moussa-La nouvelle Sarah, elle lui fait des avances et lui il la rejette tranquille comme ça. Vous avez vu son cul les gars...

Hakim-Frère t'inquiète on a tous bien regardés

Je ne disais rien, je ne savais pas trop quoi penser de cette situation, mais je ressentais une pointe de jalousie...

Bref une heure plus tard, Mamadou est arrivé.

Je ne l'avais pas vu pendant 4 mois donc je n'étais pas prête à ce que j'allais voir.

Quand j'ai vu sa tête, j'étais bouche bée...

Mamadou m'a vu et il a mis sa main sur sa poitrine. Il fait souvent ça quand il est surpris.

-Tu ressemble à notre amie Yasmine, mais en plus belle

Vous auriez dû voir la tête de Sammy.

- , mais c'est elle imbécile !

-OHHH YASMINEE T'ES VIVANTE

- Mais tu m'expliques pourquoi tu ressembles à une omelette trop cuite?

Il avait teint le dessus de sa tête en blond.

- C'est ma nouvelle coupe t'aime pas ??

- Tu as une tête d'œuf

-Tchiipppppppp

- C'est encore pire quand tu tournes ta tête HAHAHARRR AHHAHA

Voilà comment j'ai ri la première fois depuisle départ d'Ali.

J'ai commencé à « profiter » du mois qu'il restait de mes vacances d'été.

J'avais encore ce boulet dans le cœur, mais j'essayais de l'ignorer.

Pendant la journée, je restais avec Khalti Nora. En après-midi, je passais du temps avec Sammy et Mamadou ou bien Lyna. Il n'y a pas un jour que je ne regardais pas une chaise vide au kebab ou une marche vide dans les escaliers où on avait l'habitude de traîner et je me remémorais les moments quand Ali était là avec nous.

J'essayais de me changer les idées je vous assure.

Wissem travaillait 3-4 jours par semaine, mais chaque soir on prenait une marche ou on faisait un tour de moto.

J'apprenais à connaître un tout autre Wissem.

Un soir, une question brûlait mes lèvres et je n'ai pas pu m'empêcher de demander.

-Wissem je dois savoir un truc..

-Lance toi

-Tu sais mhmm

-Pourquoi tu te gênes ? Je te rappelle qu'on vit ensemble hahahar

-hahahar bon d'accord ! Tu sais Adam, Allah y rahmo?

Il a arrêté de marcher.

-Oui, pourquoi tu me parles de lui ?

- Je dois savoir

-Savoir quoi ?

-...

-Demande les choses comme elles le sont.

- Est-ce que c'est vrai que tu l'as laissé mourir par peur de te faire prendre par la police ?

J'ai vu dans ses yeux que mes mots l'avaient choqué.

- C'est Ali qui t'a dit ça hein

-...

-Biensûr que c'est Ali parce qu'il connaît même pas toute l'histoire. J'ai envie de frapper quelque chose maintenant, putain...

- T'es pas obligé de me la dire, tu sais...

Wissem m'a regardé dans les yeux.

-Nan je t'ai promis de toujours te dire la vérité

-Je t'écoute.

-Adam et moi on faisait toutes nos conneries ensemble. Même dans le deal, on était des alliés, j'étais son bras droit carrément. On savait même pas ce qu'on faisait, on n'était que des gosses. Ali, lui il était dans un autre monde. Il aimait aller à l'école et jouer au foot. Un jour, on avait volé un truc banal dans un magasin et un policier nous a coursés. En essayant de le semer, Adam est tombé et un bout de verre de bouteille lui était rentré dans la jambe, ça saignait de partout c'était dégueux. Je l'ai aidé à marcher, on s'est posé et on a appelé son grand frère pour qu'ils nous amènent à l'hôpital. Ce jour là on s'est fait un pacte de sang, que si jamais un des nous deux se faisait poursuivre par un policier on devait toujours tout faire pour aider l'autre, peu importe la situation. J'ai pris mon canif et je me suis coupé aussi à la jambe. Regarde j'ai encore la trace. (Il me montre sa jambe et il y avait une cicatrice en X). Le jour où il est mort, c'est le jour où on a cambriolé une bijouterie avec 4 autres gars, c'était zehma le gros coup,,. mais arrivé là-bas, on a découvert que c'était une embuscade. Des gars d'une autre gang avaient déjà tout volé et dès qu'on est rentré, ils ont fait déclencher l'alarme. Un des mecs avait un fusil. Il a tiré comme ça et Adam a été touché dans la poitrine. Les autres ont bougé et moi je suis resté à essayer d'arrêter le flot de son sang avec mon t-shirt. J'avais pas d'auto et l'hôpital le plus proche était à au moins 40 minutes de voiture. Il m'a dit de m'en aller parce que si je restais il savait j'allais prendre cher, j'avais déjà plein de gardes à vue à mon compte en plus. Je lui ai dit qu'il était fou et que je bougeais pas son mon frère. Il m'a dit que je devais respecter le pacte de sang et que j'allais me faire pourchasser par les policiers, selon lui c'était sa seule manière de m'aider. Je voulais pas le laisser putain. Il m'a demandé de veiller sur Ali et que si on était des vrais frères, je devais partir. Il n'arrêtait pas de me dire de foutre le camp et je suis parti, je l'ai regardé une dernière fois, il récitait la chahada. J'ai essayé de raconter l'histoire à Ali, mais il voulait rien savoir. J'ai insisté et insisté et avec le temps c'est devenu un sujet tabou. Il n'y a pas un jour depuis sa mort que je n'ai pas faite une douah pour lui. Voilà maintenant, tu sais.

-Je te trouve vraiment courageux.Je t'admire beaucoup.

Quand j'ai dis ça, il m'a regardé dans les yeux. J'ai vu dans ses yeux quelque chose d'éclatant. Ce mec avait beau subir des tas d'épreuves il restait toujours debout.

-On rentre ?

Le reste du trajet s'est fait en silence. Arrivés devant la porte, il m'ouvre, mais ne rentre pas.

-Tu rentre pas ?

-Nan j'ai envie de faire un tour

-Ahh d'accord

Il est parti comme le vent.

Je vous passe jusqu'au lendemain matin.

Je me réveille et khalti Nora est sorti.

J'étais bombardé de messages, c'était Malika qui était revenu d'Haïti. Je redoutais le moment où j'allais devoir tout lui raconter.

Elle me disait venir me voir cet après-midi.

Vers 15 h, Wissem dormait toujours, bizarre...

Je pense qu'il est rentré tard hier.

Je me prépare et je descends en bas pour voir Malika qui était à l'entrée.

Arrivée en bas, je vois que toute la troupe est là.

Dès que Malika me voit, elle me fait un câlin.

- Y'a un truc qui a changé avec toi hein

- Euhh ouais on peut dire ça comme ça

Elle ne savait rien de ce qui s'était passé ces 4 derniers mois. Elle ne savait pas non plus que je n'étais plus vierge.Ca allait être chaud.

Elle salue tout le monde.

-Il est où ton copain Ali ?

Il y a eu un de ses silences....

Moi ça me faisait encore un truc d'entendre mon copain et Ali dans la même phrase.

-Pourquoi person

Malika fut interrompu par ce qu'on appelle un acte de bravoure de Mamadou. Vous savez ce qu'il a fait pour la faire taire ? Il l'a embrassé.

Malika a poussé Mamadou et le frappait avec son sac.

- MAIS ÇA VA PAS ??!

- C'est toi aussi mets pas ce vernis sur tes lèvres

- MAIS T'ES UN MALADE J'AI JURÉ.

Je l'ai prise par le bras.

-Viens on va faire un tour au parc.

Il regardait de haut en bas Mamadou. Le pauvre il avait la tête baissée, même s'il en avait en profiter, je savais qu'il l'avait fait en grande partie pour moi. Je vous avais dit que c'était un vrai.

-Dans ton quartier je commence à trouver les gens dérangés

-Hahaharr maintenant que tu le dis, c'est vrai

Elle a mis plein de chewing-gum dans sa bouche.

-Ali va bien m'énerver avec ça, lui qui veut que

Je l'ai coupé.

-Il n'habite plus ici

-Il est encore au bled celui-là

-Non.

-Il est où alors ?

-Je sais pas

-Comment tu sais pas ?

Je tournais ma tête.

-Pourquoi tu as les larmes aux yeux ? Qu'est qu'il a fait ce connard ?

Alors je m'assois et je lui dis TOUT, du mariage de Sabi jusqu'à ce matin même.

-Wow attend je suis choquée...

Deux larmes malgré ont coulés. Elle les essuie.

-Je ne peut pas me fâcher contre toi parce que je te comprends. Tu te rends compte de ce que tu serais devenu si Wissem ne serait pas là. C'est un connard Ali de te laisser comme ça. Je l'aimais bien pour toi, mais j'ai toujours eu l'impression qu'il avait des problèmes et qu'il cachait trop de trucs. On dirait qu'il n'a jamais été pas prêt à changer... il faisait un pas en avant et cinq en arrière.

Elle m'a donné un câlin.

Sammy vient vers nous.

- Vous voulez venir avec nous, on va à la piscine ?

-Mamadou sera là ? ,demanda Malika.

-Oui hahaha, mais t'inquiètes il va rester tranquille hahaha

-...

- C'était comment ?demanda Sammy.

-De quoi ?

- Ton bisou avec la ventouse ? Tu as trouvé ton prince charmant, c'est bon t'es casé pour la vie hahaha

-TCHIPPPPPPP

-Alors vous venez ? Y'a même Wissem qui vient !

- Ouais on vient

- J'ai pas trop envie,dis-je.

-Toi tu fermes ta gueule et tu viens

Je me suis toute de suite arrêtée de parler.

-Tu va y aller comme ça ?

- C'est quoi le problème ?

-Mais habille toi plus léger je sais pas...

J'avais un jean avec un t-shirt à manches longues noir avec une veste dessus. Ca passait bien, mais disons que je ne cherchais pas l'attention, j'étais encore dans un état de je m'en fou un peu de quoi j'ai l'air.

-Ahhh, mais ça demande de l'effort

-Euhh et tu veux rester célibataire toute ta vie ou c'est comment ?

J'ai roulé des yeux et je suis monté. Je prends un legging qui a des côtés avec un tissu plus dur et je mets une camisole violette avec un décolleté en cœur, les manches étaient toutes fines. Je lâche mes cheveux. J'ai commencé à me trouver belle, séduisante et limite je me trouvais sexy.

J'ai commencé à être anxieuse et je ne comprenais pas d'où ça venait...

Alors par réflexe, j'ai mis un gros pull à capuche sur mon débardeur.

Quand je suis descendu, Malika a roulé des yeux.

Tout le monde était prêt. Moussa, Hakim, Khaled, Inès et Camélia venaient avec nous. Tous des amis de l'immeuble, mais ils ne sont pas importants dans l'histoire.

Wissem était là, il parlait avec Mamadou, il souriait.

Tout semblait pour le mieux quand Sarah a décidé de débarquer avec sa robe transparente et son bikini noir en dessous.

Je n'avais jamais rencontré ou vu Sarah, mais j'ai tout de suite compris que c'était elle. C'est vrai elle avait un beau corps, c'était une belle femme je ne mentirais pas.

En temps normal, si elle était débarquée tranquille je ne l'aurais pas remarqué, mais quand elle est arrivée, elle a sauté sur Wissem.

- C'est qui cette pute ?

Camélia - C'est Sarah.

Même Camélia avait la seum. Elle étati intéressé par Moussa depuis beaucoup trop longtemps et elle remarquait que lui il regardait que le derrière à Sarah.

Camélia c'est une belle Marocaine aux cheveux châtain foncés bien bouclés.

-Pourquoi elle saute sur lui comme ça ?

Inès-Ils ont passés toute la nuit ensemble, je les ai vus au parc.

Inès c'est l'espionne officielle de la Tunisie. Elle connait tout sur le tout le monde. Elle s'intéresse aux potins. Par contre, si tu es son amie, elle ne cherche pas à savoir à fouiner sur ta vie, elle ne propage pas tes trucs, elle ne cherche pas à faire du mal à ses potes. Elle a les plus gros yeux marron que j'ai vus et deux fossettes. Elle est trop mignonne.

-Ferme ta gueule

Camélia - Elle me dégoûte...

Inès - Ouais, mais je les voyais juste parler. Elle a essayé de le coller.

Elles me regardaient toutes en espérant que je dise un truc.

-On y va ? Je vais conduire.

Elles m'ont suivi, elles chuchotaient des trucs.

20 minutes plus tard, on est arrivé à la piscine et je remarque que Sarah est venue dans la voiture de Wissem. Il y avait aussi Moussa, un vrai pervers celui-là.

On s'est tous installés et Sarah en a profité pour direct enlever sa robe. Elle parlait ultra fort et Camélia était encore plus dégoutée !

Elle vient vers nous.

Sarah - Salut les filles !! Vous avez de la crème solaire ?

-Nan.

Sarah-Ah, mais je vous connais pas vous ! Vous vous appelez comment ?

Malika regardait ailleurs hahaha

-Moi c'est Yasmine et elle c'est Malika

Sarah-Ahh d'accord je m'appelle Sarah ! T'es vraiment belle Yasmine, t'es une bonne amie à Wissem non ?

Inès - Oui on sait que Yasmine est belle, elle vient du Maghreb c'est normal

Camélia-HAHAHARR

J'avais l'air d'une morte vivante et elle me dit je suis grave belle !? J'avais l'impression qu'elle était hypocrite.

-Ouais je suis amie avec Wissem

Sarah-Il est trop beau hein ?

Malika me regardait genre réponds conasse hahahar

- C'est un homme magnifique oui, Mā shā' Allāh.

Sarah a fait une de ses têtes.

Sarah-Bon je vais essayer de trouver de la crème, à plus

- C'est quoi cette fille tchippppp

J'ai mis ma tête dans ma serviette et je voulais juste m'endormir.

5 minutes plus tard, on entend:«WISSEM TU PEUX ME METTRE DE LA CRÈME DANS LE DOS ?»

-TCHIPPPPP

Toute la piscine a entendu son tchip hahaharrr !

J'avais trop chaud avec le soleil alors j'ai enlevé mon gros pull.

-Tu devrais aller te balader devant Wissem comme ça! Elle me fait un petit clin d'œil.

Je roule des yeux.

Camélia - Regarde comment il est canon.

Il était torse nu et je devais avouer que qu'il avait le plus beau corps que j'avais vu dans ma vie. En plus, il avait la peau bien bronzée.

Inès - Regardez elle bave

- N'importe quoi

-Moi j'irais bien le voir pour qu'il me rassure quand je fais un cauchemar

Elle continue à faire son sourire au coin.

- Vous m'avez saoulé !

Je me lève et je décide de m'acheter un truc à boire. Je passe à côté de Sarah et Wissem, j'ai senti le regard de Wissem sur moi.

J'achète un jus et je le sirotais tranquille.

?? - Salut

Je me retourne c'était un arabe que je ne reconnaissais pas.

-Salut...

?? - Ca va ?

-On se connaît ?

?? - Non, mais je sais une chose sur toi

- C'est quoi ?

?? - Toi et ma mère vous avez le même prénom

«(Quelques parties plus tôt)

Toi et ma mère vous avez le même prénom. Toi et ma mère vous avez le même prénom. Toi et ma mère vous avez le même prénom.

Ca raisonnait dans ma tête... ça me rappelait...

« - Je te rappelle que tu ne sais pas mon nom, comment tu veux me défendre hahha

- Je sais comment tu t'appelles, tu as le même nom que ma mère

- Elle s'appelle Yasmine aussi?

- J'allais dire Miss. Grincheuse, mais voilà maintenant je sais ton nom (il m'a fait un petit clin d'œil). »

Quand il a dit ça, j'ai lâché mon jus et j'ai commencé à marcher de plus en plus vite.

Je l'entendais en arrière.

?? - HEYY JE VOULAIS JUSTE DIRE « LA PLUS BELLE »

Wissem parlait avec Sarah, mais il me regardait et quand il a vu le mec crier en arrière en plus de la tête que j'avais, il a lâché Sarah.

Wissem vient vers moi.

Il penche sa tête pour me regarder.

- Il te dérangeait ?

Je regardais dans ses yeux et pour la première fois je voulais juste qu'il me serre dans mes bras.

-Euhh non t'inquiètes

J'ai baissé mon regard et je suis retourné m'allonger sur ma serviette. J'ai remis mon gros pull.

Les filles n'ont pas cherché à savoir, elles avaient tout de suite compris que je ne voulais pas discuter.

Je ne sais pas combien de temps après on m'a réveillée, je m'étais endormie comme une vieille dame.

Je me lève et je vois les filles et également Wissem.

Malika elle le regardait avec un sourire dans le coin.

-Faut que tu manges, je t'ai amené le sandwich que tu aimes avec plein de sauce algérienne

Inès était en arrière de lui et elle faisait le signe avec ses deux doigts quand deux personnes s'embrassent

-Merci Wissem !

-Les filles vous vous assurez qu'elle le dévore hein

- T'inquiètes je vais m'assurer personnellement qu'elle LE dévore

Wissem était confus, mais il a souri.

Sammy, Mamadou, Khaled et Moussa passaient leurs temps à draguer.

Sarah ne lâchait pas Wissem. Je n'arrivais pas à détecter comment il se sentait avec elle...

Vers 19 h, j'ai décidé de m'asseoir sur le bord de la piscine et d'y tremper mes pieds.

Quelqu'un s'assoit à côté de moi. J'ai su direct c'était qui juste par l'odeur de son parfum... Wissem.

-Tu nages pas ?

- Non, je peux pas...

-Tu sais pas nager ?

-Non

- Tu veux que je t'apprenne un jour ?

- Le jour où tu vas m'apprendre à nager, ce sera dans une piscine magnifique à Santorini en Grèce hahahar

- D'accord ça marche

-Je rigolais hein hahaha

Wissem regardait le paysage avec un petit sourire.

-Par curiosité chaque fois que tu vas à la piscine tu restes sur les bords comme ça ?

- Oui malheureusement

-Personne voulait te montrer ?

- Je crois pas, non

J'avais l'impression il avait une idée derrière la tête.

Bref, on est restés à la piscine jusqu'à 20 h et on est tous repartis.

Malika est rentré chez elle.

Je brossais mes cheveux dans la salle de bain quand Wissem est rentré.

-Ah désolé je pensais qu'il y avait personne...

-Non c'est bon je brosse mes cheveux

Wissem se brossait les dents, mais il me regardait avec un œil curieux.

Il se rince la bouche.

-Tu devrait laisser tes cheveux comme ça plus souvent

- Mais ils sont tout frisés à cause de la piscine, je ressemble à un Hagrid dans Harry Potter hahahar

-Hahahar t'abuses. Je pense que tu te regardes mal dans le miroir, ça te donne un charme de ouf.

J'étais surprise de ce qu'il venait me dire et mon cœur battait hyper fort. J'ai eu une bouffée de chaleur et sentiment étrange à l'estomac.

Et là, c'est comme s'il venait de réaliser ce qu'il venait de dire.

- Euh ouais... bonne nuit

Je ne sais pas si c'était le soleil ou l'effet du commentaire de Wissem, mais mes joues étaient toutes rouges.

Je vous passe une semaine et demie. Rien de différent, rien de nouveau dans ma vie jusqu'à ce fameux jour.

Ca faisait 4 mois et demi j'habitais avec Tata Nora et Wissem.

Je pliais mon linge dans ma chambre quand on toque à ma porte. C'était Wissem.

- J'aurais besoin de te parler d'un truc t'as deux minutes ?

-Oui bien sûr

Il s'assoit à côté de moi sur mon lit. Il avait une drôle de tête.

- Tu sais ton ancien appartement ?

-Oui.

- Et bien, au début tu voulais pas trop en discuter donc j'évitais le sujet, mais maintenant c'est le moment parfait.

- Qu'est qui se passe ?

-Viens, j'ai une surprise.

On est sorti de l'appartement et on a pris l'ascenseur.

On est monté un étage plus haut.

Il s'est dirigé vers une porte et il l'a ouverte.

- Rentre.

Je rentre et je vois un appartement fraîchement repeint avec une structure simple. C'était beau.

-Wah c'est beau ici

-Ouais et c'est tout à toi

Il me lance les clés et je les attrape.

- Quoi ??

- J'ai parlé au propriétaire de l'immeuble et j'ai bien négocié. J'ai nettoyé ton ancien appart avec un peu d'aide et j'ai réparé quelques de tes meubles cassés. Je lui ai dit que tu voulais plus habiter dans ton ancien appart, je savais que ça aurait été dur pour toi... Bref, j'ai tout réglé.

Mon cœur à 100 milles à l'heure.

- Wissem, je ne pourrais jamais assez te remercier...

Wissem me coupe.

-Chut arrête, je veux juste que tu n'abandonnes jamais, c'est comme ça que tu peux me remercier...

J'ai commencé à sourire.

-Dans une semaine tout sera prêt, c'est parfait pour ta rentrée qui est dans deux sema ines... je m'étais dit que ce serait bien pour toi, tu seras au calme ici seule.

J'étais loin de me douter que ce déménagement allait changer toute ma vie.

J'ai fini par déménager une semaine plus tard.

Le jour de mon déménagement était difficile surtout pour khalti Nora.

Sammy, Mamadou et Wissem avaient transportés mes anciens meubles dans mon nouvel appart ainsi que mes trucs.

Tout ce qui manquait dans ce nouvel appartement, c'était moi...

Khalti Nora me donne un câlin.

-Tu vas me manquer ma fille, tu auras toujours ta place avec nous ici. C'est ta deuxième maison d'accord ?

-Oui khalti

- J'ai un petit cadeau pour toi

- Mais non, il fallait pas, tu m'as déjà trop donné.

- Arrête de dire ça et prends

Elle me donne une boîte, je l'ouvre.

C'était une chaîne en or avec un pendentif d'une étoile et d'une lune.

-Khalti c'est magnifique, ça a dû te coûter une fortune

- J'ai rien payé, il est à moi depuis longtemps. Je veux te le donner benti.

J'ai embrassé ses joues et j'ai mis le collier.

- Je vais venir te voir chaque vendredi, on passera du temps ensemble

- Inch'Allah ma fille

J'ai fermé la porte et j'avais un poids sur la poitrine.

Je prends l'ascenseur et j'arrive au 10e.

J'ouvre la porte de mon appartement, Wissem était à genoux en train d'installer la table dans le salon.

- Besoin d'un coup de main ?

- Non pas la peine, j'ai finis, tracasse pas.

Il se relève.

-Voilà, j'espère ça te plaît ?

- Oui je suis plus que satisfaite.

Il a commencé à sourire et il s'est rapproché de moi.

Il avait une manière de me regarder, je n'étais pas capable de lire ses regards, mais ils étaient toujours remplis d'intensité et de brillance.

-Ma daronne t'as donné son collier

Je le touche automatiquement.

- Oui il est beau hein

- C'est vraiment ma mère tout craché hahaha

J'ai souri.

-Je te laisse te mettre à l'aise, tu as mon numéro de toute façon... tu n'hésites pas ok ?

-Oui t'inquiètes.

Il se dirigeait vers la porte, il avait la main sur le poignet.

-Wissem

Il se retourne.

-Ouais?

- Pourquoi tu m'as aidé durant ses cinq derniers mois ?

Il m'a regardé, il a légèrement soupiré en faisant un petit sourire.

-Prends soin de toi..

Et il est parti.

La première nuit dans mon nouvel appartement, j'avais un sommeil léger et je me suis réveillé en sursaut vers 3 h du matin.

Mon téléphoneétait sur la table de chevet. Je l'ai pris et je vais dans ma liste de contact et je clique sur « Wissem ».

Je mourais d'envie de l'appeler, mais je ne l'ai pas fait.

Cette putain de fierté...

J'avais honte, j'avais l'impression d'avoir trop abusé de lui.

J'ai fini par rendormir.

Je vous passe trois jours.

Chaque jour, Tata Nora et surtout Wissem me manquaient trop.

Je me sentais bien chez eux alors qu'ici je me sentais seule.

La rentrée a fait son apparition et elle m'a bouffé le semblant de vie que j'avais.

Je recommençais à m'habiller « en mode » et me maquiller.

J'étais « sociable » à l'école et je rencontrais des gens à l'école

Mais, j'avais ce vide, une énorme chambre vide dans mon cœur. C'était Ali ou bien Wissem ? Ou pire les deux ?

Les deux occupaient ma tête.

Je pensais à Ali quand on me demandait si j'avais déjà été amoureuse et je répondais par les habituels « et bien non... pas vraiment enfaite je ne sais pas » ; c'est à ce moment-là que deux questions me passaient chaque fois par l'esprit ; est-ce que si lui on lui aurait posé la question aurait-il dit oui et si oui, aurait-il pensé directement à moi ?

Je pensais à Ali quand j'étais exténuée après une longue journée dans ma voiture et je voyais quelqu'un marcher seul dans la rue, je me demandais alors qu'est qu'il faisait et avec qui il était.

Et Wissem... je pensais à lui quand j'ai besoin de réconfort, de sécurité, de chaleur. Quand j'étais seule chez moi et que j'entendais toquer chez moi, je souhaitais à chaque fois le retrouver derrière la porte.

Il me manquait trop. Je suffoquais chez moi.

Ça faisait 3 semaines je ne le voyais plus.

Chaque vendredi, je passais chez Khalti Nora et je sais qu'il prenait de mes nouvelles à travers elle.

J'avais cette impression qu'il essayait de m'éviter.

Bref, après un mois je n'en pouvais plus d'habiter seule chez moi.

Un jeudi soir je suis descendu chez Khalti avec la ferme intention de lui demander si je pouvais vivre avec eux. J'allais lui dire que j'avais l'intention de payer la moitié du loyer et faire toutes les tâches ménagères, j'étais sûre qu'elle allait dire oui.

Je cogne et Tata Nora m'ouvre.

Elle m'embrasse directe.

-Tu viens normalement les vendredis, tu vas bien benti ?

-Khalti j'ai quelque chose sur le cœur.

Elle s'assoit et moi aussi.

- Je n'arrive plus à vivre seule, je suffoque, alors qu'avec vous j'ai l'impression d'être avec ma famille et d'enfin respirer

Elle avait une expression désolée.

-Tu peux pas revenir vivre avec nous

-Pourquoi ? Je prenais trop de place la dernière fois ? Je te promets de me faire toute petite...

-Non ce n'est pas ça benti. Je vais retourner en Algérie dimanche, ma mère elle est malade... je veux rester auprès d'elle, je ne sais pas quand je vais revenir, tu comprends ma fille ? Je suis désolé, mais je ne peux pas te laisser vivre seule pendant des mois avec mon fils, c'est haram.

Je baisse la tête.

- J'espère Inch'Allah qu'elle va se rétablir.

- Inch'Allah.Mais, tu sais il y aurait un moyen pour toi de vivre avec Wissem ?

-Ah bon lequel ?? Je serais prête à n'importe quoi.

- Si vous vous mariez.

- Me marier avec Wissem ?!

- Pourquoi pas ? J'ai vu comment mon fils te regarde si j'avais eu cette chance à ton âge ça fait longtemps que je l'aurais pris.

- Mais comment Wissem me regarde ?

Elle prend mes mains.

- Miskina tu vois rien, tu aimes encore le fils de Zarah... mais, je vais te dire une chose, tu ne trouveras jamais quelqu'un qui va prendre soin de toi comme le fait mon fils. Il est très doux avec toi.

-Euhh je ne sais pas khalti je dois y penser...

- Pourquoi tu vas pas en discuter avec lui ?

-Je devrais... je vais essayer.

J'ai quitté Khalti Nora avec des tas de questions dans ma tête.

Je suis descendu en bas espérant trouver Wissem. Il était dans les coups de 19 h.

Descendue en bas, il n'y avait personne de sérieux.

Je décide d'aller au parc et réfléchir sur une balançoire.

Je regardais le sol quand je vois Mamadou passer par le parc.

Il lève sa tête et remarque que je le regarde. Il sourit et se dirige vers moi.

-Wesh, ça va ?

-Tranquille et toi ?

- Ouais ça va, tu fais quoi toute seule ici ?

- Je pensais à des trucs...

-Tu veux en parler à tonton ?

-HAHAHA reste tranquille

-Je suis très tranquille hahaharr

- Si je te raconte ce que j'ai dans la tête, tu vas flipper...

Mamadou s'assoit dans la balançoire juste à côté.

- J'en ai vu de toutes les couleurs, je ne peux plus être choqué

-Je pense à me marier avec... Wissem.

Mamadou a tellement ouvert les yeux qu'en dirait ils allaient sortir de ses orbites. Il avait sa main sur poitrine et la bouche grande ouverte.

- C'est que... c'est que... attends je dois entrer l'info dans mon crâne.

-...

- C'est pas que je vous vois pas posés ensemble, mais j'aurais cru que vous auriez pris plus votre temps avant de vous mettre ensemble... surtout toi

- Mais on n'est pas ensemble

-Je comprend pas la

Alors je lui explique tout. Je lui explique comment il a pris soin de moi pendant 5 mois. Je lui dis que je me sens comme si j'étais avec ma propre famille quand j'habite avec Wissem et sa mère. Enfin, je me confie à quel point je me sens seule chez moi sans eux à mes côtés.

Mamadou se grattait la tête.

-Tu sais on dit qu'il y a des gens avec qui l'on passe une grande partie de notre vie et qui ne nous apportent rien. Et puis, il y a ceux que l'on croise, que l'on connaît à peine qui nous disent un mot, une phrase, nous accordent une minute, une demi-heure et changent le cours de notre vie...

-Woow Mamadou c'est la plus belle chose que tu as dite depuis que je te connais

-Normal, je l'ai entendu dans l'émission de ma mère et je l'ai mémoriser, tu penses je peux draguer avec ça ?

-

Mamadou a commencé à rire.

-Non, mais c'est vrai aussi ce que je t'ai dis... si c'est un mec bien pour toi, fonce ! Chacun ses délires hein

- Tu es beaucoup moins imbécile que ce que tu fais paraître.

-Et toi, tu es beaucoup moins casse-pieds que ce que tu fais paraître

-Bon je dois te laisser, j'ai des trucs à acheter pour ma mère... à 23 ans, je peux encore recevoir des coups de ceinture

- hahaharr

Il est parti et j'ai décidé de retourner chez moi. Je devais absolument parler à Wissem d'ici demain. Je me dirige vers l'entrée de l'immeuble quand je tombe sur qui ?

WISSEM ET..... SARAH en train de rire.

Dès que Wissem m'a vu il a arrêté de rire et Sarah l'a direct remarqué.

-Salut ça fait longtemps Yasmine

- Oui je te croise plus

- C'est vrai qu'on se croise plus, le boulot, les sorties...

Sarah-Ca doit être ma faute, je lui propose tous le temps de sortir.

Elle avait un gros sourire dans la gueule.

J'ignore ce qu'elle dit parce que je ne m'adresse pas à elle.

- Ta mère m'a dit pour son départ...

-Ouais je suis dégoûté..

- Je... je voulais te parler d'un truc assez important, mais ce sera pour une prochaine fois

J'allais continuer ma route quand Wissem me retient.

-Attends... Sarah, on se parle plus tard d'accord ?

Sarah elle était dégoûtée hahahar.

Sarah - Ouais c'est bon.

-Viens on va se poser.

On trouve un banc un peu plus loin.

Le ciel était noir et les étoiles brillaient.

Mon cœur battait hyper fort.

Wissem est assis à côté de moi.

Il me regarde dans les yeux.

-De quoi tu voulais me parler ?

-Euhh c'est délicat... je

Wissem me regardait avec appréhension.

- Je supporte plus de vivre seule sans ta mère... sans toi. J'étouffe chez moi et je croyais pouvoir me réinstaller chez vous, mais ta mère m'a dit pour son départ en Algérie. Je ne pourrais pas vivre seule avec toi, c'est haram, sauf si...

Wissem lève le sourcil.

- Sauf si... sauf si... on se marie.

Je venais de me jeter dans le vide. Mon cœur allait exploser de ma poitrine.

Il soutient son regard.

- C'est ce que tu veux ? Te marier avec moi ?

- Je sais pas... je suis confuse...

Il regarde à droite et je lis sur ses lèvres le mot « putain ».

-Tu te marie avec quelqu'un que tu aimes non d'habitude ?

Je sentais de la colère dans son ton.

-Oui.

-Et tu es en train considérer te marier avec moi, alors est ce que tu m'aimes ?

-Wissem je sais pas, c'est le bordel dans mon cœur, mais je suis sûre et je sais qu'au fond de moi je porte de l'amour pour toi.

Voilà c'était dit. Le fond de ma pensée venait d'être craché à voix haute...

Il me regarde à droite avec le sourcil levé et la mâchoire serrée.

-Je sait que tu ne m'aimes pas... enfin, que tu n'es pas amoureuse.

- Comment tu peux savoir ? Comment peux-tu être sûr de ce que je ressens ??

Il tourne sa tête vers moi

-Parce que... moi je t'aime comme un malade

15.

J'avais l'impression que le temps s'était arrêté. Mon cœur battait la chamade, mes mains étaient moites et mon estomac était rempli de papillon.

Il ne me quittait pas des yeux, il assumait ce qu'il disait.

Je m'en souviens encore, il portait un polo noir, un pantalon beige et il avait des souliers noirs propres. Il était tellement beau.

Je voyais dans ses yeux qu'il attendait une réponse, une réaction...

-Et qu'est que tu fais de Sarah ?

-On s'en fout de Sarah, elle est rien comparé à... toi.

Ses mots me frappaient et pour la première fois en six mois, j'ai ressenti ce qu'on appelle « sentir son cœur se remplir un peu d'amour ».

-On fait quoi Wissem ?Je suis pas prête à te perdre toi aussi...

-Pourquoi me perdre ? Je t'ai déjà laissé tomber au moins une fois ?

- Non jamais...

- C'est toi qui m'échappes, tu fuis... je sais pas pourquoi

- Je suis désolée. Je devrais même pas te demander d'être condamné à être marié avec moi..

Je n'osais même pas le regarder. Je voulais juste pleurer.

-Et si j'en ai envie.. ?

Je lève ma tête et je le regarde surprise.

-Je veux juste que tu me donnes une chance... ne me ferme pas ta porte.

-Promis.

Il s'est levé et m'a tendu sa main.

-Viens on va le dire à ma mère.

Je prends sa main et on monte jusqu'en haut. Je me sentais si en sécurité, c'était mon bouclier.

Khalti Nora était tellement contente, elle en avait des larmes de joies. Wissem a embrassé son front.

-Benti, il faut appeler tes parents. Il faut faire le hlel d'ici mon départ.

Je commençais à stresser. Bon je précise que j'appelais mes parents tous les jours et même si je suis extrêmement proche de ma mère, je ne lui ai pas tout raconté pour l'épisode d'Ali.Après un an de relation, j'ai dis à ma mère qu'il y avait quelqu'un dans ma vie et qu'Inch'Allah je voulais me marier avec lui, mais elle n'a jamais su à quel point c'était sérieux, elle n'a jamais su qu'il avait disparu. Elle a juste su qu'il ne faisait plus partie de ma vie, car c'était ainsi et voilà.

J'ai pris mon téléphone.

- Salut Maman... euh je voulais juste te dire que je vais me marier hahaha

J'étais tellement stressé que je parlais sans réfléchir. Je riais nerveusement.

- Qu'est que tu racontes ma fille haha

- Un homme bon et pieux veut demander ma main...

-Yasmine tu me parles sérieux ?

-Oui

- C'est qui cet homme ? Il est gentil avec toi ? Il te respecte ? Tu le connais bien ?

- C'est Wissem... tu sais celui dont je t'avais parlé...

J'ai vu Wissem qui était assis à la table de la salle à manger, dès qu'il a entendu ça, il a direct levé la tête.

-Ah celui qui t'a trouvé un travail ? Ton bon ami le comptable ?

- Oui exactement

Ma mère - Je vais en parler à ton père, on trouvera un week-end pour se rencontrer

- Pourquoi pas demain ? Sa mère part pour l'Algérie dimanche soir.

Ma mère - Tu veux te marier ce week-end Yasmine ??

-Le plus tôt le mieux non ?

Ma mère - Ah ma fille, c'est un peu rapide non ?

-Non, s'il te plaît...

-Écoute, qu'ils viennent demain et si tout va bien, on fera la khtoba dimanche matin

- C'est parfait.

Le soir même, j'ai dormi dans la chambre à Sabrina.Malgré le stress je me sentais si bien de retour dans cette maison.

Le lendemain très tôt, on a fait route vers chez moi. Le trajet a duré une heure à peu près.

Wissem et sa mère m'ont déposé chez moi et eux, ils allaient rester chez de la famille.

Dès que je suis rentré, je suis resté longtemps dans les bras de ma mère. Avec tout ce qui s'était passé, rien n'était comparable à l'amour de ma mère.

Je lui expliquais que Wissem était un homme formidable.

Elle m'a dit vouloir vérifier par elle même.

Je suis allé me préparer. J'ai mis une robe chic, mais pas trop. Elle était rouge, elle était marquée à la taille et partait en évaser par la suite.

Je me suis fait une beauté et j'étais « prête ».

J'envoie un message à Malika pour lui dire que j'étais en ville et qu'on devait se voir cette nuit.

Vers 15 h, Wissem et sa mère sont venues.

Tout se passait comme sur des roulettes, mais ma mère me regardait d'un air intrigué.

Elle m'a demandé de l'aider à faire un truc en cuisine, je savais que c'était un prétexte.

Ma mère-Wissem c'est quelqu'un de bien, il a l'air de quelqu'un de sincère, ça parait qu'il t'aime. Je dirais même qu'il te regarde comme s'il sera prêt à te protéger d'une balle.

- Et c'est mauvais ?

Ma mère-Euh non pas du toit, mais je veux juste savoir si je connais toute l'histoire parce que je te connais ma fille

-...

-On dirait qu'il y a quelque chose qui te pèse. Tu n'as pas l'air sûre de ce que tu fais.

- C'est ce que je veux.

- D'accord, ton père s'entend bien avec Wissem. Il faudrait voir avec l'Imam pour qu'il vienne dimanche.

Dès qu'elle a dit ça, mon cœur a changé de vitesse.

On est revenus au salon et c'est bon, j'étais officiellement fiancé à Wissem.

La nuit venue, Malik était revenu de chez ma cousine et je lui ai expliqué que demain j'allais me marier.

- Tu vas te marier avec Ali ?

-Non Ali va se marier avec quelqu'un d'autre

- Avec qui ?

Avec le mensonge...

- Quelqu'un de mieux pour lui ! Moi je vais me marier avec Wissem.

- Il sait jouer au foot ?

- Oui et à la boxe

- D'accord,dit-il en souriant

J'ai rejoint par la suite Malika devant chez elle.

- Salut, tu fous quoi ici ?

- Je me suis fiancée aujourd'hui

- Ouais et moi je porte l'enfant de Christiano Ronaldo ! Faut pas prendre ses rêves pour la réalité. Faut pas vivre dans un monde d'illusions hahaharr

-Mais ferme ta gueule Hahaharr Wissem est venue demander ma main aujourd'hui et dimanche on va faire le mariage religieux.

Elle voyait mon visage sérieux et elle a commencé à réaliser que je ne mentais pas.

- Tu es la première à le savoir après ma famille.

Elle a mis la main sur ma sa bouche.

-Ta gueule, mais comment... ?

Alors je lui explique tout.

- Qu'est que tu en penses ?

-Moi tu sais que j'aime mieux Wissem pour que toi que l'autre truc, mais, j'ai peur que vous vous fassiez mal durant votre mariage. Qu'il t'aime et pas toi et que tu commences à l'aimer trop tard. Fais attention d'accord ?

-Promis Malika.

-Et qu'est que tu fais si Ali revient ?

-...

Je ravale ma salive et mes yeux deviennent un peu humides.

Malika s'approche de moi et me prend dans ses bras.

-Tu as évité d'y penser ?

Je hoche la tête.

-Tu continue d'avancer, ne te retourne pas... lui il ne s'est pas retourné.

On a pris une marche et je suis revenu chez moi.

Dans ma chambre, ma mère avait sorti et accroché une robe traditionnelle pour le hlel.

Je la caressais, elle était magnifique.

À 22 ans me voilà à deux jours de mon mariage.

Je me suis assise sur mon lit et j'ai fait quelque chose que je n'avais pas osé faire depuis 6 mois.

J'ai appelé Ali.

Bien sûr je n'allais pas discuter avec lui, mais j'avais besoin d'un signe que ce que je faisais c'était une bonne idée.

Je compose le numéro.

Ça sonne et je tombe tout de suite sur un message enregistré qui dit que le numéro de téléphonen'est plus attribué.

Voilà mon signe.

Je me suis endormie par la suite.

Je vous passe directement au jour J.

Je me suis levée stressée.

J'ai mangé et ma mère m'a aidé à me préparer.

Quand j'enfilais ma robe, j'inspirais et j'expirais doucement pour rester calme.

Je savais que dès que je deviendrais sa femme, j'allais devoir faire une croix sur mes souvenirs avec Ali.

Je me regardais dans le miroir et j'ai réalisé à quel point j'avais changé en 2 et demie. J'avais quitté la maison pour étudier et retrouver l'étincelle dans mes yeux. Je suis revenue pire si vous vous voulez mon avis.

Mais, j'avais l'impression que ce nouveau départ est ce dont j'avais besoin.

J'ai rejoint Wissem, sa mère, son oncle, mon père et ma mère dans le salon.

Wissem était plus que magnifique. Ses yeux brillaient. Il avait bien taillé sa barbe et il avait refait son dégradé. Il sentait bon et son smoking était noir, bien coupé. Quand je l'ai regardé dans les yeux, j'ai su que ce qu'on faisait c'était le bon choix.

L'imam est arrivé et nous avons récité la sourate Fatiha.

Nous étions mariés devant Dieu.

Pour celles qui se demandent par rapport aux bagues, je lui ai passé au doigt la bague de mon arrière-grand-père, Allah y rahmo, moi, j'avais une bague magnifique. Exactement ce dont j'avais toujours rêvé, le diamant et la taille étaient parfaits... Je ne sais d'où il l'a sorti, mais elle était sublime.

Nos mères étaient très émotionnelles, mais on a dû rapidement quitter à cause de Tata Nora.

Je me suis changée en habit normal.

En finissant de faire mon sac, ma mère est rentrée dans ma chambre.

Elle s'est assise sur mon lit.

Maman - J'espère qu'il prendra soin de toi et qu'il va te faire sentir aimer, mais toi aussi... tu dois le protéger autant qu'il te protège et tu dois lui donner toute l'affection qu'il mérite. Benti j'ai l'impression qu'il a une bonne influence sur toi alors donne-lui tout ce qu'il ne trouvera pas chez une autre femme.

Elle avait raison.

- Oui maman

Elle m'a fait des bisous, mon père aussi.

J'ai attaqué Malik de bisous.

Ensuite, j'ai rejoint Wissem dans la voiture avec sa mère.

On l'a déposé et ensuite, on a conduit jusqu'au quartier. On s'est garés.

-Voilà nous y somme

Il était 20 h à peu près.

- Merci pour tout

Il a souri.

-On le dit aux autres ?

-Mamadou le sait déjà...

-Attends tu l'a dit à Mamadou avant même Sammy ou Lyna

- Je sais... mais il était là quand je réfléchissais au parc

Je mets ma main sur mon front.

Il prend la main de mon front. À son touché, j'ai ressenti des chocs électriques à l'intérieur de moi.

-On va faire ça comme des vrais adultes, on va leur dire demain.

-Oui bonne idée, on fait un souper, on les invite tous !

-Hahaha je pensais pas avouer à nos potes qu'on s'est mariés autour d'un couscous, mais bon dis moi une chose qui s'est passé de manière normale cette année.

-hahahar allez on rentre.

On est rentrés chez Wissem, chez « nous ».

Après mûres réflexions, on allait déménager mes trucs de chez moi et les mettre dans notre appartement.

La nuit, Wissem était dans sa chambre et moi dans la mienne.

J'ai eu une nuit paisible, mais comme on dit, le calme avant la tempête.

Le lendemain je me suis mis au fourneau toute la journée. Tout était parfait.

Wissem était chargé de passer le mot à Lyna, Sammy et Mamadou.

Vers 18 h, Mamadou est arrivé.

Dès qu'il m'a vu dans la cuisine et Wissem en train de regarder la télé, il a plissé les yeux. Il a senti un truc pas rond, j'étais sûr qu'il avait déjà compris.

Après, Lyna et Sammy sont arrivés.

-Wesh elle est où khalti ? Je préfère que ce soit elle qui cuisine hahaha

-...

On s'est tous mis à table.

J'avais fait un couscous. Tout le monde mangeait quand Wissem et moi on s'est regardés.

- Si je vous ai tous invités, c'est pour vous parler d'un truc sérieux !

Lyna et Mamadou ont levé leurs têtes alors que Sammy continuait de manger.

-Wissem et moi on s'est...

-mariés.

Sammy a failli s'étouffer.

-oh putain...

-Ohh, mais c'est vrai tu as une bague je viens de remarquer !

Sammy boit une gorgée d'eau.

- C'est quoi cette connerie ?

Il me regardait avec une haine dans les yeux.

- Je supportais plus vivre sans lui et khalti

- Alors tu t'es marié parce que tu es trop faible pour rester seule ?

-Non, mais...

Il me coupe direct.

- Non, mais quoi ? Tu t'es mis en couple deux ans avec qui ? Wissem ou Ali ?

Wissem s'est levé de sa chaise.

- C'est quoi ton problème à toi ? Elle veut vivre avec moi y'a quoi ? Elle a souffert et elle se sent bien ici, on t'a demandé ton avis khoya ?

Sammy se lève.

- Moi je bouge

Il claque la porte.

Tout le monde était choqué.

-Hbiba tu veux que je t'aide à nettoyer ?

-Ahh nan j'ai juste besoin d'un moment.

Je suis allé dans ma chambre, je me suis assise sur mon lit et j'ai fermé mes yeux.

Je ne voulais pas pleurer.

5 minutes plus tard, Wissem est rentré dans ma chambre et s'est mis à genoux devant moi.

-Ca va mieux ?

-je sais pas...

-Tu sait qu'il s'est fâché parce qu'il veut pas que tu te fasses mal encore une fois... il t'aime beaucoup.

Ensuite, nos premiers mois en tant que couple marié ont commencé et les choses sont devenues corsées.

Depuis le fameux souper, Sammy m'évitait.

J'avais tout expliqué à Lyna, elle m'avait comprise. Oui elle était dégoutée de ne pas avoir su plus tôt, mais elle a compris que la situation n'était pas commune et elle aimait beaucoup Wissem pour moi.

Wissem et moi on cohabitait ensemble plus qu'autre chose.

Il faisait ses trucs et moi les miens. Par contre, on ne trouvait toujours un moment pour discuter de nos journées respectives sinon rien de plus.

Ça faisait 3 mois que c'était comme ça.

Lui au boulot, moi à l'école.

Un jour, il est arrivé un truc qui a changé tout mon comportement avec lui.

Moi j'étais à l'école et j'avais une présentation importante dans 2 h.

Mais en allant dans la cafeteria, quelqu'un m'est rentré dedans et tout son jus d'orange s'est versé sur ma chemise blanche et jupe.

J'ai couru vers ma voiture pour rentrer chez moi pour me changer.

Je cours dans ma chambre, j'enlève mes vêtements.

J'étais en soutif et en string.

Ma porte était grande ouverte, mais je m'en foutais Wissem était au boulot normale ment...

Je m'essuyais le jus d'orange sur mon décolleté qui avait passé à travers ma chemise, j'étais tellement concentrée à m'essuyer.

Quand je sens comme un regard sur moi.

Je tourne ma tête et je vois Wissem dans la cadre de la porte, la bouche un peu ouverte et les yeux perdus dans le vide qui regardent dans ma direction.

Je pensais que c'était mon imagination, alors je continue à m'essuyer.

Et là je me dis, si ce n'était pas mon imagination ?

Je retourne ma tête et je réalise c'est vraiment Wissem.

Je commence à crier. Un crie strident.

- MAIS QU'EST QUE TU FAIS LÀ ??!

Il était trop sous le choc qu'aucun mot ne sortait de sa bouche.

Je ferme la porte.

Je commence à être anxieuse qu'il m'ait vue à moitié nue.

À travers la porte, Wissem commence à me parler.

-Je suis désolé... euh j'ai entendu un bruit et j'ai vu, je veux dire je t'ai vu... et...

Je m'habille rapidement.

J'ouvre la porte et il regardait ailleurs.

J'étais grave gênée, j'ai quitté sans rien dire.

Le soir quand je suis revenue, il était devant la télé.

-Salut...

-Salut...

-On peut faire comme si ce matin n'était jamais arrivé ?

- Oui...

Ce « oui » était un de mes plus gros mensonges parce que cet évènement a ouvert une cicatrice que j'essayais de contourner. Vous allez comprendre plus tard.

-Je voulait te parler d'un truc justement.

-Je t'écoute

-Qu'est que tu penses de déménager loin de ce quartier ?

-Je sais pas... pourquoi?

-Il y a une maison en vente qui est aussi proche de mon travail et que de ton université, qu'est que t'en dis ?

- Je peux la voir ?

- Ouais j'ai des photos sur mon téléphone.

Je m'assois à côté de lui et il me montre des photos.

Mais, je ne sais pas ce qui m'arrivait chaque fois qu'il se rapprochait de moi, je devenais stressée, j'avais chaud et j'avais plein de sensations étranges dans ma poitrine et dans mon ventre que je n'ai jamais ressentis.Ca me faisait peur alors je faisais tout pour rester loin de lui.

Wissem est sûrement un des plus beaux hommes que j'ai vus dans ma vie, il est très très séduisant, mais je ne comprenais pas pourquoi j'agissais comme ça.

-Ce sera un bon départ pour toi... pour nous

- Oui c'est vrai, on fait comment pour la payer ?

-Je m'en occupe.

-Non on sépare..

-Tu es étudiante alors que moi je mets de l'argent de côté depuis deux-trois ans...

Il me regardait avec des étoiles dans les yeux.Toute cette proximité me rendait nerveuse.

J'ai balbitué « d'accord « et limite j'ai couru dans ma chambre.

Je ne suis même pas sorti pour manger.

Je ne comprenais pas ce qu'il m'arrivait.

Deux semaines plus tard, c'était officiel, la maison était à nous.

Le mot s'est vite passé au quartier comme quoi Wissem et moi on était mariés et on déménageait.

Je remplissais des boîtes en jetant ce dont j'avais besoin et ce que je devais jeter, quand j'ai trouvé des cahiers de mon ancien cours de psychologie.

J'ouvre un par hasard, je la feuillette quand je trouve sur une page.

« ALI »

Je fixe mon écriture et je cours jeter tous ses cahiers dans la poubelle la plus proche.

Je prends mon sac à main et je décide d'aller boire un café pour me changer les idées.

J'étais en train de siroter un cappucino pour essayer d'oublier ce qui se passe dans ma vie.

Je dois m'avouer enfin la vérité, je fais n'importe quoi.

Je dois l'avouer... son rire et sa fossette quand il me sourit me manquent un peu.

?? - Yasmine ?

Je me retourne et je vois Selma....

J'esquisse un faux sourire.

- Selma ! Ça va ? Ça fait un bail quand même.

- Oui, j'ai entendu que tu allais te marier pétasse, même pas tu déclares. Mabrouk Âlik !

Premièrement, je suis déjà mariée, mais bon je n'allais pas lui dire ça. Deuxièmement, j'ai horreur des gens comme ça. Je ne te connais pas comme ça chérie, tu relaxes.

- Ahh ouais haha on veut être discret, on veut rester loin du mauvais œil.

- Ça, je comprends et ton futur mari c'est vraiment, mais vraiment un bel homme.

- Merci, merci !

- C'est bizarre j'ai toujours cru que tu allais finir avec Ali, mais bon on peut se tromper.

- Et moi j'ai toujours cru que tu étais une vraie amie, mais bon on peut se tromper.

La tête qu'elle a fait en valait le coup.

Si Wissem avait été là, il aurait été fier ! Mais pourquoi je pense à lui ? Peut-être parce que c'est lui qui me réapprend à être une battante...

? - Chérie ?

- Oui...

Elle est devenue grave gênée, je me retourne et je vois un homme âgé de 55-60 ans à peu près. Il lui fait un petit bisou sur la bouche. Cet homme il avait l'air riche, très riche, il ne portait que des trucs qui brillaient.

Elle a compris que j'analysais.

Elle a dit à son mec qu'elle ne se sentait pas bien et qu'elle voulait rentrer. Elle lui a dit de l'attendre dans la voiture et qu'elle allait prendre que 2 minutes.

Il est sorti.

Moi je sirotais mon cappucino tranquillement parce que perso, je n'ai pas à juger qu'est qu'elle fait dans la vie et avec qui elle se tient.

- Si tu dis un truc, je te fais un scandale

- Tu parles à qui là ? On est pas amies, tu baisses ton ton avec moi.

- Heureusement d'ailleurs, tu n'es pas fidèle comme ton meilleur ami d'ailleurs

- La meilleure chose qui lui soit arrivée c'est que tu aies quitté sa vie.

- Tu as changé à ce que je vois.

- Je n'ai pas changé, j'ai grandis tu devrais faire la même chose. Le temps a montré ton vrai visage, tu me dégoûtes...

Elle allait répondre.

Je sais qu'elle a dit un truc, mais je ne l'écoutais pas, j'étais trop occupée à sortir du café.

Je suis revenu au quartier et dès que je suis rentrée, j'ai reçu un message de Sammy.

- Monte au toit.

Après des semaines et des semaines, il se décide enfin à me parler...

Je monte en haut avec une attitude passive et je le vois en train de m'attendre.

Il était sur son téléphone.

Je racle ma gorge pour qu'il remarque que je suis là.

- Salut

- Bref, qu'est que tu veux ?

- Qu'est qui te prends comme ça ?

- Mon « supposé » meilleur ami m'ignore depuis 3 mois. J'ai pas arrêté d'essayer de t'appeler et tu voulais rien savoir, alors tu veux quoi ?

- J'étais énervé

- À cause de ?

- Ton mariage avec Wissem.Ali c'est mon meilleur pote, enfin c'était... avant qu'il parte. Wissem c'est mon sah (vrai) aussi, il m'a toujours aidé avec n'importe quoi. Et y'a toi, tu es comme ma petite sœur...

- C'est une raison de m'ignorer quand tu sais que j'ai besoin de toi ?

- J'ai trois cents raisons de me fâcher... que Wissem te fait du mal... que toi tu lui fasses du mal... qu'Ali revienne et que ça le déchire même s'il l'a cherché à vouloir faire le con comme ça...

-Aucune des trois choses vont arriver

- Je veux que tu fasses attention, tu es fragile... si Al... s'il avait été, il aurait voulu que je veille sur toi

- Je crois pas, tu sais qu'il continuait ses conneries, il m'a menti durant tout ce temps

-...

- Tu n'as pas l'air étonné...

- Ali est amoureux du deal... Je l'ai jamais vu prioriser autre chose que ça. Quand vous vous êtes mis ensemble, j'ai cru qu'il allait changer... mais non.

- C'est maintenant que tu me le dis ? On aurait pu éviter tout ça

-Nan tu n'aurais jamais pu rien évité, Ali a eu le coup de foudre sur toi direct ! Tu étais la première à lui tenir tête et tu n'étais pas impressionnée ou intéressée par son argent. Il n'aurait jamais arrêté d'essayer de t'avoir dans sa vie et ça, je le comprends.

Quand il parlait, on dirait qu'il parlait pour sa propre personne. Et c'est là que j'ai compris.

-Selma te manque... ?

-...

-Selma te manque... Comment je n'ai jamais remarqué ça avant aujourd'hui...

-Mais non c'est pas

Je le coupe.

- Tu peux mentir à n'importe qui sauf à moi

- Ouais c'est bon, oui j'ai pas trouvé quelqu'un comme elle.

Selma avait ses défauts, mais je peux lui donner une chose, elle prenait bien soin de Sammy. Le seul moment où elle n'était pas égoïste c'était quand elle était avec lui. Le nombre de cadeaux qu'elle lui a fait quand j'y pense. L'amour sort le meilleur côté des gens comme le pire d'ailleurs.

- Je l'ai vu aujourd'hui...

Il a tout de suite eu un visage plus illuminé et je savais que ce que j'étais sur le point de lui dire allait me briser le cœur.

-Où? Elle va bien ?

- Je crois qu'elle va bien...

- Qu'est que t'as, tu me fais peur la

- On a eu un petit « accident ».

Sammy lève son sourcil du genre - explique.

Je lui explique tout.

Pendant le récit il se grattait la tête et se mordait les lèvres.

- Putain...

Depuis ce jour, on a décidé d'appeler ma rencontre au café avec Selma, un « accident ».

- Tu devrais essayer de lui reparler si tu n'arrives pas à l'oublier.

- Je sais pas Yasmine... c'est vrai que tu déménages dans 2 jours ?

-Oui.

- J'aurais pas du faire le con avec toi... tu vas venir me voir au resto hein ?

-Oui t'inquiète on se verra souvent.

Mais ça ne s'est pas passé comme ça. On dit souvent aux gens qu'on va les revoir, mais le temps répare et sépare.

2 jours plus tard, j'étais dans cette nouvelle maison avec Wissem. C'était à 40 minutes de voiture de notre ancien appartement.

On avait mis tous les trucs à khalti dans le grenier. On avait vendu la plupart de nos anciens meubles pour s'en acheter des plus beaux.

On avait 3 chambres dans cette maison. On n'avait qu'un grand lit. Wissem insistait pour que je dorme dans le lit et lui dans le canapé dans le salon.

On avait une relation comme d'habitude. Il faisait ses trucs et je faisais les miens, mais je remarquais que depuis qu'on avait quitté le quartier, on passait beaucoup plus de temps ensemble. On regardait des films ensemble au salon et des fois on allait manger un truc ensemble le soir.

On avait vraiment une bonne relation, je crois que la personne avec qui j'étais le plus proche dans ma vie, c'était lui. J'avais toujours ses sensations bizarres quand il s'approchait de moi physiquement.

Les jours et les semaines ont passés.Ca faisait déjà 2 mois et demie que nous étions installés dans cette nouvelle maison.

Presque 6 mois de mariage. Et presque un an de cohabitation depuis l'été.

Pour fêter le début de l'été, il m'avait emmené à un genre de fête foraine un peu loin de la ville.

On mangeait des crèmes glacées en revenant vers la voiture.

On s'assoit dans la voiture et je remarque qu'il a plein de chocolat sur sa joue gauche.

-Hahaharrr tu sais pas manger

Wissem passe sa main sur son visage pour essayer d'enlever le chocolat, mais il manque toujours ce petit coin.

- Laisse-moi faire.

Je lui touche alors le visage, c'était le premier vrai contact avec lui.

Il respirait fort et j'étais proche de son visage.

Il regardait mes lèvres, je le regardais dans les yeux et j'ai lu un peu de désir, de passion.

C'était comme si le temps s'était arrêté et je me sentais... je ne pourrais pas vous décrire mon ressenti, c'était indescriptible.

Wissem a des yeux bruns très foncés et profonds en forme d'amandes et de longs cils. Il a un regard très perçant.

J'enlève ma main dans son visage et il pose sa main sur ma côte droite.

J'allais m'évanouir, c'est comme si mon estomac était à l'envers, je n'arrivais pas à savoir ce que je ressentais.

- C'est bon tu es tout propre.

Wissem chuchote avec sa voix grave - merci.

Je m'éloigne de lui et dans ma tête c'était la guerre.

Il met en marche la voiture et on arrive à la maison.

À partir de ce moment-là, Wissem a doucement commencé à faire des petits gestes affectueux envers moi.

Et chaque fois je ne savais pas comment je me sentais par rapport à cette affection.

Par exemple quand on regardait un film, il mettait sa main sur la mienne ou il mettait son bras derrière moi en s'appuyant sur le canapé.

Je ne savais jamais comment réagir... tout ce que je sais c'est que je fuyais tous ses sentiments enfouis en moi. En plus d'être égoïste, j'étais une imbécile parce que je savais qu'au fond de moi j'allais le regretter.

Ca faisait deux-trois semaines qu'il agissait comme ça.

Mais un jour, il a décidé de s'exprimer plus clairement.

Il était très tôt le matin et je fais la vaisselle. Wissem devait travailler alors je lui avais fait le café. Je m'arrête et je regarde le ciel par la fenêtre. Je me demande si Ali aussi il voyait ce soleil brillant.

J'avais des pensées pour lui des fois, mais il était beaucoup moins présent dans ma tête et dans mon cœur qu'avant.

Je commençais réellement à l'oublier, mais une partie de mon cœur était trop accrochée au passé.

J'étais perdu dans mes pensées quand j'entends Wissem rentrer dans la cuisine. Il est derrière moi et me fait un bisou sur la joue.

C'était le premier bisou. À l'intérieur de moi, j'aurais pu comparer à un volcan en éruption, mais je restais neutre... même j'irais jusqu'à dire froide, je ne comprenais pas ma réaction, je ne comprenais pas ce qui me bloquait. J'étais dur avec lui comme si je voulais qu'il paye parce que c'était un homme et j'avais développé une haine pour les hommes depuis la disparition d'Ali. Enfin, c'est ce que je croyais, mais j'ai compris par la suite ce qui causait mon comportement.

- Sabah El Nour (Bonjour)

Je lui réponds d'un petit hmm et je continue la vaisselle.

Je l'entends respirer et me dire - C'est quand que tu vas arrêter de penser à lui et à m'aimer moi, ton mari, putain ?

Je ne lui réponds pas et il sort en claquant la porte d'entrée.

C'était la première fois qu'il avait osé le dire.

Malheureusement, il m'a fallu autre chose pour me réveiller.

Après cet incident, la tension devenait palpable à la maison.

On jouait au fameux jeu, je te fuis et tu me fuis.

Wissem avait toutes les raisons du monde de m'ignorer, je ne prenais pas soin de lui, je ne prenais même pas soin de moi. Je devais lui rendre sa liberté parce qu'il méritait tout l'amour de ce monde.

Deux semaines ont passés comme ça. L'ignorance totale des deux côtés. Bien sûr je lui faisais à manger, je nettoyais ses vêtements, je rangeais notre chambre. Une réelle distance s'était créée entre nous jusqu'au jour où j'ai décidé de briser ce silence.

J'étais assise sur mon lit et Wissem rentre dans la chambre. Il prenait un pantalon dans la penderie et il allait quitter la pièce pour me laisser dormir quand je l'arrête.

- C'est quand que tu as commencé à m'aimer ?

Il se retourne, il avait l'air surpris que je lui parle.

- je t'ai toujours trouvé trop jolie, mais je crois le jour du mariage de Sabi.

Mon cœur battait hyper fort. Je regarde la couverture de lit. Le soir du mariage de Sabi était un soir qui a changé ma vie, il ne le sait pas lui. Wissem s'assoie alors sur le lit aussi et me prends les mains.

- Yasmine. C'est quoi qui t'empêche de m'aimer aussi ? J'en ai marre de dormir sur le canapé. Je veux te toucher et t'embrasser. Je veux que tu nous fasses un petit benzema dans ton ventre. Tu veux pas te laisser aller un peu ?

Il avait les yeux qui brillaient.

Il avait dit toutes les choses que je voulais entendre, mais... mon cœur se resserrait.

-Je ne peut pas... je n'y arrive pas

Il a mordu ses lèvres et j'ai vu tout l'espoir qu'il avait bâti depuis un an tomber à l'eau.

- C'est parce que tu aimes encore Ali ?

-Je sais pas Wissem...

Wissem a passé la main sur ses cheveux et regardait par terre.

-Je te pousserait jamais à faire quoi que ce soit... encore moins t'obliger à m'aimer. T'inquiète pas, je serais jamais loin, on trouvera une solution.

Il m'a dit bonne nuit et il est sorti.

À partir du jour où j'ai eu la discussion dans la chambre avec Wissem, tout a changé.

Wissem s'était complètement et irrévocablement distancé de moi. Il n'essayait plus du tout de me toucher. Le soir, il sortait avec ses amis et je me retrouvais souvent seule devant la télé à regarder mes émissions ou mes films.

Je mangeais le trois-quart du temps toute seule à la maison.

Wissem n'était pas méchant avec moi, il discutait, rigolait avec moi et s'assurait que tout allait bien, mais il me parlait plus de la même façon.

Je ne l'avais pas perdu, mais en quelque sorte oui.

Il faut dire que je le méritais... je ne lui en voulais pas.

Plus les semaines passaient, plus il me manquait.

Pendant l'été, je travaillais à la piscine qui se trouvait à 20 minutes de la maison. J'y étais secrétaire.

Un jour, je suis allé au boulot et on m'a dit qu'il y avait eu une erreur à l'horaire et ils m'offraient une journée de congé.

Habituellement Wissem était sorti soit travailler, soit faire je ne sais quoi avec ses copains.

Je rentre à la maison tranquillement quand je vois... ayayeee.

Je vois Wissem TORSE NU en train de rigoler avec un de ses potes dans le salon.

Je vous explique un truc, depuis l'épisode de la piscine, je n'ai pas revu mon « mari « torse nu.

Je remarquais qu'il avait sculpté encore plus son corps. Il devenait de plus en plus beau, c'était un truc de malade.

Il était debout de côté en train de parler à son copain.

Je vous assure que j'arrivais plus à bouger, j'étais subjuguée par son physique.

-Euhh Yasmine ça va ?

Il m'a réveillée de ma contemplation.

- Euh oui pardon

- C'est Hicham et elle c'est Yasmine

Hicham - Enchanté

Il me serre la main.

-Enchantée

-Tu travaillais pas à la piscine aujourd'hui ?

- Oui, mais il y a eu une erreur avec l'horaire j'ai un congé !

Hicham - T'as de l'eau sur le visage la miss, c'est à cause de la piscine ? hahahar

Je mets ma main sur mon visage.

Oh putain c'était de la bave, celle qui avait coulé de me bouche quand je fixais Wissem.

Je garde ma main sur mon visage.

- Ouais c'est de l'eau avec plein de chlore qui a fait des ravages, je vous laisse hein

J'ai limite courue dans la salle de bain pour me laver le visage.

Mon visage était rouge, surtout mes joues.

C'était pas bon signe. Oh non.

Le soir même j'ai parfumé mon coussin du parfum à Wissem.

Je vous passe deux semaines.

J'étais à la maison en train de nettoyer, j'allais bientôt sortir quand j'entends cogner à la porte.

J'ouvre et je vois....

SABI.

16.

Dès que je l'ai vu, je lui ai donné un coup de poing dans la figure. On ne rigole pas avec moi cousine !

Non je rigole.

Elle avait un enfant dans ses bras et elle avait vieilli, mais bien vieilli.

-Salut !

- Ton frère n'est pas là, il revient vers 19 h.

- C'est pas lui que je suis venue voir... c'est toi.

-Ah bon et pourquoi ?

-Pour m'excuser.

- Pourquoi je devrais te croire ?

-On peut s'asseoir et en discuter s'il te plaît ? Myriam est un peu lourde à porter en restant debout.

Elle avait une fille, elle s'appelait Myriam. Une belle algéro-marocaine.

-Viens.

On s'assoit l'une face à l'autre.

-Quand je suis devenue maman, tout a changé dans ma vie. J'ai vécu une grossesse affreuse. J'avais toujours des nausées et la famille de Rahim ne m'aimait pas. J'étais seule au Maroc avec mon mari et sa famille. Après 7 mois de grossesse, j'ai commencé à consulter un psychologue parce que j'avais des sautes d'humeur intenses et j'ai découvert que j'étais bipolaire. J'ai commencé à prendre des médicaments, tout a commencé à avoir plus de sens dans ma tête. Quand Myriam est venue au monde, je suis tombée amoureuse de ma fille. Plus elle grandit, plus je l'aime. Rien que de penser à quelqu'un qui voudrait lui faire du mal, ça m'enflamme. Rahim est un si bon mari. Quand j'ai su que tu t'étais marié à Wissem, j'ai pensé à toutes les choses horribles que je t'ai faites. J'étais bête et j'ai toujours été intéressé par les frères Nasri. Je suis tombé dans la spirale d'Ali.Lui avoir donné ma virginité c'est quelque chose que je vais toujours regretter. Il a ce don de rentrer dans ta tête et ne plus en ressortir. Tu as de la chance d'avoir trouvé Wissem et te donner qu'à lui. Je suis jalouse ahha, je suis sûre qu'il est un mari encore plus extraordinaire que Rahim. Je veux m'excuser pour tout ce que j'ai fait.

-Je te pardonne, mais je crois pas pouvoir te faire confiance un jour pour être honnête avec toi.

-Je comprend et c'est tout ce que j'avais besoin d'entendre !

Elle se lève avec Myriam dans ses bras.

- Rahim nous attend dans la voiture, mais prend soin de mon frère !

-Oui bien sûr !

Après cette discussion, un de mes yeux était ouvert. Vous comprendrez ce que je veux dire par là.

Une semaine plus tard, je devais voir Fatima.

On s'est rejoint dans un café.

On discutait tranquillement quand elle me dit quelque chose qui a changé ma vie à tout jamais.

- Je suis amoureuse hbiba

-Ahh je suis contente pour toi ma belle

- Je suis tellement chanceuse de savoir que je vais passer le reste de ma vie avec lui. Je suis heureuse qu'il ait été capable de me supporter.

- Mais de quoi tu parles, tu es adorable, il a rien d'insupportable chez toi

- Je n'arrêtais pas de le repousser par peur qu'il me fasse mal comme mon ex-fiancé. J'ai réalisé que c'était parce qu'il me faisait oublier mon ex et moi j'étais trop attachée aux souvenirs du passé. Je ne voulais avoir qu'un seul grand amour et

... Je la coupe en continuant sa phrase...

- Et tu ne pouvais pas supporter la pensée que tu pourrais aimer quelqu'un d'autre que lui... que tu pourrais aimer quelqu'un encore plus que tu as aimé ton ex...

- Oui c'est exactement ça, comment tu sais ?

Je me lève.

- Je dois y aller, je dois régler un truc que j'aurais dû régler depuis longtemps.

Voilà comment j'ai réalisé que depuis tout ce temps j'aimais Wissem et que j'avais peur de me faire mal, qu'il me fasse mal, qu'il me laisse tomber, qu'il arrête de m'aimer.

J'avais peur d'avoir oublié comment aimer quelqu'un, j'avais peur d'avoir oublié comment prendre soin de quelqu'un.

Bref, j'avais peur, mais tout ça s'était fini. J'allais reconquérir mon mari.

J'ai couru jusqu'à ma voiture.

Assise dans le siège, je me suis mis un beau rouge à lèvres et j'ai passé mes mains dans mes cheveux pour donner plus de volume. Un petit spray de parfum.

Voilà.

J'ai conduit jusqu'à chez moi, Wissem n'y était pas.

J'ai conduit jusqu'à son lieu de travail.

Je vais voir la secrétaire directe. Je lui demande si Wissem était là et elle me dit qu'il vient juste de quitter pour sa pause midi.

À voir ma tête désespérée, la secrétaire a eu pitié de moi je crois parce qu'elle m'a dit - Mais, tu sais je crois qu'il est au café juste devant. La plupart des employés mangent là-bas pendant leurs pauses !

-Merci !

Je suis allé direct au café et dès que je pousse la porte, je le vois assis de dos.

Je commence à sourire jusqu'à ce que je vois avec qui il est assis...

SARAH.

J'étais verte de jalousie.

J'ai eu honte ensuite.

J'étais en retard, à force de le repousser voilà ce qui arrive.

J'allais quitter, quand Wissem tourne sa tête et me voit.

Putain.

C'est moi aussi, je reste planté au beau milieu d'un café.

Wissem me fait signe de m'approcher.

Je m'approche.

-Salut...

Sarah fait un signe de salut avec sa main...

- Qu'est que tu fais dans le coin ?

- Je voulais te dire un truc important

Je croise les yeux de Sarah. Il a haussé le sourcil, elle est sérieuse ?!

Sarah - C'est important? Il n'a pas toute la journée comme pause dîner...

Wissem a levé le sourcil et moi j'ai décidé de l'ignorer, je ne rentre pas dans son jeu.

- C'est vraiment important...

Il se lève de table et on se met à deux mètres de Sarah.

Il me regardait droit dans les yeux. Il était tellement beau avec sa chemise blanche, son pantalon chic et ses chaussures italiennes.

Tout était plus-que-parfait chez lui.

- Je voulais te dire que euhh... je...

Il me regardait avec appréhension.

J'ai entendu Sarah soupirer.

- que je cuisine du poulet ce soir.

J'avais grave paniqué.

Ce n'était pas comme ça que je voulais lui dire, pas dans un café encore moins avec Sarah qui nous écoute.

Wissem me regarde genre hein ?

Sarah - Tu es sérieuse putain ? Tu viens nous déranger pour ça ?

-Garde la pêche cousine ! Tu crois que tu parles à qui ??

Elle regarde Wissem.

Sarah - T'es sérieux à te marier avec elle ? Elle fait trop la star !

Wissem allait dire un truc quand je me mets devant lui.

- T'es sérieuse de tourner autour d'un homme marié ? Tu es un vrai pot de colle, tu ne comprends jamais le message ou c'est comment ?

Sarah-Il va te laisser comme ton ex, Ali, comme une ordure.

Les filles. Oui je suis calme en général, mais il ne faut pas pousser le bouchon.

J'ai pris le jus sur la table et je lui ai lancé à la figure. J'ai pris une poignée de ses cheveux, j'étais prête à lui cogner la tête.

Wissem m'a bloqué les bras et m'a fait sortir du café.

J'avais une tête énervée.

Il ouvre la portière de sa voiture et m'y place à l'intérieur.

Il s'assoit à la place du conducteur.

Il conduit 5 minutes. On se retrouvait dans un stationnement dehors. Il n'y avait personne autour et un bord de l'eau était juste devant nous.

Et vous savez ce qu'il fait ?

Il commence à rire. Il n'arrêtait pas.

-Tu m'explique ce qui t'a pris ?

Il souriait en plus.

- T'as vu comment elle m'a parlé

-Je te parle pas de ça, mais pourquoi venir me voir pendant ma pause pour me dire que tu vas cuisiner du poulet hahaharr

- je.. euhh... je sais pas

-Tu t'ennuyais hahaharr ? Tu voulais de l'argent pour acheter le poulet ? Hahaharr

Son rire m'énervait je voulais juste lui dévoiler mon amour et lui il était mort de rire.

Je passe ma main sur mon visage.

Putain je veux juste dire au mec qui a pris soin de moi pendant un an et 4 mois, avec qui je suis marié depuis 10 mois que je suis tombée amoureuse de lui. Je veux lui dire que j'ai eu peur d'avoir mal, mais que maintenant il hante mes pensées et je ne peux pas imaginer le reste de ma vie sans lui.

- T'es sah (sérieuse) ?

PUTAIN J'AVAIS DIS CA À VOIX HAUTE.

Mes yeux étaient grand ouverts et je n'ai même pas osé tourner ma tête. Je cachais mon visage avec mes mains.

Wissem enlève sa ceinture et s'est approché de moi.

Wissem parlait tout doucement.

- C'est vrai Yasmine ? Réponds-moi s'il te plait.

Il enlève mes mains de ma figure.

Il était si proche de mon visage.

Il me regardait avec un regard intense.

-Oui c'est vrai, Wallah que c'est vrai.

-Depuis quand ?

- Je crois que depuis longtemps je l'ai enfoui en moi, depuis l'été passé quand on était à la piscine. Chaque fois que tu t'approchais de toi, je me donnais des excuses pour lequel je m'enfuyais de toi... alors que j'avais juste peur que tu me brises le cœur parce que je t'aime.

Wissem me regardait attentivement.

- Ses deux derniers mois tu m'as tellement manqué, j'ai besoin de toi... et si tu ne dis rien je vais me jeter dans le lac et nager jusqu'à Tambouctou.

Il détache ma ceinture de sécurité. Il approche ses bras.

-Viens ici

Il me prends et me mets sur lui, face à lui.

Il met ses mains sur ma taille et rapproche son visage. Il passe sa main derrière mon oreille pour replacer mes cheveux.

Il a commencé à sourire et automatiquement moi aussi je souriais.

Mon cœur battait très fort et mon corps tremblait à son contact, il me faisait un effet de fou. Je ne m'étais jamais senti comme ça.

-Yasmine...

-Oui.

Il passe sa main sur ma joue. Je voulais juste qu'il m'embrasse. J'en rêvais même.

Il m'approche de lui.

Il dépose ses lèvres sur mon cou. Il me fait un bisou. Et un deuxième.

Il me tenait fermement dans ses bras et mon corps bouillonnait.

Son visage est si proche du mien.

Il touche mes lèvres avec sa main.

Je respirais fort...

Wissem dit en souriant - Ma femme.

Je mets mes mains sur sa nuque.

Il chuchote tout doucement.

-Moi aussi je t'aime.

Ses lèvres sont si proches des miennes et je sens son souffle contre mon visage.

Je me perdais dans ses yeux. Il me serrait encore plus fort contre lui.

Son parfum sentait tellement bon.

Je regardais ses lèvres et lui regardait les miennes.

Il m'a embrassé tout doucement et graduellement de plus en plus langoureusement.

Lui et moi on y émettait quelques gémissements, la tension passionnelle et la chimie étaient trop fortes.

Je sentais qu'il était aussi attiré par moi que moi j'étais par lui.

Je ne voulais pas arrêter, lui non plus.

Plus on s'embrassait, plus c'était meilleur. Je puisais son énergie et lui vice-versa. On ne faisait qu'un.

Je ne sais pas pendant combien de temps on s'est embrassé. Mais, c'était le meilleur baiser de toute ma vie.

Après un certain temps, on a arrêté de s'embrasser. Je me suis caufiné dans ses bras et je lui ai fais un long câlin.

Il m'a dit dans l'oreille - regarde-moi, je veux voir ton beau visage.

Je lui ai fait face.

-Tu es tellement belle, je pense que tu sais même pas à quel point tu es belle...

Mon cœur battait tellement fort, c'était un rêve devenu réalité.

On a commencé à vivre comme un vrai couple et j'ai commencé à connaitre ce côté si romantique et si tendre de Wissem.

Chaque matin, il prenait son déjeuner en me faisant asseoir sur ses genoux. Il m'attaquait de bisous en prenant son café.

Il faisait en sorte de bien commencer ma journée.

Pendant mes heures de travail, je comptais les minutes et les heures pour le retrouver le soir.

Dès qu'il rentrait, je lui sautais dans ses bras.

Chaque soir, il revenait toujours avec une pâtisserie qu'on mangeait dans le lit avec un bon film en arrière.

Il me racontait son enfance difficile et ses anciens problèmes de colère. Il m'expliquait comment son père avait laissé des marques en lui qui l'avaient fait agir comme un vrai con pendant un bon moment. Ce qui expliquait ses débuts horribles avec moi. Le seul qui savait tout ça, c'était Adam, Allah y rahmo.

Il se confiait à moi en me serrant fort dans ses bras et en jouant dans mes cheveux.

La nuit, je dormais en sécurité avec lui. Plus besoin du cousin aspergé de son parfum, je l'avais lui pour moi toute seule.

On passait tout notre temps ensemble.

Chaque congé qu'on avait, on faisait une activité.

La piscine, le bowling, le cinéma, le sport, la boxe, les marches en pleine nuit, manger dans plein de restos différents, les fêtes foraines, les magasins, etc.

On faisait tout et n'importe quoi et avec lui je n'arrêtais jamais de rire. On avait le même sens de l'humour et il adorait me taquiner.

Je l'aimais de plus en plus.

J'étais accro à lui, son odeur, sa chaleur, son sourire, son rire, sa voix grave, son cou, ses bras, ses cheveux.

J'aimais la manière qu'il se réveillait le matin.

J'aimais à quel point il ressemblait à un bébé lorsqu'il dormait.

J'aimais comment il me faisait sentir, comme la plus belle femme au monde.

Quand il me touchait, il y avait un feu d'artifice dans tout mon corps.

Quand il m'embrassait, le temps s'arrêtait et je ne pouvais jamais en avoir assez.

C'était mon meilleur ami, mon mari, mon amour...

Je ne pouvais plus me passer de lui.

J'étais irrévocablement amoureuse de lui.

J'ai passé les deux meilleurs mois de mon été avec lui. Il n'y a pas un jour où je me suis sentie seule ou triste.

Je brillais avec lui à mes côtés.

Je le voulais que pour moi, on était seuls dans notre monde.

Tout était parfait.

C'était un jour pluvieux et on revenait d'une marche ruinée par la température.

Ce con voulait rester sous la pluie et moi je ne voulais pas une grippe hahahar

Alors, il a conduit jusqu'à la maison et on était trempés. Wissem ça le faisait grave rigoler parce que mes cheveux prenaient la forme d'un énorme chou-fleur.

Arrivé devant la maison j'ai couru à l'intérieur et lui courait derrière moi.

Je suis allé direct dans la salle de bain et il voulait m'asperger encore de l'eau.

On était en train de se battre comme des débiles. Il m'a porté comme un sac vers la chambre et me chatouillait les pieds.

Je mourais de rire et lui suppliait d'arrêter.

Il m'a fait glissé plus bas sur lui et il me tenait par les jambes qui étaient au niveau de ses hanches.

Il était trop séduisant avec les gouttes qui dégoulinaient sur lui même.

C'était un de ses moments naturels et spontanés.

Il avait de ses lèvres pulpeuses.

Je l'ai embrassé sauvagement et il répondait à mon baiser d'une manière plus langoureuse. Il descendait ses mains sur mes fesses et moi, j'ai enlevé ma veste.Ca devenait chaud. Il enlève son chandail et m'embrasse le cou intensément. Je sens son souffle dans mon oreille pendant qu'il me chuchote son nom. Il embrasse mon lobe d'oreille. Il enlève doucement et tendrement ma camisole complètement mouillée.

Il me dépose sur le lit et me fait plusieurs bisous sur le ventre.

Il monte tout doucement. Chaque baiser était un délice, il faisait attention à chaque parcelle de ma peau. Tout ce qu'il faisait, on sentait l'amour et la passion dans ses gestes. Tout était si électrique... parfait.

Je l'ai arrêtais en prenant délicatement sa tête.

-Je vais trop vite pour toi ?

-Euh nan c'est pas ça...

Je le pousse doucement et je me lève et me mets debout en face de lui.

Je mets un t-shirt sec à lui, car j'étais en soutien-gorge et je voulais lui parler sérieusement.

- J'ai quelque chose à te dire de vraiment important

Il souriait légèrement.

-Vas-y

- Il y a deux ans, après le mariage de Sabi, Ali m'a raccompagné chez moi...

Il me regardait avec appréhension comme d'habitude.

- Et on la fait. Une seule fois.

Il me regardait dans les yeux. Il ne bougeait plus, mais il avait les yeux dirigés profondément dans les miens.

Alors, je lui ai tout expliqué. Le fait que j'ai aussitôt regretté. L'année difficile qui a suivi l'acte. Le fait que j'étais distante avec Ali les mois qui ont suivis. Je lui ai tout tout dit. Je lui ai livré le fond complet de mes pensées. Il était le premier à en savoir autant.

Il me regardait, mais il ne disait rien.

Quand j'ai fini mon récit, je l'ai regardé en espérant y lire une réaction.

-Ca expliquerait beaucoup de choses

- comme quoi ?

- Tu te souviens quand on a commencé à travailler ensemble. Je voyais toujours Ali traînait en bas avec une humeur de merde. Et toi, tu étais toujours stressée, limite prise par la panique... comme si quelque chose te tracassait...

Il passe la main sur ses cheveux.

- Je... dois prendre l'air

Il se lève.

Je devais le laisser se distancer.

Je l'ai attendu au salon et j'ai fini par m'endormir sur le canapé.

Je me suis réveillée parce que je sentais qu'on me caressait le visage.

J'ouvre les yeux et je vois Wissem.

Il m'avait porté jusqu'au lit et il me caressait la joue.

Mais, ses yeux semblaient tristes...

-Wissem...

-Il faut que je te parle

Je me lève du lit. J'y étais assise et lui à mes genoux.

- Hier, Hicham et moi, on a eu une proposition du bureau de partir ce vendredi travailler deux mois et demi en Angleterre pour une formation internationale... je leur ai dit que je ne croyais pas y aller parce que je ne voulais pas te laisser seule.

- Mais c'est un de tes rêves de visiter l'Angleterre...

-Je sais... j'ai réfléchi, je crois que j'ai besoin d'espace pour rentrer tout ça dans ma tête...

-...

-Et toi tu as besoin d'apprendre à t'occuper de toi toute seule... imagine je meurs tu vas faire quoi ?

J'avais les larmes aux yeux.

- Je suis désolé de te l'avoir dis, j'avais de la misère à m'avouer à moi même l'erreur que j'ai fais, je me suis menti à moi même en essayant d'oublier

Je baissais la tête. Il prend mon visage.

-Ne pleure pas s'il te plaît, c'est comme couteau dans mon ventre... Quand j'étais avec Nesrine, la même chose est arrivé, mais on ne s'est pas contenté d'une fois... je suis pas un saint non plus. Tu n'as pas à te sentir comme ça envers moi parce que tu l'a fais.

Et c'est là que j'ai compris...

- C'est le fait que je te l'ai pas dis pendant tout ce temps qui t'a déçu... c'est ça...?

- Oui...

J'appréciais son honnêteté.

- Tu pars quand ?

-Demain en après-midi...

- j'ai pas le choix de l'accepter...

-Viens, tu devrais dormir.

Il est resté allongé à côté de moi jusqu'à ce que je m'endorme, ma tête était sur torse et son bras autour de moi, mais à en juger par le battement de son cœur, il n'arrivait pas à dormir.

Mais je connaissais Wissem, il fallait lui laisser du temps, il fallait lui laisser de l'espace et trop lui parler n'allait qu'embrouiller sa tête.

Ni l'un, ni l'autre dormait réellement. Mais aucun de nos deux ne disait quelque chose, je crois que chacun de nous deux appréciait le moment avant d'être séparé pour presque 3 mois.

Le lendemain matin, il était toujours allongé, il dormait.

La fatigue l'avait frappé.

Je lui ai fait à déjeuner et je suis sorti prendre une marche.

J'ai marché pendant au moins une heure et demie.

Quand je suis revenue, j'avais remarqué que Wissem avait pris son petit déjeuner pendant que j'étais parti marcher.

Je l'ai trouvé dans la chambre bien habillée en train de fermer sa valise.

Je me mets contre le cadre de la porte.

Je l'admirais. C'est fou comment des fois on remarque des trucs trop tard qu'on a tenus trop longtemps pour acquis.

Par exemple, la manière dont ses traits s'adoucissaient quand il était concentré.

- Salut... tu as fini ta valise ?

Wissem tourne complètement sa tête.

-Ouais, Hicham viens me chercher, j'attendais que tu reviennes pour partir... je ne suis pas un voleur pour partir sans rien dire...

J'avais les larmes aux yeux.

Wissem avec ses yeux de lynx les a vite repérés...

-Viens là

Il me prend dans ses bras, il me tenait vraiment fort.

-Tu vas me manquer, mais tu as raison, on a besoin de cette espace...

J'entends son cœur battre rapidement.

Son téléphonea sonné et il a répondu en me gardant dans ses bras. C'était Hicham qui était en bas.

Je le serrais tellement fort.

Je sentais qu'il ne voulait pas me lâcher, moi non plus d'ailleurs, mais je devais arrêter d'être égoïste.

Je lui chuchote dans l'oreille - tu devrais y aller.

Il m'a reculé et m'a regardé dans les yeux.

Il m'a embrassé le front.

Il a pris sa valise et s'est retourné vers moi.

- À bientôt princesse

Et il est parti.

Les deux mois et demi qui ont suivis j'ai mis en pratique ce que Wissem m'avait appris et je suis devenue la femme forte que j'aurais dû devenir.

Quand il est parti, je voulais courir vers lui et revenir dans ses bras, mais j'ai essayé de ne pas me décourager. J'avais confiance en notre amour.

J'ai commencé une nouvelle routine de vie.

J'allais cinq fois par semaine au gym. J'avais acheté un corset. Je voulais souligné la forme sablier de mon corps, pas pour mon mari ou pour le regard des autres, mais pour moi.

Je voulais être amoureuse de mon corps.

J'ai décidé de prendre plus d'heures au boulot pour mettre de l'argent de côté.

Je suis allée chez la coiffeuse, nouvelle coiffure pour une meilleure moi.

Elle m'a structuré les cheveux et m'a fait une teinture ombré.Ca faisait ressortir mes yeux bruns clairs, c'était trop beau.

J'ai refait ma garde-robe avec Malika à mes côtés.

Elle m'a même fait acheter des tas de sous-vêtements sexy.

Je ne me morfondais plus, je sortais souvent avec Lyna et Malika. Je rendais souvent visite à Mamadou dans son boulot à la poste.

Le seul que je ne voyais plus du tout c'était Sammy, tout simplement parce qu'il taffait beaucoup trop et dès qu'il a eu droit à des vacances il est parti pour 6 mois en Égypte. Il me manquait beaucoup.

Tata Nora appelait chaque samedi et on discutait. On faisait les commères.

J'avais recommencé l'école, même si c'était des stages dans des écoles la plupart du temps, je rencontrais des gens extraordinaires et des enfants adorables.

Et Wissem... Ah Wissem.

Il m'envoyait des messages sur whatsapp pour voir si j'allais bien et si j'avais besoin de quelque chose. Je lui disais toujours que j'allais bien et même si ça avait été le cas contraire, je lui aurais menti, tout simplement parce que je voulais qu'il soit heureux à Londres.

Mon moment d'évacuation de stress était quand j'allais boxer à la salle. Wissem m'avait appris la base et ça me permettait de m'évader.

La nuit, j'enfilais un gros t-shirt de Wissem avec son parfum qui y était imprégné et je l'imaginais avec moi.

Oui j'allais bien et ma vie était mieux établie, mais punaise qu'il me manquait.

Je comptais les jours quand il allait revenir.

Un mois et demi était déjà passé.

Un après-midi, je devrais rejoindre Inès, Lyna et Camélia manger au resto.

On mangeait tranquillement quand Lyna commençait à agir de manière étrange.

-Vous trouvez pas que Mamadou a embelli ?

Inès - Ouais... c'est sur maintenant qu'il est plus musclé.

Camélia - Et il fait mieux son dégradé et sa barbe comme un homme maintenant...

-Ca reste Mamadou Hahaha beau ou pas beau, moi ça reste le plus grand mangeur de poulet

-Et vous pensez quoi de sortir avec des noirs ?

Camélia - J'ai essayé avec Moussa et je n'avais pas les fesses conformes pour attirer son attention.

Inès-Ah, mais hbiba regarde comment t'es jolie....

Inès réconfortait Camélia, c'était sa meilleure amie donc elle savait comment s'y prendre.

- Pourquoi ses questions ?

Je prenais ma gorgée d'eau tranquille.

-Je crois que j'aime Mamadou

J'ai tout recraché.

Même Inès et Camélia ont arrêté de parler.

Camélia - Mamadou ? Le mec qui nous a expliqué une scène de film avec des chips?

-Oui

Inès - Celui qui a appris à Rania comment danser?

- Oui...

- Le Mamadou qui s'est frappé par sa mère avec une cuillère en bois devant tout le monde parce qu'il criait trop fort ?

- OUI PUTAIN

Camélia - Et bien, ma fille bonne chance pour attirer son attention, il est très spécial avec les filles...

-Et bah... on sort déjà ensemble.

Ca y'est je m'étouffais avec mon sandwich.

- Tu réalises que c'est le meilleur amie de Sammy, ton FRÈRE.

-Oui je sais, mais les filles, je craque pour lui...

Inès-Tu devrais écrire une chro du genre-Nos couleurs ne voulaient rien dire-Lyna et Mam's

Camélia - Hahaharr grave je vais la lire ça m'intéresse tout ça

Voilà comment j'ai su pour Mamadou et Lyna. Ne vous inquiétez pas, la suite de leur histoire sera mouvementée et assez drôle.

Un mois a passé et je continuais toujours dans la même direction.

Je ne savais pas la date exacte du retour de Wissem, mais je n'attendais que de le revoir.

C'était un mercredi, vers 10 h je quittais la maison pour aller au gym.

Je prends la voiture et je rentre dans la salle de casiers.

Je réalise en ouvrant mon sac qu'il me manquait plein de trucs comme mon téléphone, mes bandages, ma bouteille d'eau et ma collation.

J'avais même oublier d'amener un élastique à cheveux pour les attacher.

Le retour de Wissem me stressait un peu et j'avais tendance à être ailleurs.

Je décide de retourner chez moi chercher mes affaires.

20 minutes plus tard, j'ouvre la porte d'entrée.

J'enlève mes souliers et je sens comme si on me regardait. Je tourne ma tête et je vois....WISSEM.

Comme il était magnifique putain...

Il avait pris de la masse, il avait une nouvelle coupe de cheveux et surtout, il souriait.

J'ai beugué.

Wissem était contre le cadre de porte et s'approche doucement de moi.5 mètres nous séparait.

-Viens dans mes bras...

J'ai couru le cinq mètres qui nous séparait. Je lui ai sauté dans les bras, il m'a toute prise et soulevé.

Il a prit mes jambes et les a enroulés autour de sa taille. Mes mains étaient agrippées à ses épaules.

-Putain comment tu m'as manqué

Sentir son parfum et sa chaleur dans sa nuque c'était un soulagement pour moi.

-Moi aussi tu ne peux même pas comprendre... je veux plus que tu t'en ailles.

Il prend mon visage.

- T'as embelli, truc de fou...

Il avait un de ses sourires...

- Tu as faim ? Tu veux un truc ?

-Ehh oui, toi.

Il a commencé à m'embrasser comme un fou, il puisait son énergie en moi et je puisais la mienne en lui.

On était à bout de souffle et je lui dis - plus jamais tu ne pars aussi longtemps.

-Promis, plus jamais.

Il m'a amené vers la chambre et m'a déposé sur le lit.

Il était sur moi et il observait mon visage, mon corps.

Je respirais fort, il avait toujours ce regard séduisant et perçant.

Il a placé sa main sous mon chandail au niveau de mon ventre.

-Ma princesse s'entraîne maintenant ?

-Oui

Il a esquissé un sourire.

-Mhmm tu te souviens la fois où je t'ai surprise en sous-vêtements ?

-Ouais

-Ca m'a hanté dans mes plus beaux rêves pendant des mois...

- J'ai bavé quand je t'ai vu torse nu

-Hahaharr

Il avait un beau rire. C'est le plus bel homme que j'ai vu de ma vie.

Il se mordait les lèvres.

-On dirait que tu te retiens

-Même si tu es ma femme, je fais rien sans ton autorisation

- Je n'attends que ça... Nmout alik (je t'aime à en mourir)

Il m'embrasse aussitôt.

Il s'occupait de chaque recoin de mon corps de manière à ce que personne ne soit jaloux, c'est ça qu'il me chuchotait dans mon oreille.

On était trop connectés, il me touchait là où je le voulais sans que j'aie à lui dire. Il lisait dans mes pensées qui le désiraient tant.

Il a enlevé son chandail. Il m'a ensuite déshabillé de mes vêtements. Il a enlevé son pantalon.

Il m'a ensuite dénudée de manière douce en me réconfortant.

Il s'assurait toujours de me faire sentir désirer, satisfaite et cajolée.

Lorsqu'on l'a fait, il me chuchotait si j'allais bien ou s'il me faisait mal. Ce n'était jamais le cas.

Tout était parfait. C'est comme si on avait créé cet homme pour moi.

On a repris tout le temps perdu et même après ça, je voulais encore de lui.

On a eu ensuite faim, il a commandé de la pizza qu'on a mangée devant la télé au lit. Il m'a raconté ses histoires à Londres. Les mésaventures de Hicham qui se cherchait une Tunisienne à marier à Londres.

Il commençait à se fatiguer à cause du décalage horaire et le voyage dans l'avion, il fermait les yeux pendant que je caressais son visage et ses cheveux.

-Je dors pas t'inquiètes...

-Pourquoi? T'es crevé.

- J'ai pris l'habitude de dormir après que tu t'endormes, on vient de faire l'amour je sais que des fois tu penses trop... et tu fais des cauchemars...

À ce moment, ça m'a fait penser quand j'ai perdu ma virginité et que ce con s'était endormi sans problèmes alors que je pleurais.

- Tu es le meilleur Wallah...

Il me prend dans ses bras et on ferme les yeux pour s'endormir.

J'ouvre mes yeux.

-Wissem?

Wissem avait toujours les yeux fermés.

- Mhmm

- Je sais que c'est tôt pour te demander ça, mais tu voudrais avoir une fille ou garçon en premier ?

Il a direct ouvert les yeux.

-Attends, c'est le plus jour de ma vie, mon bébé veut de mes bébés hahaharr

-hahaharr bien sûr

-Je sais que je t'ai dis un benzema la dernière fois, mais j'ai réfléchis, je veux une fille... une princesse

- Avec quel nom ?

- J'aime trop le prénom Leïla.

On est revenus à notre quotidien, mais on avait la présence de chacun et ça, c'était un des plus beau cadeau que Dieu avait pu me faire.

Tout était moins douloureux à ses côtés.

J'avais décidé d'arrêter de travailler comme secrétaire à la piscine et me consacrer à ma dernière année d'étude et à mon mari.

D'ailleurs, être avec lui c'était le rêve.

Oui bien sûr, on a avait nos tensions de couple des fois, mais ce qui était bien entre nous c'est qu'on n'avait pas de fierté l'un envers l'autre et chaque fois, on faisait le pas vers l'autre pour régler le problème.

Comme on dit, il n'y a pas de fierté en amour.

Par exemple, j'avais vu une fille qui le regardait beaucoup trop au supermarché. Lui il disait que non alors que je l'ai vu de mes propres yeux faire tomber un truc pour « le ramasser ». Elle voulait clairement qu'il regarde son derrière.Ca marche pas avec moi poulette.

Bref, j'avais fais une méga crise de jalousie.

Ou bien la fois où il était de mauvaise humeur parce que l'Algérie avait perdu un match. Il restait dans son coin et n'engageait même pas la discussion, il était grave dégoûté.

Mais chaque fois, on se retrouvait à mi-chemin. Peu importe l'argument, tout finissait en rigolade parce que ni moi et ni lui on cherchait les problèmes pour rien.

J'avais mes défauts et lui avait les siens, mais quand tu aimes quelqu'un autant, tu acceptes le tout et tu ne peux t'empêcher d'aimer l'autre encore plus.

On déjeunait ensemble 3-4 fois par semaine parce que des fois je commençais plus tard que lui. Il me faisait toujours ce petit bisou sur la joue et le front quand j'étais allongée à moitié endormie avant de quitter la maison.

Le soir, il regardait le foot et moi, j'avais la tête dans mes bouquins d'école, mais il était toujours à côté de moi.

Il jouait au foot avec ses potes, il enseignait la boxe aux petits et moi, j'allais au gym en prenant en considération ses nombreux conseils.

Vous avez compris que c'était la routine, mais mille fois mieux parce qu'il était ma petite dose de soleil. On se faisait souvent des surprises entre nous.

Mais un jour, il y a mit le paquet...

On était en décembre, deux mois étaient passés depuis son retour de Londres. Les vacances de Noël étaient enfin arrivées.

Wissem est revenu du travail vers 17 h, il m'a embrassé et il est parti dans notre chambre. Moi, je regardais la télé.

Je voulais lui parler de quelqu'un de bizarre dans mon cours, alors je suis allé dans la chambre pour le rejoindre.

Je le vois en train de fouiller dans mes affaires, enfin c'est ce qu'il avait l'air de faire.

-Mhm je peux t'aider ?

Il s'est retourné aussi tôt.

-Je suis pas en train de fouiner

Il commence à rire comme un con.

- Et tu fais quoi dans mon tiroir de...

Je regarde dans quel compartiment de ma commode il était en train de fouiner.

-Lingerie.

-Hahaharr tu crois que j'avais besoin d'un soutif ?

- Pourquoi tu ris comme ça ? Tu ris seulement comme ça quand tu es nerveux

Il ferme le tiroir avec un sourire.

Il quitte la chambre avec un de ses sourires et moi j'avais le regard genre je « t'ai à l'œil ».

Je cours vers mon tiroir de lingerie.

Je trouve une enveloppe.

Je l'ouvre et je reconnais deux billets d'avion.

Pour LA GRÈCE.

-AHHHHHH DIS MOI QUE C'EST VRAI HABIBI

Wissem était au cadre de porte.

-Je savais que tu allais regarder là — Prépare tes bagages parce qu'on doit être à l'aéroport pour 22 h.

Je sautais partout, j'étais refaite.

-Pas besoin d'amener beaucoup de vêtements, on a une petite maison avec notre piscine donc, le seul qui va te voir la plupart du temps ce sera moi eh eh ;)

J'ai rempli ma valise de ma plus belle lingerie et de maillots de bain. Quelques robes longues pour le tourisme avec mon chéri et j'étais prête.

Le vol s'est bien passé, pour la première fois, j'étais confortable durant le trajet parce que j'étais dans les bras de Wissem.

On est arrivé à l'Aéroport de Santorini après une escale à Athènes.

On avait cette jolie maison pour deux semaines avec une vue grandiose.

Wissem avait des contacts à l'agence de voyage pour de bon prix et son cabinet de comptable lui avait remis une importante hausse de salaire après son retour de Londres donc voilà, monsieur avait prévu le coup depuis longtemps.

Je regardais par la fenêtre et il vient derrière moi.

Je frissonne encore quand il me touche.

-Tu met ton maillot brésilien ? Le bleu... c'est mon préféré... je t'attends juste là devant la piscine.

Je vais dans la salle de bain, je mets mon maillot.

Je façonne mieux mes cheveux et je me mets une fleur à mon oreille.

Je passe un peu de crème et je sors pour aller vers la piscine qui sera notre pour les deux prochaines semaines.

Il souris en me voyant. Mon mari c'était un vrai beau gosse.

- T'es prête ?

- Prête pour quoi ?

- Prête pour apprendre à nager dans une piscine magnifique à Santorini ?

Un an et quelques mois plus tôt ;

« -Tu nages pas ?

- Non, je peux pas...

-Tu sait pas nager ?

-Non

- Tu veux que je t'apprenne un jour ?

- Le jour où tu vas m'apprendre à nager, ce sera dans une piscine magnifique à Santorini en Grèce hahahar

- D'accord ça marche

-Je rigolais hein hahahar

Wissem regardait le paysage avec un petit sourire.

-Par curiosité chaque fois que tu vas à la piscine tu restes sur les bords comme ça ?

- Oui malheureusement

-Personne voulait te montrer ?

- Je ne crois pas non

J'avais l'impression il avait une idée derrière la tête »

Putain c'était ça qu'il avait derrière la tête.-_-

-Euhhhhhhh tu t'en es souvenu ?

-Ouais normal

- D'ailleurs cette journée, Sarah t'avait bien collé ! -Ouais, mais elle voulait trop forcer les choses, moi je voulais juste me changer les idées en discutant avec elle parce que je devenais limite dépressif à cause de toi...

-Pourquoi?

-Parce que je croyais avoir perdu toutes mes chances avec toi..., mais après j'ai croisé Malika pendant que tu dormais et elle m'a dit qu'elle savait que je t'aimais et qu'il fallait que je sois patient, que tu viendrais vers moi avec le temps

-Malika...

-Bon on a assez parlé, on va t'apprendre à nager.

Il avait même prévu le coup avec une énorme bouée de sauvetage dessiné comme un beigne avec du crémage rose, c'était trop mignon.

Je lui ai pris la main et lui est rentré dans la piscine.

J'avais une main sur les bords. J'avais peur du vide et ça il l'a direct compris, il m'a prise et m'a fait flotter sur mon dos en plaçant un main sur mon dos et une autre sous ma jambe.

-Relaxe, il faut pas que tu aies peur

Ensuite, il m'a expliqué les bases en plaçant ses mains de mes jambes et mes bras.

- D'ici deux semaines tu vas nager sans problèmes

Donc chaque jour pendant 2 semaines, on y consacrait deux heures. Je n'étais pas une élève facile, je ne sais même pas comment il a fait pour me supporter.

En après-midi, on explorait Santorini, on mangeait et c'était magnifique.

Wissem essayait toujours d'apprendre des mots en grec chaque fois qu'on achetait des trucs aux commerçants ou qu'on se faisait servir dans un restaurant.

La nuit, on l'a passait ensemble. Toujours aussi magique.

Aussi bizarre que ça l'a puisse sonner, mais on avait toujours un truc à se raconter. Wissem avait eu une enfance tellement douloureuse qu'au fil de notre mariage, il se confiait de plus en plus.

Le 31 décembre, il m'a dit quelque chose que je n'oublierais jamais.

-Tu sais quand je sortais avec Nesrine ? Quand on atteint presque trois ans dans notre couple putain... J'avais 18 ans. Je voyais les choses en grand, je voulais carrément lui demander sa main. Si tu savais pourquoi on est plus ensemble, ça te choquerait...

-Ali m'a dit qu'elle t'a laissé pour un mec qui avait plus d'argent...

Il a commencé à faire un sourire triste.

-Je lui ai menti c'est pas la vraie raison. Tu vois, un jour, on m'a donné une retenue à l'école et j'avais un rendez-vous avec Nesrine le même jour, alors pour éviter qu'elle attende dehors, je lui ai dis d'aller chez moi. Je lui ai donné ma clé de maison et je savais que ma mère était chez sa copine jusqu'au lendemain. Mon père rentrait toujours à 23 h d'habitude... quand je suis revenue de ma retenue, j'entendais un bruit bizarre chez moi. Mon père a essayé de toucher ma copine...

-Putain...

-Il était tellement saoul, la pauvre, il voulait pas lâcher son bras. J'ai poussé mon père pour qu'il la laisse, elle s'est tout de suite enfuie. C'est d'ailleurs la seule fois que j'ai touché mon père. Je ne pourrais jamais me battre avec lui. Je me laissais faire chaque fois qu'il me frappait en protégeant ma mère.

Il avait les yeux brillants, je crois qu'il avait les larmes aux yeux.

-Alors, Nesrine t'a laissé et elle a commencé à sortir avec un autre ?

- Ouais... et mon père a pris la fuite, j'ai commencé à faire de la fraude, on en avait besoin d'argent.Ca n'a pas duré longtemps ses conneries de bicrave heureusement.

Je prends son visage.

- C'est la première fois que je le dis à quelqu'un...

- C'est fini tout ça, Leïla va avoir un bon père Inch'Allah.

Il a souri.

J'étais loin de me douter de la surprise qu'il me préparait.

L'autre semaine qu'on passé à Santorini était fabuleuse et oui, en effet je savais nager à la fin du voyage.

Avec trop de tristesse, on est revenus à la maison parce moi et Wissem on avait trop kiffés Santorini.

Je vous passe six mois. Durant ses six mois, Wissem et moi on était en mode travail, travail et travail. Il voulait absolument obtenir une promotion et moi je voulais à tout prix finir mon dernier trimestre.

On se soutenait mutuellement, on luttait ensemble pour atteindre nos buts et chacun de nous on a eu ce qu'on voulait.

Lui sa promotion et moi, mon diplôme.

C'est dans ces moments-là que tu es reconnaissante pour des gens qui te surélèvent vers quelque chose de meilleur. Il corrigeait toujours les travaux que je remettais hahaharr

Je revenais de l'école, c'était ma dernière évaluation, j'étais épuisé. Je ressemblais à un zombie.

J'ouvre la porte et je vois des tas et des et des tas de roses.

Je vois une table superbement dressée avec des bougies et un dîner.

Je tourne ma tête, je vois mes parents et Malik assis sur le canapé.

Je vois Tata Nora assise sur l'autre canapé.

C'est un rêve ou quoi ??

Et Wissem arrive dans le salon habillé d'une chemise et d'un pantalon noir. Il avait un petit sourire au coin.

Avant même que je demande ce qui se passe ou que je dise bonjour, il prend ma main et se met à genoux.

-tjawzi bia ? (Veux-tu m'épouser)

Peu importe ce qui arrive dans notre vie, on a un toujours un moment de bonheur intense qui nous fait oublier pendant un instant tous les bris de cœur, les nombreuses douleurs ressenties, les souffrances, les échecs, les épreuves, les larmes, les nuits blanches...

J'ai ressenti ce bonheur intense quatre fois dans ma vie.

La première fois, c'est lorsque Wissem et moi on s'est embrassé pour la première fois.

La deuxième fois c'est quand il s'est mis à genoux pour demander de l'épouser.

Et les deux autres fois... vous verrez plus tard.

-tjawzi bia ? (Veux-tu m'épouser)

Les larmes de joie ont coulés de mes yeux.

- Oui mille fois oui !

Il m'a tout de suite prise dans ses bras et il a déposé un bisou sur ma tempe.

Il a prit mon visage.

-Je te promet un mariage comme tu l'as toujours voulu

Tata Nora a commencé à faire youyou.

Ma mère nous a pris dans ses bras.

Ma maman - C'est quand que vous vous voulez marier comme ça on va s'occuper de la salle de fête ?

-Pourquoi pas en octobre comme ça, ça nous laisse du temps... en plus on s'est marié le 10 octobre l'année passée

Et là tout le monde parlait des préparatifs et moi, j'étais juste comblée.

- Va te changer ma fille, comme ça on va manger.

Je vais dans la chambre avec un sourire aux lèvres.

Wissem me rejoint trois minutes plus tard.

Il me plaque doucement contre le mur et m'embrasse.

Il recule et me regarde.

-Putain que j'aime ça quand tu souris comme ça

Il touche mes lèvres.

- Je suis au septième ciel, notre mariage ce sera de la bombe je connais tes goûts, t'inquiètes même pas et...

Il me coupe en prenant les joues. J'avais la tête en forme de poisson.

-Mais qu'est que je m'en fou, tant que c'est avec toi que je me marie... le reste c'est de la décoration. On va faire comme tu veux princesse.

On a rejoint la famille. On a passé une super soirée. Wissem a mis le foot et bon voilà, mon père, Malik et lui, ils étaient bien.

Tata Nora, ma mère et moi, on a commencé à organiser le mariage.

Mes parents sont restés à la maison pour le weekend.

Ma mère m'a promis de m'amener deux robes d'Algérie et j'allais les inspecter avant de les mettre.

Tata Nora allait rester. Elle était venue d'Oran, la pauvre, le jour même. Elle allait rester deux semaines avant de repartir, sa mère se sentait un peu mieux.

J'ai appelé tout le monde pour qu'il sache qu'en mois d'octobre, il y aura le mariage de l'année.

Le lendemain, Malika et Lyna sont venus à la maison pour m'accompagner durant les essais de ma robe de mariage. Tata Nora et ma mère sont venues évidemment.

Malika me donnait un tas de robes à essayer jusqu'à ce que je trouve la robe parfaite.

Tout le monde était enfin d'accord avec la splendeur de la robe.

C'était la folie à chaque fois que j'en essayais une, il y avait toujours quelqu'un pour critiquer.

Dans 4 mois, elle serait prête. Donc en septembre.

Ma mère et Tata Nora ont décidé de retourner à la maison. Je les ai déposées et je suis allé manger avec les filles.

Pendant le dîner, j'ai craqué et j'ai dis tout haut ce que je pensais tout bas.

-Pourquoi Sammy ne répond pas à messages ?

-Ahh il a des problèmes avec son emploi, je crois, il a perdu son téléphoneen plus...

- On dirait il m'évite, ça fait un an que je ne l'ai pas vu....

-Il a des problèmes avec la nouvelle belle famille de mon père, il n'arrête pas de faire des allers-retours en Égypte, il est épuisé.

Je n'osais pas demander ce qui se passait, elle avait l'air grave pas bien.

Mhmm affaire à suivre...

-Tu va te marier et Lyna ne me dit pas que tu as un copain ?

-Euh oui...

-Hahaharr Elle sort avec Mamadou

- C'est pas vrai et moi je suis célibataire ?

- D'ailleurs il ne va plus jamais t'embrasser par surprise

- Et comment ça se passe vous deux ?

-Ca va, je redoute juste le jour où Sammy va le savoir

- Préviens-moi avant parce que je ne veux pas être présente

Si j'avais su putain...

Je vous passe un mois.

Entre temps, on m'avait contacté pour être l'enseignante dans une classe au préscolaire pour l'automne prochain. J'étais si heureuse.

C'était un mardi matin et Wissem était tombé malade. Il avait attrapé un rhume.

Je suis passée au supermarché pour lui faire sa soupe préféré et tout ce qu'il aime manger en général.

Ensuite, j'ai fait un tour à la pharmacie pour prendre ses médicaments.

Je sors de la pharmacie et je marche avec quelques sacs de courses. J'avais la tête ailleurs en marchant quand on m'interpelle.

?? - Yasmine ?

Je me retourne et j'en ai la bouche ouverte.

- Sammy ?

Je lâche mes sacs et je me dirige vers lui pour lui donner un câlin.Ca faisait presque un an et demi que je ne l'avais pas vu.

Il me serra fort comme un frère qui serre sa petite sœur. Il passait la main dans mes cheveux et on se lâcha. Je pense que ça faisait des années que je n'avais pas été aussi heureuse. Ses derniers temps, tout allait de mieux en mieux.

Je repris mes sachets et il m'aidait en en prenant deux. On marchait l'un à côté de l'autre.

- Qu'est que tu deviens l'Algérienne ?

- Et bien, je suis enseignante pour le préscolaire. Et, euh je sais pas, la routine d'une femme mariée.

Il me regardait avec un sourire compatissant.

- Tu es heureuse ?

Je regardais le soleil.

- Al-ḥamdu lillāh

- Al-ḥamdu lillāh

- Et toi ?

- Ahh, tu vois, il n'y a pas grand-chose qui a changé depuis ton mariage. J'ai un nouvel emploi, je suis proprio de deux kebabs. Ils font beaucoup de succès.

- Je suis fière de toi. Tu as reparlé à Selma ?

- Non, elle ne m'a jamais pardonné.

Je mis ma main sur son bras.

- Et toi.. Tu lui as reparlé depuis l'accident ?

-Non hahahar mais je voulais te parler d'un truc important.

- Qu'est qui se passe ?

- Je vais me marier en octobre

- C'est quoi t'es polygame maintenant ?

-Hahahar non mais Wissem et moi on a jamais fêter notre mariage, je tiens à ce que tu viennes...

- D'accord je vais venir c'est sûr et je voulais m'excuser... Mams m'a dit que tu étais amoureuse et qu'il te traitait vraiment bien. J'aurais pas dû te dire ses trucs la dernière fois...

-Merci, ça me fait grave plaisir que tu me dises ça

Il a souri. Je remarquais quelque chose de différent chez lui.

- je peux savoir ce qui se passe avec toi ?

-Ya rien pourquoi ?

-Ca ne marche pas avec moi...

Sammy regardait le plancher.

- Ma mère a le cancer. Elle habite en Égypte, c'est moi qui paye ses traitements. Je n'arrête pas de courir partout, je suis dépassé...

- Allah y chafiha (Que Dieu la guérisse)

- Amine

- Tu sais que Wissem et moi on est là pour toi, si tu as besoin d'aide...

-Merci Yasmine

Je suis retourné chez moi le cœur lourd et j'ai repensé à comment Lyna avait réagi un mois plus tôt, tout s'expliquait.

Dès que je suis rentrée à la maison, j'ai fais à manger à Wissem et j'ai pris soin de lui. J'avais de la chance de l'avoir avec moi et en bonne santé.

Je lui dirais pour la situation de Sammy quand il se sentira mieux.

Je l'ai rejoint dans le lit et je ne l'ai pas lâché.

Je vous décris ma vie juste avant mon mariage.

Wissem et moi, on planifiait tout ensemble. On avait l'intention de faire le mariage civil le même jour.

Tata Nora était repartie en Algérie et devait revenir une semaine juste avant notre mariage.

Wissem avait invité Sammy à la maison dès que je lui avais raconté pour la maladie de sa mère. Il y a eu beaucoup d'émotions cette soirée-là, mais après de longues persuasions, Wissem a convaincu Sammy de s'occuper à ce que khalti Rania habite dans la maison juste à côté.

Je vous explique deux choses très importantes.

Lorsque Wissem a acheté la maison dans laquelle nous habitons, il a également acheté une maison beaucoup plus petite juste en face en passant que Tata Nora allait s'y installer. Finalement, Tata Nora a préféré rester en Algérie, alors il y avait un couple qui louait temporairement notre deuxième maison nous permettant de nous faire de l'argent de côté.

Sammy ne trouvait pas d'endroit approprié pour sa mère alors il faisait la navette Égypte-Ici pour s'assurer qu'elle reçoive ses traitements ainsi que de les payer. Il savait qu'en Égypte elle était entourée et c'est la seule chose qui le rassurait.

Deuxièmement, je ne l'ai jamais précisé, mais la mère d'Ali, de Wissem et de Sammy étaient très proches. Wissem m'a dit un jour que les trois s'étaient rapprochées facilement, car elles avaient des cons comme maris.

Donc, Wissem a toujours aimé Tata Rania, il n'aurait pas pu vivre avec le fait qu'il n'avait rien essayé pour aider.

Parlant de Sammy, il était toujours célibataire et il me disait qu'il n'avait pas la tête à ça.

Lyna et Mamadou étaient toujours ensemble et ça commençait à devenir chaud les mensonges qu'on disait tous à Sammy. Je devais toujours la couvrir et je savais qu'un jour ça allait éclater.

Bref, je vous décris légèrement mon jour de mariage parce qu'honnêtement ce n'est pas très important pour comprendre le cours de mon histoire.

J'ai mis une robe magnifique, j'avais un maquillage et une coiffure parfaite et Wissem était... je n'ai même pas de mot. Il surpassait mes rêves les plus fous.

Les gens principaux étaient présents au mariage civil et lors de la réception, il y avait toute la familia, les amis, les amis des amis hahahar

Même Sabi, son mari et sa fille sont venus. C'est ma belle-sœur après tout, le pardon est très important pour avancer dans la vie...

La nourriture, l'ambiance, le tout était sans aucun doute exactement ce que Wissem et moi nous voulions.

La mère de Sammy est même venue. Elle n'est pas restée longtemps, mais elle a quand même essayé de caser Lyna avec quelques de mes cousins la pauvre hahaharr

Mamadou il suait du front le pauvre. Depuis que la mère de Lyna était au pays, ça devenait difficile pour continuer leurs cachotteries.

Je n'ai pas arrêté de danser avec mon mari chéri.

Quand je croyais que je ne pouvais pas retomber encore plus amoureuse de lui, je me suis trompé. C'était un des plus beaux jours de ma vie. Il m'amenait que du bien dans ma vie et je ne pouvais qu'en remercier Dieu tous les jours.

Malika se faisait draguer par des potes noirs de Mamadou, elle était deg de la situation la pauvre hahahar

Après le mariage, on est revenus à la maison et Wissem a réalisé un autre de mes rêves.

Il avait préparé notre lune de miel en Italie.

Je lui avais dis des tas de fois que je voulais y aller. Il y avait une légende comme quoi si tu passais en dessous d'un certain pont dans une gondole avec ton amoureux, tu l'aimeras jusqu'à la fin des temps.

La romantique que je suis, ça me faisait rêver depuis jeune…

On y a passé deux semaines. Deux semaines de rêve. C'était le fameux rêve bleu d'Aladdin.

17.

L'attirance ne faisait qu'augmenter entre nous, je bavais toujours chaque fois qu'il sortait de la douche avec sa serviette blanche. Je ne lâchais pas la nuit et il arborait toujours ce sourire avec moi. Un sourire à en mourir.

Je vous passe jusqu'en fin juin. Donc 8 mois, à peu près, plus tard.

Toujours la même chose, toujours autant de bonheur et d'amour, rien de nouveau sauf une chose que je n'avais pas prévue...

C'était un mardi et Malika venait me rendre visite.

Wissem était parti au boulot et moi j'étais en vacances.

J'étais en train de discuter avec elle dans ma chambre tranquille.

Elle regardait mon panier de linge sale dans le coin du mur.

-Ca va hein tu profites bien de Wissem

- Pourquoi tu dis ça ? longueur

-Le panier de linge sale il y a juste des draps et tes sous-vêtements ahahah vous faites ça à longueur de journée ?

- Mhmm... non, mais voilà tu as vu mon mari... comment le résister ?

-Oui tinquietes chérie je l'ai vu, mais bon c'est vos débuts c'est normal, c'est bien que MAINTENANT vous profitez

Je baisse la tête.

- Ça fait un an et demi que c'est comme ça hahahar

-HAHAHARR faut faire attention, tu vas tomber enceinte sinon hein

-...

-Mais, ça va arrête de faire cette tête-là, on dirait tu es degg à l'idée d...

Je ne lui ai même pas laissé finir sa phrase que j'ai couru aux toilettes... vomir. Elle m'a suivi affolé.

Dès que j'ai levé la tête du bol, on s'est regardés.

-putain...

-Ohh lala tu crois que je suis enceinte ?

-OUI.

- Faut que j'aille prendre un rendez-vous avec le médecin...

-Dis moi ce sera quand je vais et venir avec toi

Je vous avance à une semaine plus tard, me voilà dans une salle de cabinet de médecin avec Malika à côté de moi.

J'attendais les résultats de mes tests.

Un infirmier m'avait donné un petit bol dans lequel je devais faire pipi.

Le médecin rentre, c'était un beau métis.

Il me serre la main et celle de Malika.

Le médeçin-Bonjour je suis le médecin Adam.Kristopher, j'ai les résultats de votre test, félicitations vous êtes enceinte d'un mois !

J'étais si heureuse. J'en avais les larmes aux yeux.

Malika ma pris dans ses bras.

Le médecin regardait beaucoup Malika et elle vice-versa hahahar Affaire à suivre hein

J'ai pris un rendez-vous le mois prochain pour l'échographie.

Wissem ne savait rien du tout, encore moins que j'étais là et je voulais lui faire une belle surprise.

J'ai fait un petit shopping avec Malika, nous sommes allés dans une boutique de sport, on a acheté un maillot de l'Algérie pour enfant et on a demandé à avoir « Papa » comme écriture gravée en arrière.

-Tu sait que le médecin m'a filé son numéro ?

- C'est trop bien, au moins tu pourras dire que j'ai servi à quelque chose dans ta vie !

Alors, j'avais tout planifié.

Vendredi, dans 2 jours, quand il allait revenir du travail, je savais qu'il allait regarder un match de foot.

Pendant la mis-temps, je lui glisserais le chandail et voilà.

Mais j'étais LOIN de me douter que les choses tourneraient à la catastrophe.

Je vous passe au fameux vendredi.

Il est arrivé à la maison, m'a donné un bisou, il s'est assis devant la télé.

Je cuisinais dans la salle à manger avec une boule dans mon estomac.

49 minutes passent, c'est la mis-temps. Je le vois s'étirer dans le canapé, c'était le moment parfait.

Ca y'est. Je vais chercher le sac avec le maillot qui était derrière le frigo quand j'entends DING DONG.

J'étais la plus proche de la porte donc je me dirige pour l'ouvrir.

Je mets la main sur la poignet et j'ouvre la porte.

Je vois...

ALI.

Mon cœur a failli sortir de ma poitrine. Mes yeux étaient grands ouverts.

Lui aussi était autant en état de choc que moi.

Il avait muri physiquement, il avait pris de la masse musculaire, il avait une longue barbe, des yeux sombres, une coupe de cheveux plus longue.

Il avait beaucoup changé.

Wissem en arrière - C'est qui bébé ?

Aucun son ne sortait de ma bouche.

Je pense que Wissem s'inquiétait alors il est venu voir qui était à la porte.

Dès qu'il a vu Ali, il avait l'air vraiment vraiment surpris, mais il a esquissé une forme de sourire polie en même temps.

-Ali weshh mon vieux ? Ça fait un bail !

Le visage d'Ali s'est illuminé et il a souri.

Ils se sont checkés et moi je suis reculé.

- Je voulais venir te voir, Hakim m'a dit que tu habitais ici maintenant.

C'était trop étrange entendre sa voix après 3 ans.

-Rentre, viens je te fais visiter.

Dès qu'Ali est rentré, j'ai remarqué qu'il marchait avec une canne.

Ils se sont assis au salon et moi je n'étais pas loin. Je voulais m'éclipser dans la chambre quand... quand vous n'êtes pas prêtes pour savoir ce qui s'est passé.

- Vous vous êtes mariés ?!

Il regardait notre photo de mariage.

- Comment ?! Wissem t'es sérieux wesh ??! Vous me faites un coup comme ça à moi ?!?

Je voyais Wissem se serrer les poings. Il a problèmes de colère depuis très jeune il me l'a toujours dit. Je ne le voyais jamais s'énerver radicalement, il disait souvent qu'il avait peur de trop blesser les gens comme il avait fait dans le passé. C'est pour ça qu'il faisait de la boxe, pour canaliser son énergie. Mais là, j'ai senti qu'il ne voulait pas se retenir et tout recracher.

Mais je ne voulais que les choses dérivent, je ne voulais pas ce que tous les efforts de Wissem tombent à l'eau juste à cause d'Ali, alors j'ai adressé la parole à mon ex après trois ans.

-Toi t'est sérieux tu débarques comme un roi. Trois ans sans nouvelles et bah voilà ça donne quoi.

-... Tu sais pas toi ce que j'ai vécu.

Je lève le sourcil.

-Je perdu mes jambes putain...

J'ai ressenti de la compassion et de la tristesse pour lui. Je regardais sa canne.

Il s'approche de moi. Il me donne une lettre.

- Je t'ai tout écrit là-dedans.

Je regarde Wissem et bizarrement, il ne semble pas surpris ou choqué, comme s'il savait déjà tout ça.

Et je regarde Ali, il avait un regard étrange, je n'arrivais pas lire ses intentions. Je ne sais pas pourquoi, mais ce qu'il dégageait était bizarre.

-Wissem tu savais pour Ali ?

-bah c'est que

-WISSEM TU SAVAIS POUR ALI ?

Je ne lui avais jamais crié dessus. On en avait eu des arguments et des petites chicanes, mais jamais quelque chose d'assez intense au point de s'insulter.

-JE LUI FAIT UNE PROMESSE PUTAIN, JAI JURÉ

Je regarde Ali.

- Et toi tu pars comme ça sans rien dire, le plus important c'était toi HEIN ? ON S'EN BAT LES COUILLES SI JE CRÈVE AU FAITE ?

Ali allait réagir, mais ma colère prend le dessus.

- VOUS M'AVEZ MENTI, VOUS ME DÉGOUTEZ LES DEUX, ALLEZ-VOUS FAIRE FOUTRE

J'étais vraiment furieuse. Quand je suis furieuse, je ne pèse pas mes mots.

J'ai couru vers la porte d'entrée, pris mes clés et filer dans ma voiture.

Sans m'en rendre compte, j'avais toujours la lettre d'Ali dans ma main.

J'ai conduis et conduis.

Je me suis stationnée proche d'un parc.

Je voulais pleurer.

Je remarque alors que j'ai la lettre d'Ali sur le siège à côté.

Je l'ouvre.

Les derniers mots que tu m'as adressés étaient toi et moi c'est fini, c'était une phrase simple, mais quand c'est sorti de ta bouche, ça m'a tué.

Quand tu es sorti de la voiture, je ne savais pas quoi faire. Tu te souviens du collier en or que je t'avais offert ce jour-là, il y avait une autre boîte, un autre cadeau pour toi dans ma poche. Dans l'autre boîte, il y avait une bague. Ta future bague de fiançailles. Ce petit bijou qui allait nous propulser à un autre niveau.

Je devais faire un tour. Réfléchir à comment j'allais faire pour que tu me pardonnes. Pour moi rien n'était fini, mais pourquoi j'avais ce pressentiment que je t'avais perdu à jamais ?

Je conduisais et tu occupais trop mes pensées.BOOM. En quelques secondes ma vie a changé, un camion m'est rentré dedans.

Quand je me suis réveillé, j'étais dans un hôpital et on m'a dit que j'étais paralysé des jambes, que j'en avais perdu l'usage.

Comme un faible, j'ai pleuré putain.

J'ai pensé à ma daronne et je me suis dit comment elle allait remonter la pente avec moi comme poids?

J'ai pensé à toi. Comment j'allais prendre soin de toi ? Comment j'allais devenir ton mari si j'étais sur un fauteuil roulant ?

Sophiane et ma mère sont venus à l'hôpital. Ma mère n'arrêtait pas de pleurer et Sophiane me regardait avec un mélange de pitié et de colère.

Il m'avait dit tellement de fois d'arrêter mes conneries et que je ne devais pas attendre qu'il m'arrive un truc grave pour me réveiller.

Il savait que rien n'était arrivé pour rien, même moi, je le savais.

Koulchi bel Mektoub comme on dit...

J'ai demandé à Sophiane d'appeler Wissem.

Wissem est arrivé et quand il m'a vu, son visage est devenu tout blanc.

Il n'arrêtait pas de dire putain. Il n'arrêtait pas de dire qu'il n'avait pas tenu sa promesse envers Adam, Allah y rahmo, celle de me protéger...

Je lui ai dit alors de me promettre un truc à moi.

Il a dit n'importe quoi pour toi mon frère.

Je lui ai dit prends soin d'elle frère.

Je lui ai fait juré sur la tombe d'Adam, Allah y rahmo, de JAMAIS rien te dire.

Je ne voulais pas que tu le saches.

Je voulais qu'il s'assure que tu ailles bien et que tu finisses tes études.

J'avais l'intention de revenir un jour ou l'autre. Le jour que j'allais revenir, je marcherais.

J'ai pris la décision de quitter le pays avec ma mère. Faire tout et n'importe quoi pour réapprendre à marcher.

Je ne pouvais te laisser me voir comme ça... je ne pouvais pas affronter mon handicap dans notre quartier pourri rempli des gens aux fonds doûteux.

Alors, je suis parti avec ma mère...

Wissem m'a dit qu'il se chargerait de Karim et j'ai tout laissé derrière moi.

Les débuts étaient si durs. Ne plus te voir, te sentir contre moi... tout me manquait de toi... ton parfum, ton sourire, ta manière de dire mon nom, tes lèvres...

Je me battais chaque jour en rééducation. Ils étaient tous convaincus que je n'allais jamais remarcher.

Un jour, mon entraineur m'a poussé à bout. Il m'a dit imagine LA en danger, tu veux l'aider oui ou non ?

J'ai pensé à quelqu'un qui osera te faire du mal, te draguer ou pire te toucher... je voulais tuer tout autour de moi. Mes jambes ne suivaient pas ce que je voulais faire et j'en avais marre.

Mais cette rage m'a aidé à faire bouger, très doucement et légèrement ma jambe gauche.

Après un an de rééducation, je pouvais bouger un peu mes deux jambes.

Ma mère était toujours à mes côtés.

La nuit je ne dormais pas beaucoup. Tu occupais ma tête tout le temps.

Putain comment j'ai été con avec toi...

La deuxième année de rééducation est vite arrivée et j'ai commencé à doucement remarcher à l'aide de deux béquilles.

J'ai commencé à reprendre le cours de ma vie. Je suivais des cours du soir à l'université.

Je me faisais des potes.

Je te cherchais à travers chaque femme que je rencontrais...

Je voulais t'appeler, je voulais te parler, entendre ta voix...

Je me faisais un million de scénarios dans ma tête chaque soir avant de dormir.

Au milieu de l'année, j'ai décidé de retourner au bled avec ma mère.

J'ai continué ma rééducation et j'ai commencé à réellement travailler. C'était des petits emplois comme ça, mais au moins tout l'argent que gagnait était propre et blanc. Une nuit, je dormais et ma petite sœur Noor m'a réveillée. Elle m'a demandé - c'est qui Yasmine

? Je lui ai demandé alors pourquoi elle me demandait ça?Elle m'a que je n'arrêtais pas de répéter ton nom dans mon sommeil depuis que j'étais au bled.

Je lui ai dit que ce n'était pas dans mes habitudes.

Elle m'a dit qu'elle l'avait demandé à ma mère la veille et qu'elle lui avait dit que pendant ses deux dernières années je disais ton nom dans mon sommeil.

Après trois ans de rééducation, je pouvais marcher avec canne. J'ai décidé de revenir. Je devais te ravoir dans ma vie. Même au bout du monde tu n'as jamais quitté mes pensées...

Je me suis toujours demandé qu'est qui se sera passé si trois ans plus tôt, j'avais pris une décision différente. Si tu avais su pour accident, tu aurais sûrement couru à l'hôpital et allongé dans mon lit tu m'aurais pris dans tes bras...

Si tu lis cette lettre, c'est parce que j'ai enfin eu le courage de la finir.

Je te laisse sur ses mots.

.□□□□□- □□□ □□ □□ □□□□ □□ □□ □□□□□□□ .□□□□□□ □□□□□□□ □□□□□□ □□ .□□□ □□□ □□□□□ □□ □□ □□□□□□ □□□□□ □□□□□□

(La traduction est la suivante -

« On peut donner bien des choses à ceux que l'on aime. Des paroles, un repos, du plaisir. Tu m'as donné le plus précieux de tout - le manque. »)

– Ali

Quand j'ai fini de lire sa lettre, j'avais des larmes... de colère.

La lettre était belle, mais... s'il y a quelqu'un qui connaissait bien cet homme, c'était bien moi.

Bref, vous verrez.

J'ai mis en marche ma voiture et je savais que je trouverais Ali en route vers chez moi.

En effet.

Il était assis sur les escaliers dans mon entrée.

- Je l'ai lu.

-Alors?

- Alors... tu veux savoir ce que j'en pense ?

-Oui

- J'en pense que tu avais peur de ce que les gens penseraient de toi parce que ça l'a toujours été important pour toi... ta réputation auprès de tes potes. On venait de rompre et tu savais que m'avoir dans ton sac, t'aurais pris beaucoup de travail et tu savais très bien que j'avais perdu confiance en toi. Tu savais qu'on t'aurait regardé avec de la pitié et on t'aurait décrit comme un handicapé. Tu ne pouvais pas supporter le fait que tu serais en position d'infériorité. À la place de passer pour celui qui se fait rejeter et qui a tout perdu, tu as préféré que je crève et que je souffre sous les regards des gens... Tu t'es dit que le temps voulu, tu reviendrais en héros et je tomberais sous ton charme à cause d'un vulgaire bout de papier. Tu crois que je n'ai pas compris ???!JE TE CONNAIS TRÈS BIEN TOI ET TES JEUX.

Ali avait la tête baissée. Il avait honte que j'avais tout compris. Il croyait pouvoir me manipuler avec ses belles phrases. Il m'a menti tellement de fois que je ne lui faisais pas confiance.

Dans le passée, je serais tombé sous le charme de ses mots, mais j'ai grandi. Ce n'était que du maquillage pour cacher la réalité.

J'étais peut-être aveuglée par l'amour, mais j'ai connu cet homme profondément pendant plus de 2 ans et quand l'amour a disparu, je voyais plus clairement qui il était vraiment. L'image qu'il reflétait au quartier était si importante, en commençant par la manière qu'il s'habille jusqu'aux rumeurs à son sujet. Il n'a pas hésité à montrer à Wissem que sa sœur couchait avec Rahim, car il savait pertinemment que les gens auraient trop parlés sur moi et qui dit moi, dit lui.

- Et tu vas me dire que tu aimes Wissem maintenant ? Regarde... pfff... il t'aimera jamais comme moi.

- C'est vrai, il ne m'aimera jamais comme toi... lui, il m'aime plus que toi tu ne m'aies jamais aimé. En trois ans, il n'a jamais dit un mot de mal sur toi. Tu compares ton amour au sien. Tu es rempli d'orgueil et de fierté. Dégage de chez moi.

Je lui craché toute la colère en moi et la vérité crue est sortie.

Je pensais que cette confrontation était la dernière fois que j'allais le voir dans ma vie, mais comme on dit Koulchi bel Mektoub.

J'ai ouvert la porte avec les larmes aux yeux et je vois Wissem assis sur le canapé la tête entre les mains qui étaient soutenues par ses coudes contre ses genoux.

Dès qu'il entendu mes pas, il a levé la tête.

Il avait l'air inquiet et énervé.

Et moi j'étais juste énervé. Je me fâche rarement, mais quand je le suis... je ne réalise pas l'impact de la force de mes mots.

Personne ne disait quoi que ce soit. Je voyais la veine de son cou ressortir. Il voulait tout casser ça paraissait.

Je me dirige vers la chambre et je prends une petite valise.

Je prends un tas de vêtements dans la penderie.

Je les place dans la valise quand je vois la main de Wissem sur la valise.

-Qu'est que tu fais ?

- Je vais chez mes parents quelques jours

Il enlève ce que j'ai dans les mains et lève ma tête.

- T'es sah (sérieuse) ? Pourquoi t'éloigner, on peut régler ça maintenant.

Il avait les yeux noirs, ils brillaient, car les émotions le consumaient. Il avait la haine.

- J'ai besoin d'espace ok ?

Je reprends mes trucs et je les écrase dans la valise.

Il me quitte et va je ne sais où.

Je quitte la chambre et je le vois en train de chercher un truc sur la table de la cuisine.

Je prends le sac derrière le frigo qui contenait le maillot de foot.

Je mets le sac sur les papiers qu'il était en train de fouiller.

Il regarde le sac et dépose le papier qu'il a dans les mains et moi je sors de la maison pour accéder à la voiture.

J'ouvre le coffre et j'y dépose ma valise.

Quand j'entends un gros coup sur ma voiture. C'était Wissem qui avait frappé le capot.

-EYHHH

Je ferme le coffre et je vois Wissem qui tient le maillot d'Algérie dans les mains. Il avait des lueurs de larmes aux yeux.

- C'est vrai OUI ou NON ?

- D'après toi ?

-Arrête de faire la gamine

- Tu m'as menti, tu m'as caché un secret pendant 3 ANS. Tu m'as vue devenir dépressive, tu m'as entendu pleurer, tu m'as vu pourrir de l'intérieur... et tu savais tout.

- J'ai juré et j'ai tenu parole. Qu'est que ça l'aurait changé de le savoir DIT MOI ?! Même dans SA MISÈRE, IL A PRÉFÉRÉ QUE TU SOUFFRES PLUS QUE LUI.

IL A PRÉFÉRÉ QUE TA DIGNITÉ SE SALISSE PLUTÔT QUE LA SIENNE.ALI C'EST UN PUTAIN D'ÉGOÏSTE MÊME TOI TU LE SAIS.QU'EST QUE CA AURAIT CHANGÉ ?

- TU M'AS PROMIS DE TOUJOURS ME DIRE LA VÉRITÉ MÊME SI ELLE ÉTAIT MOCHE PARCE QUE JE LE MÉRITAIS ! COMMENT TE FAIRE CONFIANCE MAINTENANT TU AS TOUT GÂCHÉ

-GÂCHER QUOI ? JE T'AI TOUT DONNÉ, MA TÊTE, MON GUELB (cœur), MA PROTECTION MÊME QUAND TU AIMAIS UN AUTRE... ON M'AU-

RAIT COUPÉ LES JAMBES EN CHINE J'AURAIS TROUVÉ UN MOYEN DE REVENIR À TOI.

-TU M'A JAMAIS DIT À QUEL POINT ALI ÉTAIT MAUVAIS POUR MOI ALORS QUE TU LE CONNAISSAIS DEPUIS LONGTEMPS. C'EST TA FAUTE, TU ÉTAIS MON AMI AVANT TOUT.

-Putain que tu me fais chier... tu peux jamais reconnaitre tes erreurs. ARRÊTE DE METTRE LA FAUTE SUR MOI, POURQUOI TU PEUX PAS ADMETTRE QUE TU ES FÂCHÉ CONTRE TOI MÊME PARCE QUE C'EST APRÈS TOUT CE TEMPS QUE TU RÉALISES LES CHOSES.

Il était à quelques centimètres de mon visage. J'avais chaud et mon cœur battait tellement fort. Il avait raison...

Je le regardais dans les yeux.

- C'est ça être mariés, on va beaucoup se chicaner parce que t'es une gamine emmerdante et moi je suis un imbécile frustré.Ca ne serait pas facile et on va faire en sorte que ça marche, MAIS JE VEUX ÇA, JE TE VEUX TOI, TOUS LES JOURS JUSQU'À LA FIN.

Une larme coule de mes yeux. Il l'essuie.

-Va chez tes parents...

Il m'ouvre la portière et je m'y assois. Il la ferme.

Il s'écarte et je recule la voiture.

Il a toujours les yeux dirigés vers moi.

Je tourne à droite.

Il était plus dans mon champ de vision.

2 heures plus tard, j'arrive dans mon ancien quartier.

Il n'y avait qu'une personne que je voulais voir. Ma maman.

Je suis arrivé chez moi, il était à peu près entre 20-21h.

Mes parents étaient surpris de me voir.

J'ai tout de suite dit à ma mère de me joindre dans ma chambre, je devais lui parler.

On s'est assis sur le lit et je lui ai tout raconté.

Pas seulement ce qui venait d'arriver, mais tout depuis le déménagement il y a 5 ans.

Oui, je sais ce que vous vous dites, elle est folle, mais c'est ma mère et vous serez surprise qu'avec les années les meilleures personnes à qui vous pouvez vous confier ce soit votre maman.

Je l'ai compris trop tard dans ma vie, mais je vous promets que le lien que vous avez avec votre mère, il est indescriptible.

Elles sentent des trucs et elles savent la plupart du temps ce qui est bon et ce qui ne l'est pas. Je dis bien la plupart, tout le monde peut se tromper !

Il y a eu beaucoup d'émotions parce que pendant mon récit je pleurais et ma mère aussi parce qu'elle déteste me voir souffrir.

La perte de ma virginité remontait à 3 ans auparavant.

Ma mère n'a pas été nécessairement déçue parce que maintenant j'allais devenir une maman et j'avais tellement changé. J'étais devenu une femme et j'étais mariée.

Elle m'a juste dit qu'heureusement je lui ai dit maintenant et pas quand c'est arrivé parce oh lalala ça aurait été chaud pour moi.

Maman - Écoute, tu dois en finir avec Ali, mets un point final à cette histoire. Écoute ce qu'il a à dire, pardonne-le et après continue ta vie. Tu ne seras jamais bien si tu ne mets pas la dernière page du chapitre de ce livre.

Voilà ce qui me restait à faire.

Mais bon comment rejoindre Ali...

Je suis retourné dans ma voiture et j'ai repris la lettre.

Je remarque qu'à l'arrière de la feuille, il avait mis son numéro.

Je compose son numéro en me mettant en numéro inconnu.

-Allo?

-Salut c'est Yasmine

J'entends un truc tomber. Je pense il avait échappé un truc.

-.. Yasmine ?!

- Oui tu m'as vu il y a deux heures... bref, j'ai besoin qu'on se rencontre. On doit parler.

- Tu as changé d'avis ?

Je lui un endroit et une heure en ignorant sa question.

On raccroche.

Je me lève et je me regarde dans le miroir.

Je lève et je touche mon ventre.

J'entends mon téléphone vibrer.

WISSEM - □□□□□□ □ □□□□ □□□ □□□

(j'aime Yasmine et Leïla)

J'ai eu des larmes aux yeux. J'ai regardé ce message pendant au moins 10 minutes.

Il était convaincu qu'on allait avoir une fille et il s'était souvenu du prénom qu'on aimait, Leïla.

Je me suis endormi et le lendemain, quand je me suis réveillé la présence de Wissem me manquait déjà... trop.

J'ai passé la journée avec ma famille.

Je me suis préparé.

J'ai embrassé mes parents et Malik et j'ai quitté la maison.

Je savais ce qu'il me restait à faire.

Vers 19 h, j'étais dans ma voiture. Sa lettre était dans mes mains.

Je lui avais donné rendez-vous sur une colline. Il y avait un banc et je me suis assise dessus.

..?- Encore plus magnifique... putain

Je me lève et je vois Ali.

Il avait une chemise noire et un pantalon noir. Il avait une canne. Il venait de passer chez le coiffeur et chez le barbier. Je sentais son parfum d'où j'étais assise.

Il s'assoit.

- Avant que tu te fasses des idées... je ne suis là que pour écouter ce que tu as à dire

- Attends... je comprends pas

- Entendre tout ce que tu as sur le cœur et sceller cette histoire pour de bon.

- Je t'ai dit tout ce que j'avais sur le cœur dans la lettre.

Il avait ce regard. Vous savez le fameux qu'il avait quand il m'a dit qu'il n'avait qu'un téléphone ou quand il avait dit avoir arrêté le traffic. Il MENTAIT.

- Arrête de me mentir.

- Pourquoi je te mentirais ? Je n'ai rien à perdre après tout.

- Ne commence pas...

- Tu veux que je te dise quoi ? J'ai perdu mes jambes. Je suis parti. J'ai souffert comme un malade. Je suis revenue. Quand je suis revenue, tu étais marié... Plus j'y pense tu m'as vraiment déçu.

Il est sérieux...

-Qui t'a demandé de partir sans me dire le pourquoi du comment ? Tu as pensé à moi ? Si moi j'avais fait la même chose, comment tu aurais réagi ??

- J'y ai pensé. J'aurais... je ne sais pas.

C'est à ce moment que j'ai appris une leçon importante dans ma vie.

Les secondes chances... on reprend certains gens dans nos vies. On leur donne une seconde chance en sachant qu'au fond de nous si on aura merdé autant qu'eux, ils ne nous l'auraient jamais accordée.

- Donc tu ne m'auras pas pardonné c'est ça ?

- je sais pas... tu m'as invité pour me casser les oreilles avec ça ?

Il haussait le ton.

Et dire que je peux être en train d'embrasser mon mari au chaud à la maison.

Je me suis énervé, il devait comprendre.

- PRENDS RESPONSABILITÉ POUR CE QUE TU AS FAIT, PRENDS RESPONSABILITÉ DES CONNERIES QUE TU AS FAITE.QU'EST QUE JE T'AI FAIT ? EST-CE QUE JE T'AI DÉJÀ FAIS DES COUPS ? TOUT CE QUE J'AI FAIT C'EST T'AIMER.JE T'AS TOUT DONNÉ, JE T'AI DONNÉ TOUT DE MOI.JE T'AIT DONNÉ CHAQUE PARTI DE MOI.

Vous savez comment on dit on ne sait jamais la valeur de ce qu'on avait jusqu'à ce qu'on la perde.

Mais qu'est que vous faites des gens qui le savaient ? Des gens qui n'ont jamais rien tenu pour acquis. De ceux qui ont essayé du mieux qu'ils pouvaient de s'agripper, mais qui ne pouvaient que rester impuissants face à la perte des gens qu'ils aimaient le plus ? Ce n'est pas pire pour eux ? Ce n'avait pas été pire pour moi ?

Il était un peu bouche bée à ce que je disais.

- Calme-toi.

-Je perd mon temps, je voulais vraiment croire qu'il y avait quelque chose qui ferait en sorte que j'aurais plus de compassion pour toi. J'en ai... c'est une tragédie d'avoir perdu tes jambes, je suis contente pour toi que bientôt tu pourras marcher sans cane, mais tu es resté le même...

Je lui ai donné sa lettre, il était perturbé.

Je monte dans ma voiture et je conduis vers chez moi.

J'ouvre la porte d'entrée. J'enlève mes souliers.

Je trouve Wissem endormi torse nu dans le noir, devant la télé dans le lit.

J'enlève mon manteau et je m'allonge à côté de lui.

Je le regarde pendant qu'il dort.

Il sent ma présence et il ouvre légèrement les yeux comme un bébé.

- Leïla et moi on t'aime aussi.

Il m'a prise dans ses bras.

J'ai mis ma main sur sa joue.

- J'ai un truc à te dire

Il me regarde plus sérieusement.

- Je suis allé voir Ali.

J'ai senti son pouls passer à une vitesse maximale.

Je me suis vite repris en lui expliquant le tout.

À partir de ce jour-là, Wissem et moi nous ne nous sommes jamais plus rien cacher.

Quand j'ai atteint plusieurs mois de grossesse, Wissem et moi sommes allés faire une échographie pour voir notre bébé et connaître le sexe.

Le médecin, ce n'est le même de la dernière fois, applique le gel froid et y passe sa petite machine.

On regarde le moniteur dans lequel on entend le battement de cœur du bébé.

Le médeçin-Vous voulez savoir le sexe du bébé ?

Nous-Oui

Le médecin - C'est une fille.

Wissem est penché vers moi et on se regarde dans les yeux. Il avait les larmes aux yeux et moi aussi.

Je prends son beau visage.

- Je veux qu'on se souvienne de ce moment toute notre vie.

Il m'a fait un bisou sur le front.

-Je suis déjà amoureux d'elle et je suis prêt à hagar (frapper) tous les garçons qui vont essayer de lui parler.

Je vous avance 5 mois et demi plus tard.

Je vous explique la situation. Je ressemblais à une patate. Wissem disait que j'étais grave mignonne, tozzzz.

Il a subi à tous mes caprices de femme enceinte.

Bref.

Ses derniers mois Lyna m'utilisait beaucoup en disant à son frère qu'elle était chez moi alors qu'elle avait voir Mamadou.

Jusqu'ici ça marchait... j'ai bien dit jusqu'ici.

C'était un mardi soir, je ressemblais au père Noël. J'étais énorme de partout. Je m'étais dit au moins j'ai des plus grosses fesses.

Je regardais la télé comme une baleine échouée avec un peignoir sur la plage. J'avais même des miettes dans mon décolleté et une grosse tâche de crème glacée sur mon pull.

J'étais en train de bouffer quand j'entends quelqu'un cogner comme un malade sur la porte.

Bon le temps de me lever, il fallait me donner un bon 5 minutes.

J'ouvre la porte sans regarder c'était qui.

C'était Sammy.

Putain Lyna lui avait dit qu'elle était avec moi...

-OÙ EST LYNA ?

- Euh en train de manger...

Il se dirige vers la cuisine.

-DANS LA DOUCHE.

Il se retourne genre hein ?!

-Elle mange dans la douche, tu n'as jamais fait ça ? C'est super bien et tout

Il me regardait avec un air dégoûté.

- Tu vas me dire que tu manges sous la douche ?! Genre la nourriture tombe sur toi tranquille ?!

- C'est sa l'utilité de la douche l'eau nettoie et....

Il me regardait grave de travers HAHAHARRR.

Un truc méga important sur Sammy, l'hygiène c'était VRAIMENT, MAIS VRAIMENT important pour lui. Il avait déjà quitter un rendez-vous avec une fille à cause de ses cheveux gras.

- Pourquoi je n'entends pas l'eau couler ?

-On a une douche silencieuse...

Il me fixait en plissant les yeux.

- Pourquoi tu la cherches ?

- J'ai entendu des trucs, je veux lui parler au calme

-Elle va avoir 23 ans Sammy...

-Elle aura 46 ans je vais toujours être en train de

On se fait couper par Lyna qui rentre avec MAMADOU. Ils se tenaient la main en plus. Lyna avait une clé de la maison parce quelle rentrait des fois un peu tard et bon elle disait dormir chez moi... je lui ai donc fait un double de la clé.

Ils sont passés du « sourire » au « je veux déguerpir ».

-Euhh qu'est que ?

Sammy me regarde.

- ELLE MANGE SOUS LA DOUCHE ?!

Moi j'ai commencé à regarder mes ongles.

Mamadou-C'est pas ici que j'ai garé ma voiture hein...

Sammy-TU BOUGES PAS D'UN POUCE.VOUS ALLEZ M'EXPLIQUEZ TOUT DE SUITE CE QUI SE PASSE.

Mamadou et Lyna se regardent.

Mamadou-Ce qui se passe c'est que...

Il me regarde.

Mamadou- que Yasmine ressemble à un énorme nounours. Vous êtes sérieux de la laisser ressembler à ça, Wissem a pas songé à la polygamie ?!

- t'es sérieux toi avec ta vieille tête ?!

-LYNA TU AS 5 SECONDES POUR M'EXPLIQUER. 4,2, 0

Mamadou-Sammy, Lyna c'est comme le poulet à ma mère. C'est le meilleur. Même si j'irais dans tous les restos de la ville je ne trouverais jamais un poulet aussi bon...

Il y a eu un moment de silence et d'incompréhension.

Sammy a commencé à s'énerver. Mamadou disait n'importe quoi. Lyna pleurait comme une merde.

C'était la jungle.

Évidemment il fallait que Wissem aille du foot jusqu'à 22 h, avec mon gros bedon et ma fatigue je les regardais et je ne disais rien.

Ca criait de tout bord jusqu'à que je commence à me sentir bizarre.

Et pouf, je sens un liquide coule hors de mes jambes.

J'émets un son fort qui attire leur attention.

Mamadou-Tu fais pipi, mais tu as des toilettes pour ça ?!

-J'ai perdu les eaux, imbécile, je vais avoir mon enfant ! AMENEZ-MOI À L'HÔPITAL

Sammy est devenu tout blanc et Lyna a couru me préparer un sac avec mes trucs.

Sammy m'aida à marcher et on est tous montés dans sa voiture.

Je n'arrêtais pas d'appeler Wissem, il ne répondait pas. Putain de foot.

Le stress avait surpassé la rage que Sammy ressentait.

Arrivés à l'hôpital, Mamadou et Lyna sont sortis avec moi de la voiture.

Sammy-Je vais chercher Wissem au terrain je reviens

Je m'agrippais à Mamadou.

On m'a assigné une chambre et je gémissais de douleur.

Ils m'ont mis la péridurale.

L'infirmière - Les contractions se sont faites très rapidement, on va bientôt procéder à l'accouchement

- MON MARI N'EST PAS ENCORE LÀ

Infirmière - Écoutez madame, vous avez vos amis près de vous. Votre mari va finir par arriver.

J'ai vu la sueur dans le front de Mamadou.

Lyna-Mams tu reste avec elle, tu sais que je m'évanouis à rien

C'est vrai qu'elle était verte.

-Pourquoi moi ?

25 minutes plus tard, c'était le temps de commencer à pousser.

Mamadou était à mes côtés, je tenais son bras fermement.

Il y avait deux infirmières et un médecin.

Le médeçin-Il faut commencer à pousser madame !

J'essayais de pousser.

-Ohhh putain c'est quoi ça ?!Je vais chercher Lyna...

Je le prends par le col de son chandail. Je le regarde droit dans les yeux avec ma sueur dans le front.

-Tu reste là jusqu'à ce que Wissem arrive.

Il suait plus que moi le pauvre.

Hamdoulilah, Wissem est arrivé, il a limite courue vers moi.

-Frère merci d'être venu, je commençais à songer à l'adoption

Il a déguerpi de la chambre.

-Je suis là.

Il m'a prise la main et il m'a soutenu pendant tout l'accouchement.

Quand j'ai vu mon bébé, Wissem et moi on avait des larmes qui coulaient. Des larmes de bonheur.

Tous ses moments de disputes, de difficulté, d'insomnie, d'inconfort valaient la peine pour avoir cet enfant dans mes bras. Elle avait les yeux de Wissem.

Voilà le troisiéme moment de bonheur intense que j'ai eu dans ma vie.

Wissem est tombé complètement fou amoureux de Leïla.

Elle était magnifique.

Elle avait les grands yeux noirs de Wissem.

Lui et moi, on la lâchait jamais dans ses premiers mois.

On avait un lien à présent qui ne sera jamais brisé appart si lui de nous trois se retrouvaient six pieds sous terre.

Les mois ont passés et je retrouvais mon corps d'avant, mais en amélioré.

J'avais pris un congé de maternité d'un an.

Wissem et moi on l'initiait à l'arabe déjà.

D'ailleurs, je suis toujours aussi amoureuse du père de ma fille.

Sammy aimait trop Leïla. Il aimait l'amener faire un tour au parc. Il disait qu'elle attirait les belles femmes.

D'ailleurs, avec beaucoup de temps, je vous dirais environ 5 mois de persuasion, Sammy a fini par accepter la relation entre sa sœur et Mamadou qui d'ailleurs allaient se marier l'année suivante.

Sammy avait apparemment une copine turque qui s'appelait Nuray.

Hicham le collègue de Wissem, il était casé avec Inès de mon ancien appartement, les deux étaient tunisiens se sont bien retrouvés.

Leïla devait avoir environ 8 mois et je l'avais emmenée avec moi faire les courses.

Je regardais les bonnes pâtes à acheter avec Leïla dans mes bras quand je touche quelqu'un avec mon panier.

Je me retourne pour m'excuser pour ensuite remarquer que c'était Ali avec une dame.

- Euh pardon...

Il avait les yeux grands ouverts. Ensuite, il a vu Leïla.

Je la tenais fermement.

-Ya pas de mal... tu... vas bien Yasmine ?

La dame à côté de moi a commencé à m'observer de manière intense quand il a dit mon nom. J'en avais déduit que c'était sa mère.

Mais elle ne disait rien, elle regardait seulement.

-Oui Al-ḥamdu lillāh et toi ?

- Oui ça va... c'est ta fille ?

- Oui, je te présente Leïla.

Ali sourit légèrement.

-Elle te ressemble... elle est Mā shā' Allāh...

-Merci c'est gentil. À la prochaine, Inch'Allah, au revoir Madame.

J'étais loin de me douter que cette scène allait se répéter dans les années à suivre.

Quand je suis rentrée, j'ai évidemment raconté la scène au supermarché et il a direct fait la prière contre le mauvais œil.

Un an plus tard, j'ai appris qu'Ali avait un fils âgée de 3 ans.

Oui, il avait couché avec une Espagnole-Algérienne pendant les trois ans de disparition. Il n'avait pas couché seulement avec elle, mais elle, elle est tombée enceinte.

Elle lui a annoncé qu'elle avait porté son fils et apparemment, peu de temps après, elle l'a quitté en lui laissant la tâche de père monoparentale.

La vie est bien faite. Croyez en votre destin.

Je veux vous laisser sur des mots.

Des mots très importants.

L'auteur du livre Ordinairement extraordinaire,Zirtaeb Onamaac, a écrit un jour :

C'est une folie d'haïr toutes les roses parce qu'une épine vous a piqué, d'abandonner tous les rêves parce que l'un d'entre eux ne s'est pas réalisé, de renoncer à toutes les tentatives parce qu'un a échoué... C'est une folie de condamner toutes les amitiés parce qu'une vous a trahi, de ne croire plus en l'amour juste parce qu'un d'entre eux a été infidèle, de jeter toutes les chances d'être heureux juste parce que quelque chose n'est pas allé dans la bonne direction. Il y aura toujours une autre occasion, un autre ami, un autre amour, une force nouvelle. Pour chaque fin, il y a toujours un nouveau départ.

–Yasmine

CPSIA information can be obtained
at www.ICGtesting.com
Printed in the USA
LVHW021429011222
734355LV00016B/914

9 781837 612277